7

Jul.

雪国

[日] 川端康成 _ 著

穿　过　县　界　长　长　的　隧　道　便　是　雪　国

叶渭渠 唐月梅 _ 译

浙江人民出版社

目录 Contents

雪国

雪国

穿过县界长长的隧道，便是雪国。夜空下一片白茫茫。火车在信号所前停了下来。

一位姑娘从对面座位上站起身子，把岛村座位前的玻璃窗打开。一股冷空气卷袭进来。姑娘将身子探出窗外，仿佛向远方呼唤似的喊道：

“站长先生，站长先生！”

一个把围巾缠到鼻子上、帽耳耷拉在耳朵边的男子，手拎提灯，踏着雪缓步走过来。

岛村心想：已经这么冷了吗？他向窗外望去，只见铁路人员当作临时宿舍的木板房，星星点点地散落在山脚下，给人一种冷寂的感觉。那边的白雪，早已被黑暗吞噬了。

“站长先生，是我。您好啊。”

“哟，这不是叶子姑娘嘛！回家呀？又是大冷天了。”

“听说我弟弟到这里来工作了，我要谢谢您的照顾。”

“在这种地方，早晚会寂寞得难受的。年纪轻轻，怪可怜的。”

“他还是个孩子，请站长先生常指点他，拜托您了。”

“行啊。他干得很带劲，往后会忙起来的。去年也下了大雪，常常闹雪崩，火车一抛锚，村里人就忙着给旅客送水送饭。”

“站长先生好像穿得很多，我弟弟来信说，他还没穿西服背心呢。”

“我都穿四件啦！小伙子们遇上大冷天就一个劲儿地喝酒，现在一个个都得了感冒，东歪西倒地躺在那儿啦。”

站长向宿舍那边晃了晃手上的提灯。

“我弟弟也喝酒了吗？”

“这倒没有。”

“站长先生这就回家了？”

“我受了伤，每天都要去看医生。”

“啊，这可太糟糕了。”

和服上罩着外套的站长，在大冷天里，仿佛想赶快结束闲谈似的转过身来说：

“好吧，路上请多保重。”

“站长先生，我弟弟没来吗？”叶子用目光在雪地上搜索，“请您多多照顾我弟弟，拜托啦。”

她的话音优美而又近乎悲凄。那嘹亮的声音在雪夜里久久回荡。

火车开动了，她还没把上身从窗口缩回来。一直等到火车追上走在铁路边上的站长，她又喊道：

“站长先生，请您告诉我弟弟，叫他下次休假时回家一趟！”

“行啊！”站长大声答应。

叶子关上车窗，用双手捂住冻红了的脸颊。

这是县界的山，山下备有三辆扫雪车，供下雪天使用。隧道南北，架设了电力控制的雪崩报警线，布置了五千名扫雪工和两千名消防队的青年队员。

这个叶子姑娘的弟弟，从今冬起就在这个将要被大雪覆盖的铁路信号所工作。岛村知道这一情况以后，对她越发感兴趣了。

但是，这里说的“姑娘”，只是岛村这么认为罢了。她身边那个男人究竟是她的什么人，岛村自然不晓得。两人的举动很像夫妻，男的显然有病。陪伴病人，无形中就容易忽略男女间的界限，侍候得越殷勤，看起来就越像夫妻。一个女人像慈母般地照拂比自己岁数大的男子，老远看去，免不了会被人看作夫妻。

岛村是把她作为单独的一个人来看的，凭她那种举止就推断她可能是个姑娘。也许是他用过分好奇的目光盯住这个姑娘，给自己增添了不少的感伤。

已经是三个钟头以前的事了。岛村感到百无聊赖，发呆地凝望着不停活动的左手食指。因为只有这根手指才能使他清楚地感到就要去会见的那个女人。奇怪的是，越是急于把她清楚地回忆起来，印象就越模糊。在这扑朔迷离的记忆中，也只有这根手指所留下的几许感触，把他带到远方的女人身边。他想着想着，不由得把手指送到鼻子边闻了闻。当他无意识地用这根手指在窗玻璃上画道道时，不知怎的，上面竟清晰地映出一只女人的眼睛。他大吃一惊，几乎喊出声来。大概是他的心飞向了远方的缘故。他定神看时，什么也没有。映在玻璃窗上的，是对座那个女人的形象。外面昏暗下来，车厢里的灯亮了。这样，窗玻璃就成了一面镜子。然而，由于放了暖气，玻璃上蒙了一层蒸汽，在他用手指揩亮玻璃之前，那面镜子其实并不存在。

玻璃上只映出姑娘一只眼睛，她反而显得更加美了。

岛村把脸贴近车窗，装出一副带着旅愁观赏黄昏景色的模样，用手掌揩了揩窗玻璃。

姑娘上身微倾，全神贯注地俯视着躺在面前的男人。她那小心翼翼的动作，一眨也不眨的严肃目光，都表现出她的真挚感情。男人头靠窗边躺着，把弯着的腿搁在姑娘身边。这是三等车厢。他们的座位不是在岛村的正对面，而是在斜对面，所以在窗玻璃上只映出那个侧身躺着的男人的半边脸。

姑娘正好坐在斜对面，岛村本是可以直接看到她的，可是他们刚上车时，她那种迷人的美，使他感到吃惊，不由得垂下了目光。就在这一瞬间，岛村看见那个男人蜡黄的手紧紧攥住姑娘的手，也就不好意思再向对面望去了。

镜中的男人，只有望着姑娘胸脯的时候，脸上才显得安详而平静。瘦弱的身体尽管很衰弱，却带着一种安乐的和谐气氛。男人把围巾枕在头下，绕过鼻子，严严实实地盖住了嘴巴，然后往上包住脸颊。这像是一种保护脸部的方法。但围巾有时会松落下来，有时又会盖住鼻子。就在男人眼睛要动而未动的瞬间，姑娘就用温柔的动作，把围巾重新围好。两人天真地重复着同样的动作，使岛村看着都有些焦灼。另外，裹着男人双脚的外套下摆，不时松开耷拉下来。姑娘也马上发现，立即给他重新裹好。这一切都显得非常自然。那种姿态，几乎使人认为他俩就这样忘记了所谓的距离，走向了漫无边际的远方。正因为这样，岛村看见这种悲愁，没有觉得辛酸，就像是在梦中看见了幻影一样。大概这些都是在虚幻的镜中幻化出来的缘故吧。

黄昏的景色在镜后移动着。也就是说，镜面映现的虚像与镜后的实物在晃动，好像电影里的叠影一样。出场人物和背景没有任何联系。而且人物是一种透明的幻象，景物则是在暮霭中的朦胧暗流，两者消融在一起，描绘出一个超脱人世的象征世界。特别是当山野里的灯火映照在姑娘的脸上时，那种无法形容的美，使岛村的心都几乎为之颤动。

在遥远的山巅上空，还淡淡地残留着晚霞的余晖。透过车窗看见的景物轮廓，退到远方，却没有消逝，但已经黯然失色。尽管火车继续往前奔驰，但在他看来，山野那平凡的姿态显得更加平凡。由于什么东西都不十分惹他注目，他内心反而好像隐隐地存在着一股巨大的感情激流。这自然是出于镜中浮现姑娘的脸的缘故。只有身影映在窗玻璃上的部分，遮住了窗外的暮景，然而，景色却在姑娘的轮廓周围不断地移动，使人觉得姑娘的脸也像是透明的。是不是真的透明呢？

这是一种错觉。因为从姑娘面影后面不停地掠过的暮景，仿佛是从她脸的前面流过。定睛细看，却又扑朔迷离。

车厢里也不太明亮。窗玻璃上的映象，不像真的镜子里的那样清晰。没有反光。这使岛村看得入了神，他渐渐地忘却了镜子的存在，只觉得姑娘好像飘浮在流逝的暮景之中。

这当儿，姑娘的脸上闪现着灯光。镜中映象的清晰度并没有减弱窗外的灯火。灯火也没有把映象抹去。灯火就这样从她的脸上闪过，但并没有把她的脸照亮。这是一束从远方投来的寒光，模模糊糊地照亮了她眼睛的周围。她的眼睛同灯光重叠的那一瞬间，就像在夕阳的余晖里飞舞的夜光虫，妖艳而美丽。

叶子自然没留意别人这样观察她。她的心全用在病人身上，就是把脸转向岛村那边，她也不会看见自己映在窗玻璃上的身影，更不会去注意那个眺望着窗外的男人。

岛村长时间地偷看叶子，却没有想到这样做会对她有什么不礼貌，他大概是被镜中暮景那种虚幻的力量吸引住了。也许岛村看到她呼唤站长时表现得有点过分严肃，从那时候起就对她产生了一种不寻常的兴趣。

火车通过信号所时，窗外已经变得黑沉沉。在窗玻璃上流动的景色一消失，镜子也就完全失去了吸引力。尽管叶子那张美丽的脸依然映在窗上，而且表情还是那么温柔，但岛村在她身上却发现她对别人似乎特别冷漠，他也就不想去揩拭那面变得模糊不清的“镜子”了。

约莫过了半小时，没想到叶子他们也和岛村在同一个车站下了车，这使他觉得好像还会发生什么同自己有关的事，所以他把头转过去。从站台上迎面扑来一阵寒气，他立即对自己在火车上那种不礼貌的行为感到羞愧，就头也不回地从火车头前面走了过去。

男人攥住叶子的肩膀，正要下到路轨上的时候，站务员从对面扬手加以制止。

转眼间，从黑暗中出现一列长长的货车，挡住了他俩的身影。

前来招徕顾客的客栈掌柜，穿着一身严严实实的冬装，包住两只耳朵，蹬着长筒胶靴，活像火场上的消防队员。一个女子站在候车室窗旁，眺望着路轨那边，她披着蓝色斗篷，蒙上了头巾。

从车上带下来的暖气尚未完全从岛村身上消散，岛村还没有感受到外面真正的寒冷。他是第一次遇上这雪国的冬天，一上来就被当地人的打扮吓住了。

“真冷得要穿这身衣服吗？”

“嗯，已经完全是过冬的装束了。雪后放晴的头一晚特别冷。今天晚上可能降到零下哩。”

“已经到零下了吗？”

岛村望着屋檐前招人喜欢的冰柱，同客栈掌柜一起上了汽车。在雪天夜色的笼罩下，家家户户低矮的屋顶显得越发低矮，仿佛整个村子都静悄悄地沉浸在无底的深渊之中。

“难怪啰，手无论触到什么东西，都觉得特别冷啊。”

“去年最冷是零下二十多度呢。”

“雪呢？”

“雪嘛，平时七八尺厚，下大了恐怕有一丈二三尺吧。”

“大雪还在后头啰？”

“是啊，是在后头呢。这场雪是前几天下的，只有尺把厚，已经融化得差不多了。”

“能融化掉吗？”

“说不定什么时候还会再来一场大的呢。”

已经是十二月上旬了。

岛村感冒总不见好，这会儿冷空气从不通气的鼻孔一下子冲到了脑门心，清鼻涕簌簌地流个不停，好像把脏东西都给冲了出来。

“老师傅家的姑娘还在吗？”

“嗯，还在，还在。在车站上您没看见？披着深蓝色斗篷的就是。”

“就是她？……回头可以请她来吗？”

“今天晚上？”

“是今天晚上。”

“说是老师傅的少爷坐末班车回来，她接车去了。”

在暮景的镜中看到叶子照拂的那个病人，原来就是岛村来会晤的这个女子的师傅的儿子。

一了解这点，岛村感到仿佛有什么东西掠过自己的心头。但他对这种奇妙的因缘，并不觉得怎么奇怪，倒是对自己不觉得奇怪感到奇怪。

岛村不知怎的，内心在想：凭着指头触感记住的女人，与眼睛里灯火闪映的女人，她们之间会有什么联系，可能会发生什么事情呢？这大概是他还没有从暮景的镜中清醒过来的缘故吧。他无端地喃喃自语："那些暮景的流逝，难道就是时光流逝的象征吗？"

对温泉客栈来说，滑雪季节前是顾客最少的时候，岛村从室内温泉上来，已是万籁俱寂了。他在破旧的走廊上，每踏一步，都震得玻璃门沙沙作响。在长廊尽头账房的拐角处，一个女子亭亭玉立，她的衣服下摆铺展在乌亮的地板上，使人有一种冷冰冰的感觉。

看到衣服下摆，岛村不由得一惊：她到底还是当艺伎了吗？！可是，她没有向这边走来，也没有动动身子做出迎客的娇态。他从远处看她那亭亭玉立的姿势，感受到她有一种真挚的感情。他连忙走过去，默默地站在女子身边。女子也想绽开她那浓施粉黛的脸，结果适得其反，变成了一副哭丧的脸。两人就那么默然无言地向房间走去。

虽然发生过那种事情，但他没有来信，也没有赴约，更没有信守诺言送来舞蹈造型的书。在女子看来，准以为他是一笑了之，把自己忘了。按理说，岛村是应该首先向她赔礼道歉或解释一番的，但她连瞧也没瞧岛村一眼，就一直往前走。他觉察到她不仅没有责备自己的意思，反而在一心倾慕自己。这就使他越发觉得此时自己无论说什么，都只会被认为是不真挚的。他被她慑服了，沉浸在美妙的喜悦之中，走到了楼梯口，他才突然把左拳伸到女子的眼前，竖起食指说：

"它最记得你呢。"

"是吗？"

女子一把攥住他的指头，没有松开，手牵手地登上楼。在被炉[1]前，她把他的手松开时，一下子连脖根都涨红了。为了掩饰这点，她慌里慌张地又抓住了他的手说：

"你是说它还记得我吗？"

他从女子的掌心里抽出右手，伸进被炉里，然后伸出左拳说：

"不是右手，是这个啊。"

"嗯，我知道。"

她装作若无其事的样子，一边抿着嘴笑起来，一边掰开他的拳头，把自己的脸贴了上去。

"你是说它还记得我吗？"

"噢，真冷啊！我头一回摸到这么冰凉的头发。"

"东京还没下雪吗？"

1　日本的取暖设备。在炭炉上放个木架，罩上棉被而成。

“虽然那时候你是那样说了，但我总觉得那是违心的话。要不然，年终岁末，谁还会到这样寒冷的地方来呢？”

那个时候——已经过了雪崩危险期，到处一片嫩绿，是登山的季节了。

过不了多久，饭桌上就将看不见通草的新芽了。

岛村无所事事，要唤回对自然和自己容易失去的真挚感情，最好是爬山。于是他常常独自去爬山。他在县界的山上待了七天。那天晚上他一到温泉浴场，就让人去叫艺伎。但是，女佣回话说：那天刚好庆祝新铁路落成，村里的茧房和戏棚都用作了宴会场地，异常热闹，十二三个艺伎人手已经不够，怎么可能叫来呢？不过，老师傅家的姑娘即便去宴会上帮忙，顶多表演两三个节目就可以回来，也许她会应召前来吧。岛村再仔细地问了问，女佣作了这样简短的说明：三弦琴和舞蹈师傅家里的那位姑娘虽不是艺伎，可有时也应召参加一些大型宴会什么的。这里没有年轻的，中年的倒很多，却不愿跳舞。这么一来，姑娘就更显得可贵了。虽然她不常一个人去客栈旅客的房间，但也不能说是个无瑕的良家闺秀了。

岛村认为这话不可靠，根本没有把它放在心上。约莫过了一个钟头，女佣把女子领来，岛村不禁一愣，正了正坐姿。女子拉住站起来就要走的女佣的袖子，让她依旧坐下。

女子给人的印象洁净得出奇，甚至令人想到她的脚趾弯里大概也是干净的。岛村不禁怀疑起自己的眼睛，是不是出于刚看过初夏群山的缘故。

她的衣着虽带几分艺伎的打扮，可是衣服下摆并没有拖在地上，而且只穿一件合身的柔软的单衣。唯有腰带很不相称，显得很昂贵。这副样子，看起来反而使人觉得有点可怜。

女佣趁他俩谈起山里的事，站起来就走了。然而就连从这个村子可以望见的几座山的名字，那女子也说不齐全。岛村提不起酒兴，女子却意外坦率地谈起自己也是生长在这个雪国，在东京当舞伎时被人赎身出来，本打算将来做个日本舞师傅维持生计，可是刚刚过了一年半，她的恩主就与世长辞了。也许从那人死后到今天的这段经历，才是她真正的身世吧。这些她是不想马上坦白出来的。她说是十九岁。果真如此的话，这十九岁的人看起来倒像有二十一二岁了。岛村这才得到一点宽慰，开始谈起歌舞伎之类的事来。她比他更了解演员的艺术风格和逸事。也许她正渴望着有这样一个话伴，所以津津乐道。谈着谈着，露出了烟花巷出身的女人的坦率天性。她似乎很能掌握男人的心理。尽管如此，岛村一开头就把她看作良家闺秀。加上他快一个星期没跟别人好好闲谈了，内心自然热情洋溢，首先从她身上感受到一种类似友情的东西。他从山上带来的感伤也浸染到了女子身上。

翌日下午，女子把浴具放在过道上，顺便跑到他的房间里。

她正要坐下，岛村突然叫她帮忙找个艺伎来。

“你说是帮忙？”

“还用问吗？”

“真讨厌！我做梦也没想到你会托我干这种事！”

她愤然地站在窗前，眺望着县界上的重山叠峦，不觉脸颊绯红了。

“这里可没有那种人。”

“说谎。”

“这是真的嘛！”说着，她突然转过身子，坐在窗台上，“这可绝对不能强迫命令啊。一切得听随艺伎的方便。说真的，我们这个客栈一概不帮这种忙。你不信，找人直接问问就知道了。”

“你替我找找看嘛。”

“我为什么一定要帮你干这种事呢？”

“因为我把你当作朋友嘛。以朋友相待，不向你求欢。”

“这就叫作朋友？”女子终于被激出这句带稚气的话来，接着又冒了一句，“你真了不起，居然托我办这种事。”

“这有什么关系呢？在山上身体是好起来了。可脑子还是迷迷糊糊，就是现在同你说话吧，心情也还不是那么痛快。”

女子垂下眼睛，默不作声。这么一来，岛村干脆露出男人那副无耻相来。她通情达理、百依百顺，大概已经成了一种习惯。她睫眉深黛，那双垂下的眼睛，显得更加温顺，更加娇艳了。岛村望着望着，女子的脸微微左右晃了晃，又泛起了一抹红晕。

“就叫个你喜欢的嘛。”

“我不是在问你吗？我初来乍到的，哪里知道谁漂亮。”

“你是说要漂亮的？”

“年轻就可以。年轻姑娘嘛，各方面都会少出差错。不要唠叨得令人讨厌就行。迷糊一点也不要紧，洁净就行了。等我想聊天的时候，就去找你。”

“我不再来了。”

“胡说。”

“真的，不来了。干吗要来呢？”

“我想跟你交个朋友，清清白白的，才不向你求欢呢。”

“你这种人真少见啊。”

“要是发生那种事，明天也许就不想再见到你了，也不会有兴致跟你聊天了。我从山上来到这个村子，难得见人就感到亲热，所以不向你求欢。要知道我是个游客啊。”

“嗯，这倒是真的。”

“是啊，就说你吧，假如我物色的是你讨厌的女人，以后你见到我也会感到心里不痛快的。若是你给我挑选，总会好些吧？”

“我才不管呢！”她使劲地说了一句，掉转脸又说，“这倒也是。”

“要是同女人过夜，那才扫兴呢。感情也不会持久的吧。”

“是啊。的确是那么一回事。我出生在港市，可这里是温泉浴场。”姑娘出乎意料地用坦率的口吻说，“客人大多是游客，虽然我还是个孩子，听听形形色色的人的话也会知道，那些人心里十分喜欢你，当面又不说，总使你依依不舍，流连忘返。即使分别之后，也还是那个样子。对方有时想起你，给你写信的，大体都是属于这类人。”

女子从窗台上站起来，又轻柔地坐在窗前的榻榻米上。她那副样子，好像是在回顾遥远的往昔，才忽然坐到岛村身边似的。

女子的声音充满了真挚的感情，反倒使岛村觉得这样轻易地欺骗了她，心里有点内疚。

但是，他并不是想要说谎。不管怎么说，这个女子总是个良家闺秀。即使他想女人，也不致有求于这个女子。这种事，他满可以毫不作孽地轻易了结它。她过于洁净了。初见之下，他就把这种事同她区分了开来。

而且，当时他还没决定夏季到哪儿去避暑，才想起是否要把家属带到这个温泉浴场来。幸好她是个良家女子，如果她能来，可以给夫人做个好导游，说不定还可以向她学点舞蹈，借以消愁解闷。他确实这样认真考虑过。尽管他感到对女子存在着一种友情，他还是渡过了这友情的浅滩。

当然，这里或许也有一面岛村观看暮景的镜子。他不仅忌讳同眼前这个身世不明的女人纠缠不清，更重要的也许是他抱有一种非现实的看法，如同傍晚看到映在车窗玻璃上的女子的脸一样。

他对西方舞蹈的兴趣也是如此。岛村生长在东京闹市区，从小熟悉歌舞伎，学生时代偏爱传统舞蹈和舞剧。他天性固执，只要摸上哪一门，就非要彻底学到手不可。所以他广泛涉猎古代的记载，走访各流派的师傅，后来还结识了日本舞蹈的新秀，甚至还写起研究和评论文章来。而且他对传统日本舞蹈的停滞状态，以及对自以为是的新尝试，自然也感到强烈的不满。一种急切的心情促使他思考：事态已经如此，自己除了投身到实际运动中去，别无他途。当受到年轻的日本舞蹈家的吸引时，他突然改行搞西方舞蹈，根本不去看日本舞蹈了。相反，他收集有关西方舞蹈的书籍和图片，甚至煞费苦心地从外国搞来海报和节目单之类的东西。这绝非仅仅出于对异国和未知境界的好奇。在这里，岛村新发现的喜悦，就在于他没能亲眼看到西方人的舞蹈这一点，可以从他向来不看日本人跳西方舞得以佐证。可以说，没有什么比凭借西方印刷品来写有关西方舞蹈的文章更轻松的了。描写没有看过的舞蹈，实属无稽之谈，是地地道道的“纸上谈兵”。可是，那是天堂的诗。虽美其名曰研究，其实是任意想象，不是欣赏舞蹈家栩栩如生的肉体舞蹈艺术，而是欣赏他自己空想的舞蹈幻影。这种空想是由西方的文字和图片产生的，仿佛憧憬那不曾见过的爱情一样。因为他不时写些介绍西方舞蹈的文章，也勉强算是个文人墨客吧。虽以此自嘲，但没有职业的他有时也会得到一种心灵上的慰藉。

他这一番关心日本舞蹈的谈话，促使她去亲近他。应该说，这是他的这些知识在时隔多年之后，又在现实中起了作用。说不定岛村也在不知不觉中把她当作了西方舞蹈呢。

因此，他觉得自己在旅途中这番淡淡哀愁的谈话，仿佛触动了她生活中的创伤，不免后悔不已，就好像自己欺骗了她似的。

“要是这样说定了，下次我就是带家属来，也能同你尽情玩的啊。”

“嗯。这件事我已经非常明白了。”女子压低了声音，嫣然一笑，然后带着几分艺伎的风采打闹着说，“我也很喜欢那样，平平淡淡才可以持久啊。”

“所以你就帮我叫一个来嘛。”

“现在？”

“嗯。”

“真叫人吃惊啊！这样的大白天，怎么好意思开口呢？”

“我不愿意要人家挑剩下的。”

“瞧你说的！你想错了，你以为这个温泉浴场是淘金的地方？光瞧村里的情况，你还不明白吗？”

女子以一种遗憾而严肃的口吻，反复强调这里没有干那种行当的女人。岛村表示怀疑。女子认真起来，但她退让一步说：“想怎么干，全看艺伎自己，只是预先没向主家打招呼就外宿，得由艺伎本人负责。后果如何，主家可就不管了。但是，如果事先向主家打过招呼，那就是主家的责任，他得管你一辈子，就是这点不同。”

“所谓‘责任’是指什么？”

“就是说有了孩子，或是搞坏了身子呗。”

岛村对自己这种傻里傻气的提问，不禁苦笑起来。他又想：也许在这个山村里还真有那种事呢。

他无所事事，也许会自然而然地要去寻找保护色吧，所以他对途中每个地方的风土人情，都有一种本能的敏感。打山上下来，从这个乡村十分朴实的景致中，他马上领略到一种悠闲宁静的气氛。他在客栈里一打听，果然，这里是雪国生活最舒适的村庄之一。据说几年前还没通铁路的时候，这里主要是农民的温泉疗养地。有艺伎的家，都挂着印有饭馆或红豆汤馆字号的褪了色的门帘。人们看到那扇被煤烟熏黑的旧式拉门，一定怀疑这种地方居然还会有客上门。日用杂货铺或粗点心铺也大多只雇用一个人，这些雇主除了经营店铺外，似乎还兼干庄稼活。大约她是师傅家的姑娘——一个没有执照的女子，偶尔到宴会上帮帮忙，不会有哪个艺伎挑眼吧。

“那么，究竟有几个呢？”

“你问艺伎吗？有十二三个。”

“哪个比较好？”岛村说着，站起来去揿电铃。

“让我回去吧。”

“你可不能回去。”

“我不愿意。”女子仿佛要摆脱屈辱似的说，“我回去了。没关系，我不计较这些。以后还会再来的。”

但是，当看见女佣时，她又若无其事地重新坐好。女佣问了好几遍要找谁，她也不指名。

过了片刻，一个十七八岁的艺伎走了进来。岛村一见到她，下山进村时那种思念女人的情趣就很快消失，顿觉索然寡味了。艺伎那两只黝黑的胳膊，瘦嶙嶙的，看上去还带几分稚气。人倒老实。岛村也就尽量不露出扫兴的神色，朝艺伎那边望去。其实是她背后窗外那片嫩绿的群山在吸引着他。他连话也懒得说了。这女子实在像山村艺伎。女子看见岛村绷着脸不说话，就默默地站起身来有意出去。这样就显得更加扫兴了。这样约莫过了个把钟头。岛村在想：有什么法子把艺伎打发走呢？他忽然想起有张电汇单已经送到，于是就借口赶钟点上邮局，便同艺伎一起走出了房间。

然而，岛村来到客栈门口，抬眼一望散发出浓烈嫩叶气息的后山，就被吸引住了，随即冒冒失失地，只顾自己登山去了。

有什么好笑的呢？他却独自笑个不停。

这时，他觉得倦乏，便转身撩起浴衣后襟，一溜烟跑下山去。从他脚下飞起两只黄蝴蝶。

蝶儿翩翩飞舞，忽儿飞得比县界的山还高，随着黄色渐渐变白，就越飞越远了。

“你怎么啦？”女子站在杉树林荫下，“你笑得真欢呀。”

“不要了呀。”岛村无端地又笑起来，“不要了！”

“是吗？”

女子突然转过身子，慢步走进杉树丛中。他默默地跟在后头。

那边是神社。女子在布满青苔的石狮子狗旁一块平坦的岩石上坐下来。

“这里最凉快啦。即使是三伏天，也是凉风习习的。”

“这里的艺伎都是那个样子吗？”

“都差不多吧。在中年人里倒有一个长得挺标致的。”她低下头冷淡地说了这样一句。

她的脖颈，淡淡地映上一抹杉林的暗绿。

岛村抬头望着杉树的枝梢。

“这就够啦！体力一下子消耗尽了，真奇怪啊。”

杉树亭亭如盖，不把双手撑着背后的岩石，向后仰着身子，是望不见树梢的。而且树干挺拔，暗绿的叶子遮蔽了苍穹，四周显得深沉而静谧。岛村靠着的这株树干，是其中最古老的。不知为什么，只是北面的枝丫一直枯到了顶，光秃秃的树枝，像是倒栽在树干上的尖桩，有些似凶神的兵器。

“也许是我想错了。从山上下来第一个看到你，无意中以为这里的艺伎都很漂亮。”岛村带笑地说。

岛村如今才发觉自己忽然想一洗七天来在山里获得的精力，实际上是由于一开始遇见了这样一个隽秀婀娜的女子。

女子目不转睛地望着远方夕晖晚照的河流。闲极无聊，觉着有些别扭了。

“哟，差点忘了，是您的香烟吧。”女子尽量用轻松的口气说，“方才我折回房间，看见您已经不在，正想着是怎么回事，就看到您独自兴冲冲地登山去了。我是从窗口看见的。真好笑啊。您忘记带烟了吧，我给送来啦。”

于是她从衣袖兜里掏出他的香烟，给他点上了火。

“我很对不起那个孩子。”

“那有什么呢。什么时候让她走，还不是随客人的方便嘛。”

溪中多石，流水的潺潺声，给人以甜美圆润的感觉。从杉树透缝的地方，可以望见对面山上的“皱襞”已经阴沉下来。

“除非找个与你不相上下的，要不，日后见到你，是会遗憾的。”

“这与我不相干。你真逞能呀。”

女子不高兴地嘲讽了一句。不过，他俩之间已经交融着一种与未唤艺伎时迥然不同的情感。

岛村明白，自己从一开始就是想找这个女子，可偏偏和平常一样拐弯抹角，不免讨厌起自己来。与此同时，越发觉得这个女子格外地美。从刚才她站在杉树背后喊自己开始，他就感到这个女子的倩影是多么袅娜多姿啊！玲珑而悬直的鼻梁，虽嫌单薄些，但在下方搭配着的小巧的紧闭的柔唇，却宛如美极了的水蛭环节，光滑而伸缩自如，在默默无言中也有一种动的感觉。如果嘴唇起了皱纹，或者色泽不好，就会显得不洁净。她的嘴唇却不是这样，而是滋润有光泽的。两只眼睛，眼梢不翘起也不垂下，简直像有意描直了似的，虽逗人发笑，却恰到好处地镶嵌在两道微微下弯的浓密的短眉毛下。颧骨稍耸的圆脸，轮廓一般，但肤色恰似在白瓷上抹了一层淡淡的胭脂。脖颈底下的肌肉尚未丰满。她虽算不上是个美人，但比谁都要显得洁净。

对一个当过舞伎的女子来说，她的胸脯算是有点挺的。

“瞧，不知什么时候飞来这么些蚋子。”女子抖了抖衣裳下摆，站起身来。

就这样在寂静中待下去，两人的表情会变得更加不自在，以致扫兴的。

当天夜里十点光景，女子从走廊上大声呼喊着岛村的名字，“吧嗒”一声便栽进他的房间里。她猛然趴到桌面上，醉醺醺地用手乱抓桌上的东西，然后咕嘟咕嘟地喝起水来。

据她说，今冬在滑雪场上结识了一帮子男人，他们傍晚翻山越岭来到这里，彼此相遇。他们邀她上了客栈，还叫来艺伎，狂欢一场，她被他们灌醉了。

她摇头晃脑，不着边际地独白了一通。

“这样不好，我还是走吧。他们还以为我怎么样啦，正在找我呢。回头我再来。”她说着踉踉跄跄地走了。

约莫过了一个钟头，长廊上又响起了凌乱的脚步声，像是一路上跌跌撞撞走过来的。

“岛村先生！岛村先生！”女子尖声喊道，“啊，不见了，岛村先生！”

这纯粹是女子纯洁的心灵在呼唤自己男人的声音。岛村出乎意料。可是她的尖声无疑已响彻整个客栈。岛村有点迷惑，刚想站起身来，女子就用指头戳进纸拉门，抓住窗棂，顺势倒在他怀里了。

“啊，你在呀！”

女子缠着他坐下，偎依着他。

“没醉嘛。嗯，谁醉啦？难受，我只觉得难受。脑子清醒着呢。啊，想喝水。坏在掺威士忌喝。那玩意儿喝了上脑，头痛得厉害。那帮人买的是廉价酒，我不知道……”

她如此这般地说了一通，然后不停地用掌心抚揉着脸。

外面的雨声骤然大了起来。

他稍松开手，女子就瘫下来。他搂着她的脖子，她的发髻差点被他的脸颊压散了。他顺势将手探入她的怀里。

女子没有答应他的要求，两臂交叉压在他所要求的东西上，像上了门闩似的。也许因为酩酊大醉，她已经使不上劲儿了。

“这是什么玩意儿！？他妈的，妈的！我累极了，这是什么玩意儿！？”她说着突然咬住了自己的胳膊肘。

他大吃一惊，连忙拨开她的胳膊肘，只见上面留下了深深的牙痕。

但是，她已经听任他的摆布了。她自己只顾乱写起来。说是要写自己喜欢的人的名字，于是一连写了二三十个戏剧演员和电影演员的名字，然后把“岛村”二字连续写了无数遍。

岛村掌心里那难得的丰满的东西，渐渐地热起来了。

“啊，放心了。我这就放心了。”他温存地说，甚至有一种母性的感觉。

女子忽然觉得难受，拼命地挣扎着站起来，伏倒在房间另一个角落里。

“不行，不行。我要回去，我回去啦！”

“走得了吗？下着大雨呢。”

“光脚回去，爬着也要回去！”

“危险呀！你要回去，我来送你。”

客栈在小山冈上，有一段陡坡。

“松松腰带稍躺一会儿，醒醒酒好吗？”

“那样不好，这样就行了，我习惯了。”她说着端端正正地坐起来，挺着胸脯，只觉得憋得慌。推开窗扇，想吐又吐不出来。她本想扭动身子翻滚几下，可是最后咬紧牙关强忍住了。这样持续了好一阵子。

有时又振作起精神，连连嚷着要回去。不知不觉间已过深夜两点。

“你睡吧。喂，叫你睡嘛。”

“那你怎么办？”

“我就这样，等醒醒酒就走，得趁天亮以前赶回去。”女子膝行过去拉住岛村，“不要管我，叫你睡嘛。”

岛村钻进被窝，女子便趴在桌上喝了几口水。

“起来。喏，叫你起来嘛。”

“你到底要我做什么？”

“还是躺下吧。”

“你这是什么话？！”

岛村爬了起来，一把将女子拖了过去。

于是，女子左右闪躲着脸，倏地伸出了嘴唇。

之后，她又梦呓般地倾诉着苦衷：

“不行，不行呀！你不是说只交个朋友吗？”

不知道她把这句话重复了多少遍。

岛村被她那真挚的声音所打动。他锁紧双眉，哭丧着脸，强压住自己那股强烈的冲动，已经感到索然寡味了。他甚至在想是否还要遵守向她许过的诺言。

“我没有什么可惋惜的。绝对没有什么可惋惜的啊。不过，我不是那种女人，不是那种女人啊！你自己不是说过一定不能持久吗？”

她醉得几乎麻木了。

“不能怪我不好呀。是你不好嘛。你输了。是你懦弱，不是我。”她说漏了嘴，为了拂除心头的爱欲，连忙咬住了衣袖。

她好像掉了魂，沉默了好一阵子，突然又想起来似的尖声说道：

“你在笑呢。在笑我是不是？”

“我没笑啊。”

“在偷笑我吧。现在就是不笑，以后也一定会笑的。”女子说着伏下身子，抽抽搭搭地哭了起来。

但是，她很快停止抽泣，紧贴着他，温柔和蔼地细说起自己的身世来。她似乎完全忘掉了醉后的痛苦，只字不提刚才的事。

“哎哟，只顾说话，把时间都给忘了。”这回她脸上飞起一片红潮，微微地笑了。

她说过，得在天亮之前赶回去。

“天还很黑。附近的人都起得早。”她说着，好几次站起来，推开窗扇看了看。

“还不见行人呢。今早下雨，谁也没下地。”

在迷蒙的雨中，对面的层峦和山麓的屋顶浮现了出来。女子仍然依依难舍，不忍离去。但她还是赶在客栈的人起床之前梳理好头发，生怕岛村送到大门口会被人发现，便慌慌张张跑也似的独自溜走了。当天，岛村也回了东京。

“那时候你虽是那么说，但毕竟不是真心话，要不然谁会在年终岁末跑到这样寒冷的地方来呢？后来我也没笑嘛。”

女子陡地抬起头来。她那贴在岛村掌心的眼睑和颧骨上飞起的红潮，透过浓浓的白粉显现出来。这固然令人想到雪国之夜的寒峭，但是她那浓密的黑发却给人带来一股暖流。

她脸上泛起了一丝迷人的浅笑。她想起“那时候”了吗？好像岛村的话逐渐把她的身体浸染红了。女子懊恼地低下头，和服后领敞开，可以望到她的脊背也变得红殷殷的，宛如袒露着水灵灵的裸体。也许是发色的衬托，更使人有这种感觉吧。额发不太细密，发丝有男人头发粗，没有一根茸发，像黑色金属矿一样乌亮发光。

岛村头一次触到这么冰凉的头发，不觉吃了一惊。他觉得也许这不是出于天气寒冷的缘故，而是这类头发本身就是这样，所以不由得定睛细细打量一番。女子却在被炉支架上屈指数起数来，数个没完没了。

“你在数什么？”

他问过之后，女子仍旧默默地屈指数了好一阵子。

“那是五月二十三日。”

“是吗，你是在数日子呢？七月、八月连着都是大月嘛。”

“哦，第一百九十九天。正好是第一百九十九天。”

“你怎能记得那么清楚是五月二十三日呢？”

"只要翻翻日记就知道了。"

"日记？你记日记？"

"嗯。翻阅旧日记是我的乐趣啊。不论什么都不加隐瞒地如实记下来，连自己读起来都觉得难为情呢。"

"什么时候开始的？"

"去东京当舞伎前不久。那阵子手头钱不富裕，自己买不起日记本，只好花两三分钱买来一个杂记本，然后用规尺画上细格，也许是铅笔削得很尖，画出来的线整齐美观极了。所以从本子上角到下角，密密麻麻地写满了小字。等到自己买得起日记本，反而不行了，用起来很浪费。就说练字吧，本来常在旧报纸上写，现在就直接在成卷的信纸上写啰。"

"没有间断过吗？"

"嗯。十六岁记的和今年记的最有意思。每次赴宴回来，换上睡衣就记。不是回来得很晚嘛，每每写到一半就睡着了，有些地方现在还看得出来。"

"是吗？"

"不过，不是天天都记，也有间歇的时候。在这山沟沟里，所谓'出席宴会'，还不是老一套。今年只买到那种每页都带年月日的，不合适。因为有时一下笔就写得很长。"

比起日记来，岛村格外感动的是，她从十六岁起就把读过的小说一一做了笔记，因此杂记本已经有十册之多。

“把感想都写下来了吗？”

“我写不了什么感想，只是记记标题、作者和书中人物，以及这些人物之间的关系。”

“光记这些有什么意思呢？”

“没法子呀。”

“完全是一种徒劳嘛。”

“是啊。”女子满不在乎地朗声回答，然后直勾勾地望着岛村。

岛村不知为什么，很想再强调一声“完全是一种徒劳嘛”，就在此时，雪夜的宁静沁人心脾，那是因为被女子吸引住了。

他明知对于这女子来说不会是徒劳的，却劈头给她一句“徒劳”。这样说过之后，反而觉得她的存在变得更加纯真了。

这个女子谈到小说的事，听起来仿佛同日常所用的“文学”两字毫不相关。看来这村庄人们之间的情谊，也只是交换着看看妇女杂志而已。除此之外，就完全是孤孤单单地各看各的书了。没有选择，也不求甚解，只要在客栈的客厅等处发现小说或杂志，借来就翻阅。她凭记忆所列举的新作家的名字，有不少是岛村所不知道的。听她的口气，像是在谈论遥远的外国文学，带着一种凄凉的调子，同毫无贪欲的叫花子一样。岛村心想：这恐怕同自己凭借洋书上的图片和文字，幻想出遥远的西方舞蹈的情况差不多吧。

她好像几个月才盼来了这样的话伴，又饶有兴味地谈起不曾看过的电影和戏剧。一百九十九天以前，她也热衷过这类谈话。难道她忘记了曾情不自禁地投到岛村怀里的那股劲头了吗？此时此刻她仿佛又想起自己所描述的事物，连身体都变得热乎起来了。

但是，她那种对城市事物的憧憬，看上去现在已隐藏在淳朴的绝望之中，变成一种天真的梦想。他强烈地感到：她这种情感与其说带有城市败北者那种傲慢的不满，不如说是一种单纯的徒劳。她自己没有显露出落寞的样子，然而在岛村的眼里，却成了难以想象的哀愁。如果一味沉溺在这种思绪里，连岛村自己恐怕也要陷入缥缈的感伤之中，以为生存本身就是一种徒劳。但是，山中的冷空气，把眼前这个女子脸上的红晕浸染得更加艳丽了。

不管怎样，岛村总算是重新评价了她。然而今天对方已当了艺伎，他反倒难以启齿了。

那时她酩酊大醉，懊悔自己的胳膊麻木，下死劲地咬住胳膊肘，嚷道：

“这是什么玩意儿！？他妈的，妈的！我累极了，这是什么玩意儿！？”

她脚跟站不稳，摇晃两下便栽倒在地上。

“绝对没有什么可惋惜的啊。不过，我不是那种女人，不是那种女人啊！”岛村想起这句话，踟蹰不前了。女子敏感地觉察到，条件反射似的站立起来。这时正好传来了汽笛声，她说了声“是零点的上行车”，然后猛一下拉开纸窗，推开玻璃窗，一屁股坐在窗台上，身体倚着窗栏。

一股冷空气“嗖”地卷进室内。火车渐渐远去，听来像是夜晚的风声。

“喂，不冷吗？傻瓜。”

岛村也站起来，走过去，倒是没有风。

这是一幅严寒的夜景，仿佛可以听到整个冰封雪冻的地壳深处响起冰裂声。没有月亮。抬头仰望，满天星斗，多得令人难以置信。星辰闪闪竞耀，好像以虚幻的速度慢慢坠落下来。繁星移近眼前，把夜空越推越远，夜色也越来越深沉。县界的山峦已经层次不清，显得更加黑苍苍的，沉重地垂在星空的边际。这是一片清寒、静谧的和谐气氛。

女子发现岛村走近，就把胸脯伏在窗栏上。这种姿态，不是怯懦，相反地，在这种夜色映衬下，显得无比坚强。岛村暗自思忖：又来了。

然而，尽管山峦是黑压压的，但不知为什么看上去却像茫茫的白色。这样一来，令人感到山峦仿佛是透明而冰凉的。天空和山峦的色调并不协调。

岛村捏着女子的喉结，一边说“天这么冷，要感冒的”，一边使劲把她往后拽。女子一把抱住窗栏，哑着嗓子说：

“我要回去啦！”

“你就走吧。”

“让我就这样再坐一会儿。”

“那么我洗澡去。”

“不，你留在这儿。”

“把窗关上吧。”

“让我就这样再坐一会儿。”

村庄半隐在有守护神的杉林后边。乘汽车不用十分钟就可以到达火车站。那里的灯火在寒峭中闪烁着，好像在啪啪作响，快要迸裂似的。

女子的脸颊、窗上的玻璃、自己的棉袍袖子，凡是手触到的东西，都使岛村头一回感到是那样冰冷。

连脚下的榻榻米也是冷冰冰的。他正要独自去洗澡时，女子这回却温顺起来，说：

“请等一下，我也去。”

女子正要把他脱下的散乱的衣裳收拾到篮子里去，一个投宿的男客走了进来，发现女子畏缩地把脸藏在岛村怀里，就说：

“啊，对不起。”

“没什么，请进。我们要到那边去。”

岛村连忙说了一句。然后就那么光着膀子，抱起篮子走进了旁边的女澡堂。女子当然是装成夫妻的样子跟了上去。岛村默默地头也不回就跳进了温泉。他放心了，正要放声大笑，又急忙把嘴凑到泉口，胡乱地漱了漱口。

回到房间，横躺着的女子轻轻抬起头，用小拇指把鬓发撩了撩，只说了一声：“多悲伤啊！”

女子像是半睁着黑眸子。可是，凑近一看，原来那是她的睫毛。

这个神经质的女子彻夜未眠。

她系腰带的窸窣声把岛村惊醒了。

“那么早把你吵醒，真对不起。天还没亮呢。我说，请你看看我好吗？”女子关上了电灯，“能看见我的脸吗？看不见？”

“看不见，天还没亮嘛。”

“胡说。你好好看看，怎么样？”女子说着，把窗子全推开了，“看见了吧？不行啊，我回去啦。”

黎明时分这么寒峭，岛村有点意外。他从枕边抬起头，望见天空仍是一片夜色，可是山峦已经微微发白了。

“对了，没关系，现在是农闲，一早不会有行人的。不过，会不会有人上山呢？”女子喃喃自语，拖着系了半截的腰带来回走动。

“刚才五点钟的那趟下行车好像没有下来客人。客栈里的人起床还早呢。”

女子系好腰带，还是时而站起，时而坐下，然后又踱来踱去。这种坐立不安的样子，像是夜间动物害怕黎明，焦灼地来回转悠似的。

这种奇异的野性使她兴奋起来。

这时，可能室内已经明亮，女子绯红的脸颊也看得很清楚了。岛村对这醉人的鲜艳的红色，看得出了神。

“瞧你这脸蛋，都冻得通红啦。”

“不是冻的，是卸去了白粉。我一钻进被窝，马上就感到一股暖流直蹿脚尖。”说着，她面对着枕旁的梳妆台照了照镜子。

“天到底亮了。我要回去了。”

岛村朝她望去，突然缩了缩脖子。镜子里白花花闪烁着的原来是雪。在镜中的雪里现出了女子通红的脸颊。这是一种无法形容的纯洁的美。

也许是旭日东升了，镜中的雪越发耀眼，活像燃烧的火焰。浮现在雪上的女子的头发，也闪烁着紫色的光，更增添了乌亮的色泽。

大概为了避免积雪，顺着客栈的墙临时挖了一条小沟，将浴池溢出的热水引到大门口，汇成了一个浅浅的水潭。一条壮硕的黑色秋田狗，蹲在那里的一块踏石上，久久地舔着热水。门口晾晒着成排的客用滑雪板，那是从库房里刚搬出来的，还发出轻微的霉味。这种霉味也被蒸汽冲淡了。就连从杉树枝头掉落下来的雪，在公共浴池房顶上遇到热气，也融化变形了。

女子从山上客栈的窗口俯视黎明前的坡道。过些时候，从年底到正月这段日子，这条坡道将会被暴风雪埋没。那时赴宴就得穿雪裤[1]、长筒胶靴，还得披斗篷、戴头巾呢。到了那时节，积雪会有丈把厚。岛村现在正下这条坡道。不过，他从路旁高高地晾晒着的尿布下面，倒是可以望见县界的山峦，上面的积雪熠熠生辉，显得天气格外晴朗。绿色的葱还没被雪埋掉。

村里的孩子正在田间滑雪。

一走进村里的街道，就听到从屋檐滴落下来的轻轻的滴水声。檐前的小冰柱闪着可爱的亮光。

一个从浴池回来的女人，仰头望着在屋顶扫雪的汉子说：

“喂，请你顺便扫一扫我们的屋顶好吗？”

女人感到有点晃眼，用湿手巾揩了揩额头。她大概是个女侍，趁着滑雪季节早早赶来的。隔壁是一家茶馆，玻璃窗上的彩色画已经陈旧不堪，屋顶也倾斜了。

一般人家的屋顶都盖上细木板，铺上石子。那些圆圆的石子，只有阳光照到的一面，在雪中露出黑乎乎的表层。那不是潮湿的颜色，而是久经风雪剥蚀，像墨一般黑。一排排低矮的房子静静地伏卧在大地上，给人这样的感觉：家家户户好像那些石子一样。真是一派北国的风光。

1　冬天套在和服外面穿的一种裤子。

一群孩子将小沟里的冰块抱起来扔在路上，嬉戏打闹。大概是冰块碎裂飞溅起来的时候发出闪光非常有趣吧。站在阳光底下，岛村觉得那些冰块厚得令人难以置信。他看了好一阵子。

一个十三四岁的少女独自靠在石墙上打毛线。她穿着雪裤，还穿着高齿木屐，却没有穿袜子，可以看得见冻红的赤脚板上长着冻疮。旁边的柴堆上坐着一个约莫三岁的小女孩，心不在焉地拿着毛线团。一根从小女孩这边牵到大女孩那边的灰色旧毛线，发出柔和的光。

从相隔七八家的一家滑雪板工厂传来刨木的声音。另一边的屋檐下，有五六个艺伎站着聊天。那个女子可能也站在那里。直到今晨，岛村才从客栈女侍那里打听到她的艺名叫驹子。果然，女子一本正经地瞧着他走过来。女子必定满脸通红，佯装若无其事的样子。岛村还没这么想，驹子已经连脖子都涨红了。她本可以背过脸去，却窘得垂下了视线，而且当他走近时，她慢慢地把脸移向他那边。

岛村感到自己的脸颊好像也在发烧，正要疾步走过去，驹子却立刻追赶上来。

“到这种地方，真难为情啊！”

“要说难为情，我才难为情呢！你们那么一大堆人，吓得我不敢走过去。你们经常这样吗？”

“是啊，吃过了午饭常常是这样。”

“你这样红着脸，‘嘎嗒嘎嗒’地追上来，不是更难为情吗？”

“那倒无所谓。”

驹子断然说过之后，脸颊又绯红起来，就地停下脚步，攀住路旁的柿子树。

“想请你到我家来坐坐，才跑过来的啊。”

“你家就在这里吗？”

“嗯。”

“要是让我看看日记，去坐坐也无妨。”

“我要把那些东西烧掉再死。”

“可是，你家里不是有病人吗？”

“哦？你了解得这么详细呀。”

“昨晚你不也到车站去接了吗，是不是披着一件深蓝色斗篷？我也是乘那趟火车来的，就坐在病人的附近。那位姑娘侍候病人真认真、真亲切啊。是他的妻子吧？是从这里去接，还是从东京来的？简直像慈母一样，我看了很受感动啊。”

“这件事你昨晚为什么不告诉我？为什么不说一声？”

驹子变了脸色。

“是他的妻子吧？”

但是，驹子没有回答这个问题，却又问道：

“为什么昨晚不告诉我？你这个人真奇怪！”

岛村不喜欢女人家这样厉害。但是使她这么厉害的，倒不是岛村或驹子本人有什么道理，这也许可以看作驹子性格的一种表现吧。总之，在她这样反复追问之下，他好像觉得被击中了要害。今晨看见映着山上积雪的镜中的驹子时，岛村自然想起映在暮霭中的火车玻璃窗上的姑娘，但他为什么没把这件事告诉驹子呢？

“有病人也没关系，不会有人到我房间里来的。”

驹子说着，走进了低矮的石墙后面。

右边是覆盖着白雪的田野，左边沿着邻居的墙根种满了柿子树。房前像个花坛。正中央有个小荷花池，池中的冰块已经被捞到池边，红鲤在池里游来游去。房子也像柿子树干一样，枯朽不堪了。积雪斑斑的屋顶，木板已经陈腐，屋檐也歪七扭八了。

一进土间[1]，觉得静悄悄、冷飕飕的，什么也看不见，岛村就被领着登上了梯子。这是名副其实的梯子。上面的房子也是名副其实的顶楼。

“这里本来是放蚕的房间，你吓了一跳吧？”

“醉醺醺地回来，爬这种梯子，多亏你没摔下来。”

“摔过呢。不过，这种时候多半一钻进楼下的被炉里就睡着了。”

驹子说着，把手伸进盖在被炉支架上的被子里试了试，然后站起来取火去了。

岛村把这间奇特的房子扫视了一圈。只有南面开了一扇低矮的

1　过去日本房子进门入口处为土地，称作土间。

窗，但细格的纸门却是新糊的，光线很充足。墙壁也精心地贴上了毛边纸，使人觉得恍如钻进了一个旧纸箱。不过头上的屋顶全露出来，连接着窗子，房子显得很矮，黑压压的，笼罩着一种冷冷清清的气氛。一想起墙壁那边不知是个什么样子，也就感到这房子仿佛悬在半空中，心里总是不安稳。墙壁和榻榻米虽旧，却非常干净。

他想：驹子大概也像蚕蛹那样，让透明的身躯栖居在这里吧。

被炉支架上盖着一床同雪裤一样的条纹棉被。衣柜虽旧，却是上等直纹桐木造的，这是驹子在东京生活过的痕迹吧。梳妆台非常粗糙，同衣柜很不相称。朱漆的针线盒闪闪发亮，显得十分奢华。钉在墙壁上的一层层木板，也许是书架吧，上面垂挂着一块薄薄的毛织帘子。

昨晚赴宴的衣裳还挂在墙上，露出了衬衫的红里子。

驹子拿着火铲轻巧地登上了梯子。

“虽是从病人房间里拿来的，但据说火是干净的。”

驹子说着，俯下刚梳理好的头，去拨弄被炉里的炭火。她还告诉岛村，病人患肠结核，是回家乡等死的。

说是“家乡”，其实他并不是在这个地方出生的。这里是他母亲的老家。母亲不在港市当艺伎之后，留在那里当了舞蹈师傅。她不到五十岁中了风，就回到这个温泉来疗养。他则自幼爱摆弄机器，特意留在港市，进了一家钟表店。后来，好像到了东京上了夜校。也许是积劳成疾吧，今年才二十六岁。

驹子一口气说了这么许多，但是陪他回来的那位姑娘是谁？她为什么住在这个人家里？对于这些，驹子却依然只字未提。在这间像是悬在半空中的房子里，驹子即使只说了这些，她的声音也会在每个角落里旋荡。岛村有点不安了。

正要走出房门，他眼里闪现一件微微发白的东西，回头看去，原来是一个桐木造的三弦琴盒，看起来要比实际的三弦琴盒大而长，简直无法令人相信，她竟背着这个赴宴。这么想着的时候，被烟熏黑了的隔扇门开了。

“驹姐，可以从它上面跨过去吗？”

这是清澈得近乎悲凄的优美的声音，像是从什么地方传来的一种回响。

岛村曾听过这种声音。这是那位在雪夜中探出窗外呼喊站长的叶子的声音。

“行啊。”驹子答应了一声，叶子穿着雪裤轻盈地跨过了三弦琴盒。她手里提着一个夜壶。

无论从她昨晚同站长谈话时那种亲昵的口气，还是从她身上穿的雪裤来看，叶子显然是这附近地方的姑娘。那条花哨的腰带在雪裤上露出了一半，所以雪裤红黄色和黑色相间的宽条纹非常显眼，毛料和服的长袖子也显得更加鲜艳。裤腿膝头稍上的地方开了衩，看起来有点臃肿，然而却特别硬挺，十分服帖，给人一种安稳的感觉。

但是，叶子只尖利地瞅了岛村一眼，就一声不吭地走过了土间。

岛村走到外面，可是叶子的眼神依然在他的眼睛里闪耀，宛如远处的灯光，冷凄凄的。为什么会这样呢？大概是回忆起了昨晚的印象吧。昨晚岛村望着叶子映在窗玻璃上的脸，山野的灯火在她的脸上闪过，灯火同她的眼睛重叠，微微闪亮，美得无法形容，岛村的心也被牵动了。想起这些，岛村的脑海中不禁又浮现出驹子映在镜中的在茫茫白雪衬托下的红脸来。

于是，岛村加快了脚步。尽管是白皙微胖的腿脚，可是爱好登山的岛村，一边走着一边欣赏山景，心情不由得变得茫然若失，不知不觉间脚步也就加快了。经常容易忽然迷离恍惚的他，不能相信那面映着黄昏景致和早晨雪景的镜子是人工制造的。那是属于自然的东西，而且是属于遥远的世界。

就连刚刚离开的驹子的房间，也好像已经属于很遥远的世界。对于这种茫然的状态，连岛村也觉得愕然。他爬到山坡上，一个按摩女就走了过来。岛村好像抓住了什么东西似的喊道：

“按摩姐，可以给我按摩吗？”

“嗯。现在几点钟啦？”按摩女胳肢窝里夹着一根竹杖，用右手从腰带里取出一块带盖的怀表，用左手指尖摸了摸字盘，说，“两点三十五分了。三点半还得上车站去，不过晚一点也没关系。”

“你还能知道表上的钟点啊？”

“嗯，我把玻璃表面取下来了。”

“一摸就摸出表盘上的字？”

“虽然摸不出来，但是……”说着，她再次拿出那只女人使用嫌大了点的银表，打开盖子，用手指按着让岛村看，“这里是十二点，这里是六点，它们中间是三点。然后推算，虽然不能一分钟不差，但也错不了两分钟。”

“是吗？你走这样的坡道，不会滑倒吗？”

“要是下雨，女儿来接。晚上给村里人按摩，不会上这里来。客栈女侍常揶揄说，我老头子不让我出来，真没法子啊！”

“孩子都大了？”

“是啊。大女儿十三岁。”她说着走进屋里，默默地按摩了一阵子，然后偏着头倾听远处宴会上传来的三弦琴声。

“是谁在弹呀？”

“凭三弦琴声，你能判断出是哪个艺伎来？”

“有的能判断出来，有的判断不出来。先生，您的生活环境一定很好，身体很柔软啊。”

“没有发硬吧？”

“发硬了，脖子有点发硬了。您长得真匀称。不喝酒吧？”

“你知道得很清楚嘛。”

“我认识三位客人，体形跟先生一模一样。”

“这是很一般的体形嘛。”

“怎么说呢，不喝酒就没有真正的乐趣，喝酒能解愁啊。”

“你那位先生喝吗？”

“喝得厉害，简直拿他没法子。”

“是谁弹的三弦琴，这么拙劣。”

“嗯。”

“你也弹吗？”

“也弹。从九岁学到二十岁。有了老头子以后，已经十五年没弹了。”

岛村觉得盲女显得比实际年龄年轻些，说：

“真的在小时候练过？”

“我的手虽净给人按摩，可是耳朵还灵。艺伎的三弦琴弹成这个样子，听起来叫人焦急。是啊，或许就像自己当年所弹的那样。”

她说罢又侧耳倾听。

“好像是井筒屋的阿文弹的。弹得最好的和弹得最差的，最容易听出来啦。”

“也有弹得好的？”

“那个叫驹子的姑娘，虽然年轻，近来弹得可熟练啦。”

“哦？”

“唉，虽说弹得好，也是就这个山村来说。先生也认识她？”

“不，不认识。不过，昨晚她师傅的儿子回来，我们同车。”

“哦？养好病才回来的吧？”

“看样子还不大好。”

“啊？听说那位少爷长期在东京养病，这个夏天驹子姑娘只好出来当艺伎，赚钱为他支付医院的医疗费。不知是怎么回事。”

“你是说那位驹子？”

“是啊。看在订了婚这情分上，能尽点力还是要尽的，只是长此下去……”

“你说订了婚，当真吗？”

“是真的。听说他们已经订婚了。我是不太了解，不过人家都是这么说的。”

在温泉客栈听按摩女谈艺伎的身世，那是太平常的事。唯其平常，反而出乎意料。驹子为了未婚夫出来当艺伎，本也是平凡无奇的事，但岛村总觉得难以相信。那也许是与道德观念互相抵触的缘故吧。

他本想进一步深入探听这件事，可是按摩女却不言语了。

驹子是她师傅儿子的未婚妻，叶子是他的新情人，而他又快要病故，于是岛村的脑海里又泛出“徒劳”这两个字来。驹子恪守婚约也罢，甚至卖身让他疗养也罢，这一切不是徒劳又是什么呢？

岛村心想：要是见到驹子，就劈头给她一句“徒劳”。然而，对岛村来说，恰恰相反，他总觉得她的存在非常纯真。

岛村默默寻思：这种虚伪的麻木不仁是危险的，是一种寡廉鲜耻的表现。在按摩女回去以后，他就随便躺了下来。他觉得一股凉意悄悄地爬上了心头，这才发现窗户仍旧开着。

山沟天黑得早，黄昏已经冷瑟瑟地降临了。暮色苍茫，从夕晖晚照下覆盖着皑皑白雪的远方群山那边，悄悄地迅速迫近过来。

转眼间，由于各山远近高低不同，加深了山峦皱襞不同层次的影子。只有山巅还残留着淡淡的余晖，在顶峰的积雪上抹上一片霞光。

点缀在村子的河边、滑雪场、神社各处的杉林，黑压压地浮现了出来。

岛村正陷在虚无缥缈之中，驹子走了进来，就像带来了热和光。

据驹子说，迎接滑雪客人的筹备将在这家客栈里举行，她是应召在会后举行的宴会上陪客的。她把脚伸进被炉，冷不防地来回抚摩岛村的脸颊。

“奇怪，今晚你的脸真白啊。”

然后，她一把抓住了岛村松软的肌肉，仿佛要揉碎它似的，又说：

“你真傻啊！”

她已经有点醉意。散席后，她一进来就嚷道：“不管了，再也不管了。头痛，头痛！啊，苦恼，苦恼！”

在梳妆台前一倒下，她脸上立即露出一副令人觉得可笑的醉态。

“我想喝水，给我一杯水！”

驹子双手捂住脸，也顾不得把发髻散开，仰脸就躺了下来。不一会儿，又坐起来，用冷霜除去了白粉，脸颊便露出两片绯红，连自己也高兴得笑个不停。说也奇怪，这次酒醒得很快。她感到有点冷似的颤抖着肩膀。

然后，她轻声谈起八月因为神经衰弱，已经赋闲了整整一个月的事。

“我担心会发疯。不知为什么，我一味苦思冥想，然而还是想不通，连我自己也不明白。真可怕啊。一会儿也睡不着，只有出去赴宴时，身体才好受些。我做过各种各样的梦。连饭也不能好好吃。在大热天里，把针戳在榻榻米上，戳了又拔，拔了又戳，没完没了的。”

“是哪个月份出来当艺伎的？”

“六月。不然，说不定我现在已经到浜松去了。”

“成亲去？”

驹子点点头。她说，浜松那个男人死皮赖脸地缠住她要她同他结婚，可她怎么也不喜欢他，真为难啊。

“既然不喜欢，又有什么好为难的呢？”

“不能那么说啊。”

“结婚还有那样的魅力吗？”

“真讨厌！不是这样吗？我这个人不把日常生活安排得妥妥帖帖，

是安不下心来的。”

“唔。”

“你这个人太随便了。”

“可是，你同那个浜松的男人是不是有什么关系？”

“要是有，就用不着为难了。”驹子断然地说，“不过他说，只要我在这个地方，就不许我跟别人结婚，不然就不择手段地加以破坏。”

“离浜松那么远，你还担心这个？”

驹子沉默了一会儿，身体暖和了，安详地躺了下来。突然无意中说出一句：

“那时我还以为怀孕了呢。嘻嘻，现在想起来多可笑啊！嘻嘻嘻嘻。”

她嫣然一笑，突然把身子蜷缩起来，像孩子似的用两只手攥住岛村的衣领。

她那合上的浓密睫毛，看起来好像是半睁着的黑眸子。

翌日凌晨，岛村醒来，驹子已经一只胳膊搭在火盆上，在一本旧杂志背后乱涂乱画起来。

“哦，我回不去啦。女佣来添过火了，多难为情呀！吓得我赶紧起来，太阳都已经晒到纸拉门上了。大概是昨晚喝醉之后迷迷糊糊地睡着了。”

“几点啦？”

“已经八点了。”

“洗个温泉澡吧？”岛村站了起来。

“不，在走廊上会碰到别人的。”她好像完全变成了一个娴静的淑女。待岛村从浴池回来时，她已经巧妙地在头上裹上手巾，勤快地打扫起房间来。

她神经质地连桌腿、火盆边都擦到了，扒炉灰的动作非常熟练。

岛村把腿伸进被炉里，就这样无所事事地抽着烟。烟灰掉落下来，驹子就悄悄地用手绢揩净，并给他拿来了一个烟灰缸。岛村报以开心的笑。驹子也笑了起来。

“你要是成了家，你丈夫准会老挨你骂。”

“有什么好骂的。人家常常取笑我，说我连要洗的衣服也叠得整整齐齐的，大概是天性吧。”

“有人说，只要看看衣柜里的东西，就晓得这个女子的性格了。”

屋里充满阳光，暖融融的。两人在吃着早餐。

“大好天啊。早点回去练练琴就好了。在这样的日子里，音色也会不同的。”

驹子仰头望了望晴朗的天空。

远处的重山叠峦，迷迷蒙蒙地罩上了一层柔和的乳白色。

岛村想起按摩女的话就说，在这里练也行。驹子听后，站起来往家里挂电话，叫家里人把长歌[1]的本子连同替换的衣裳一起拿来。

白天见过的那家也会有电话吧？岛村一想到这个，脑海里又浮现出叶子的眼睛来了。

“那位姑娘会给你送来吧？”

“也许会吧。”

“听说你同那家少爷订了婚？”

“哎哟，什么时候听到的？”

“昨天。”

“你这个人真奇怪，听说就听说嘛，为什么昨天不说呢？”

但是，这回不像昨儿白天，驹子淡淡地笑了。

“除非是瞧不起你，不然就很难开口。”

“胡扯！东京人净爱撒谎，讨厌！”

“瞧你，我一说，你就把话岔开了。”

“谁把话岔开了？那么，你把它当真的啦？”

“当真的了。”

“又撒谎了。你明明不会把它当真，却……”

“当然，我觉得有点不能理解。可是有人说，你是为未婚夫赚疗养费才去当艺伎的。”

1　一种伴三弦、笛子演唱的歌曲，常与歌舞伎、舞蹈等配合。

“真讨厌，简直就像新派剧了。什么我们订了婚，那是瞎说！有好多人是这样认为的呢。我不是为谁才去当艺伎，可是该帮忙的还是要帮忙嘛。”

“你说话净绕弯子。”

“我明说吧，师傅也许想过要让少爷同我成婚。可也是心想而已，嘴里从来也没有提过。师傅这种心思，少爷和我也都有点意识到了。然而我们两人并没有别的什么。就是这个样子。”

“真是青梅竹马啊。”

“嗯。不过，我们是分开生活的呀。我被卖到东京时，只有他一个人来给我送行。我最早的一本日记开头就记着这件事。”

“你们两个要是在那个港市待下去，也许现在就在一起生活了吧？”

“我想不会有这种事。”

“是吗？”

“还是不要为别人的事操心好。他已经是快死的人了。”

“但是，在外面过夜总不好吧。”

“瞧你，说这种话多不好啊。我爱怎样就怎样，快死的人啦，还能管得着吗？”

岛村无言以对。

然而，驹子还是一句也不提叶子的事。为什么呢？

另外，就说叶子吧，就连在火车上，她也像年轻母亲那样忘我地照拂那个男人，把他护送回来；今早她又要给同那个男人有微妙关系的驹子送替换衣裳来，她心里又是怎么想的呢？

岛村一如往常，又陷入了遐思。

“驹姐，驹姐。”这时，传来了那位叶子低沉、清澈而优美的喊声。

“嗯。辛苦啦。”驹子站起来走到隔壁三叠大的房间里。

“叶子你来了。哎哟，全都拿来了，这得多重啊！”

叶子没有吱声就回去了。

驹子用手指拨断了第三根弦，换上新弦后把音调试好了。此时，岛村已听出它的音色十分清越。但打开放在被炉上鼓鼓囊囊的包袱一看，里面除了普通的旧乐谱，还有二十来册杵家弥七[1]的《文化三弦谱》。岛村感到意外，拿在手里说：

“就靠这些玩意儿练习？”

“可不是，这儿没有师傅。没法子啊。”

“家里不是有个师傅吗？”

“中风啦。”

“就是中风了，还可以动嘴嘛。”

1　杵家弥七（1890—1942），长歌三弦专家。

“说话也不清楚了。不过，舞蹈嘛，她还可以用尚能动的左手给你矫正，可三弦琴听起来令人心烦。”

“你怎么知道的？”

“当然知道啰。”

“良家女子倒不算什么，艺伎在这偏远的山沟里还能这样认真练习，乐谱店的老板知道了也会高兴吧。”

“当舞伎时主要是跳舞，后来让我去东京学习，也是学的舞蹈。三弦琴只模模糊糊记得一点儿，忘了也没人给指点，就靠乐谱啦。”

“歌谣呢？”

“歌谣嘛，是在练舞时听熟的，算是凑合吧。可是新歌大多是从广播里学来的，也不知道行不行。其中还掺进自己的唱法，一定很可笑吧。而且在熟人面前唱不出口呢。要不是熟人，还能放开嗓门唱唱。”她说着有点羞羞答答，摆好架势，直勾勾地盯住岛村的脸，好像在说“来吧”，就等着对方点歌。

岛村突然被她的气势压倒了。

他在东京闹市区长大，对歌舞伎和日本舞自幼耳濡目染，暗记了一些长歌的歌词，自然就听会了。他自己没有学过。提起长歌，立即联想到舞蹈的舞台，而不是艺伎的筵席。

“真讨厌，你这个客人，真叫人不自然。”驹子轻轻地咬着下嘴唇，把三弦琴放在膝上，一本正经地打开练习谱，与之前简直判若两人。

“这个秋天就是看着谱子练习的。”

这是《劝进帐》[1]的曲子。

突然间，岛村脸颊起了鸡皮疙瘩，一股冷意直透肺腑。在他那空空如也的脑子里充满了三弦琴的音响。与其说他是全然感到意外，不如说是完全被征服了。他被虔诚的心打动，被悔恨的思绪洗刷。他感到已经没有力气，只好愉快地投身到驹子那艺术魅力的激流之中，任凭它漂浮激荡。

一个十九或二十岁的乡村艺伎，理应是不会弹出一手好三弦琴的。她虽只是在筵席上弹弹，可弹得简直跟在舞台上一样！岛村心想：这大概只是自己对山峦的一种感伤罢了。驹子时而故意只念念歌词，时而说这儿太慢那儿又麻烦，就跳了过去。可是她渐渐地像着了迷，声音又高亢起来。这弹拨的弦音要飘荡到什么地方去呢？岛村有点惊呆，像给自己壮胆似的曲着双臂，把头枕在上面躺了下来。

《劝进帐》曲终之后，岛村这才松了一口气，心想：唉，这个女人在迷恋着我呢。这又是多么可悲啊！“这样的日子里连音色都不一样啊。”驹子仰头望了望雪后的晴空，只说了这么一句。的确，那是由于天气不同。要是没有剧场的墙壁，没有听众，也没有都市的尘埃，琴声就会透过冬日澄澈的晨空，畅通无阻地响彻远方积雪的群山。

---

1 日本歌舞伎传统剧目。

虽然她并不自觉，但她总是以大自然的峡谷作为自己的听众，孤独地练习弹奏。久而久之，她的弹拨自然就有力量。这种孤独驱散了哀愁，蕴含着一种豪放的意志。虽说多少有点基础，但独自依靠谱子来练习复杂的曲子，甚至离开谱子还能弹拨自如，这无疑需要坚强的意志和不懈的努力。

在岛村看来，驹子这种生活可以说是徒劳无益的，也可以说是对未来憧憬的悲叹。不过这种生活也许对她本身是有价值的，所以她才能弹出铿锵有力的琴声。

岛村靠耳朵分辨不出她那纤纤素手的灵巧功夫，所以仅从弦音里理解她的感情。但对驹子来说，他恐怕是最好的听众了。

开始弹奏第三曲《都鸟》的时候，多半是由于这首曲子优美柔和，岛村脸上起的鸡皮疙瘩开始消失了，他变得温情而平和，呆呆地凝视着驹子。这么一来，他深深感到一种亲切的感情。

玲珑而悬直的鼻梁，虽显得有点单薄，但双颊绯红，很有朝气，仿佛在窃窃私语：我在这里呢。那两片美丽而又红润的嘴唇微微闭上时，上面好像闪烁着红光，显得格外润泽。那樱桃小口纵然随着歌唱而张大，可是很快又合上，可爱极了，就如同她的身体具有的魅力一样。在微弯的眉毛下，那双外眼梢既不翘起，也不垂下，眼睛简直像有意描直了似的，如今滴溜溜的，带着几分稚气。她没有施白粉，都市的艺伎生活却给她留下惨白的肤色，而今天又渗入了山野的色彩，娇嫩得好像新剥开的百合或是洋葱的球根，连脖颈也微微泛起了淡红，显得格外洁净无瑕。

她坐姿端正，与平常不同，看起来像个少女。

最后她说，现在再弹奏一曲，于是看着谱子，弹起了《新曲浦岛》。弹毕，她把拨子夹在琴弦上，姿势也就随便了。

她突然变得百媚千娇，十分迷人。

岛村简直不知该说什么。驹子更没有在意岛村的评价，乐呵呵地露出一副天真的样子。

“这里的艺伎弹三弦，你光听琴声，能分辨出是谁弹的吗？”

“当然能分辨出来，还不到二十人嘛。弹《都都逸》就更好分辨了，因为它最能表现出每个人的风格来。”

然后，她就地挪了挪跪坐着的右腿，又拿起三弦琴放在腿肚子上，把腰身扭向左边，向右倾斜着身子，望着三弦琴把说：“小时候就是这样练习的。”

“黑——发——的……”

她一边稚气地唱着，一边“丁零零丁零零”地弹奏起来。

“你最初就是学唱《黑发》的吗？”

“哦哦。”驹子像小时候那样摇了摇头。

打这以后，即使过夜，驹子也不再坚持在天亮之前赶回去了。

“驹姐。”从走廊远处响起了提高尾音的喊声。驹子把客栈里的小女孩抱进被炉里，一心陪着小女孩玩，直到快晌午，才带着这三岁的小女孩去洗澡。

洗完澡，她一边给小女孩梳头，一边说：

“这孩子一看见艺伎，就提高尾音喊驹姐驹姐的。无论是看照片还是图片，凡有梳日本发髻的，她就认为是‘驹姐’。我很喜欢孩子，因此很懂得孩子的心理，我说：‘小君，到驹子姐家里去玩好吗？’”

驹子说罢，站起身子，走到走廊，又悠闲地坐在藤椅上。

“东京人都是急性子，瞧，已经开始滑雪啦。”

这个房间坐落在高处的一角，可以望见山脚下的滑雪场。

岛村也从被炉里回过头来看了看，只见斜坡上的积雪花花搭搭的，五六个身穿黑色滑雪服的人在山麓那头的旱地里滑着。那边的梯田田埂还没被雪覆盖，而且坡度也不大，实在是没意思。

“好像是学生呢。今天是星期天吧？这样的滑法有什么意思呢？”

“可是，他们滑雪的姿势多优美啊！”驹子自言自语地说，“据说艺伎要是在滑雪场上向客人打招呼，客人就会吃惊地说：‘哦，是你呀！’因为滑雪把皮肤晒黑了，都认不出来了。而晚上又总是经过化妆的。”

“也是穿滑雪服吗？”

“是穿雪裤。啊，真讨厌，真讨厌！在筵席上才见面，他们就说：

那么明天在滑雪场上见吧。今年不滑算了，再见。喂，小君，走吧！今晚要下雪呢。下雪前的头晚特别冷。”

驹子起身走了以后，岛村坐在她坐过的藤椅上，望着驹子牵着小君的手，从滑雪场尽头的坡道走回去。

云雾缭绕，背阴的山峦和朝阳的山峦重叠在一起，背阴和朝阳不断地变换着，现出一派苍凉的景象。过不多久，滑雪场也忽然阴沉下来。把视线投向窗下，只见枯萎了的菊花篱笆上，挂着冻结了的霜柱。屋顶的融雪，从落水管滴落下来，声音不绝于耳。

这天晚上没有下雪，落了一阵冰雹后，又下起雨来了。

回去的前一晚，明月皎洁，天气冷飕飕的。岛村再次把驹子唤来，虽然已快到十一点，驹子还说要去散步，怎么劝说也不听。她带着几分粗暴，将岛村从被炉里拖起来，硬把他拽了出去。

马路已经结冰。村子在寒冷的天空底下静静地沉睡着。驹子撩起衣服下摆塞在腰带里。月儿皎洁得如同一把放在晶莹的冰块上的刀。

“一直走到车站吧。”

“你疯了，来回足有一里[1]地呀。”

“你快要回东京了，我要去看看车站。”

岛村从肩头一直到大腿都冻僵了。

1　此处的“里”为日本长度单位，1 里约等于 3.9 千米。

回到房间，驹子无精打采，把两只胳膊深深地伸进被炉里，跟往常不同，连澡也不洗了。

盖在被炉上的被子原封不动。也就是说，将另一床被子搭在它的上面。褥子一直铺到被炉边。只铺了一个睡铺。驹子在被炉边烤火，低下头来，一声不响。

“怎么啦？”

“我要回去了。”

“净说傻话。”

“行了，你睡吧。我就这样。”

“为什么要回去呢？”

“不回去了，就在这里等到天亮。”

“没意思。不要闹别扭了。”

“谁闹别扭了？我才不闹别扭呢。”

“那么……”

“哎，人家难受着呢。”

“哦，原来是这么回事。没什么关系嘛。”岛村笑了，“又不把你怎么样。”

“讨厌！”

“你也真傻，还那么乱跑一气。”

“我要回去啦。”

“何必回去呢。”

“心里难过。哦，你还是回东京去吧。我心里真难过啊！”驹子悄悄地把脸伏在被炉上。

所谓“难过”，可能是担心跟旅客的关系陷得更深吧？或是在这种时候她极力控制自己郁郁不乐的心情而说的？她对自己的感情竟发展到这个地步了吗？岛村沉思了好一阵子。

“你回东京去吧。”

“我本来准备明儿就回去。”

“哟，为什么要回去呢？”驹子醒过来似的扬起脸说。

“就是待下去，我也帮不上你什么忙呀。”

她呆呆地望着岛村，忽然带着激昂的语调说：“你就是这点不好，你就是这点不好！”

驹子焦急地站起来，冷不防地搂住岛村的脖子，她简直方寸已乱，顺嘴说了一句：“你不该说这种话呀。起来，叫你起来嘛。”说着她自己却躺了下来，狂热得不能自已。

过了片刻，她睁开了温柔而湿润的眼睛。“真的，你明天就回去吧。”她平静地说过之后，捡起掉落的发丝。

岛村决定第二天下午三点动身。正在换装的时候，客栈掌柜悄悄地把驹子叫到走廊上。岛村听到驹子回答说：“是啊，你就算十一个钟头好了。”大概是掌柜认为算十六七个小时太长了。

一看账单，才晓得一切均按时间计算：早晨五点以前走的，算到五点；第二天十二点以前走的，就算到十二点。

驹子在大衣外面围上一条白围巾，把岛村一直送到车站。

岛村为了打发时间，去买了些木天蓼酱菜和香蘑罐头一类土特产，还富余二十分钟，便走到站前稍高的广场上散步，一边眺望着周围的景色，一边想：这是布满雪山的狭窄地带啊！

驹子浓密的黑发在阴暗山谷的寂静中，反而显得更加凄怆了。

在这条河流下游的山腰，不知怎的，有个地方投下了一束淡淡的阳光。

“我来了之后，雪不是融化得差不多了吗？”

“可是，只要一连下两天雪，马上就积上六尺厚。倘使连着下，那边电线杆的灯也要埋在雪里啰。若是我一边走一边想你什么的，没准儿会把头挂到电线上受伤呢。”

“积雪能那么厚吗？”

“听说前面那条街的中学，学生们在下大雪的时候，一大早就裸着身子从宿舍二楼的窗口跳到雪地里。身体一下子完全没进雪中，看不见了。他们像游泳似的在雪中划着走。喏，那边也停着一辆扫雪车呢。”

“我倒是想来赏雪的，可正月里客栈会很挤吧？火车会不会被雪崩埋掉呢？”

“你这个人多悠闲自在，净是这样打发日子吗？”驹子望着岛村的脸说，“为什么你不留胡子呢？”

“唔，想留来着。”岛村一边抚摩刚剃过胡须的青色胡楂，一边思忖：自己的嘴角上掠过一道漂亮的皱纹，使平和的脸显得更加隽秀英俊，说不定驹子正是看中了这一点？

“你真是，一除去脂粉，你的脸看上去就像用剃刀刮过一样。”

“乌鸦叫得讨厌，也不知是在哪儿叫的。真冷啊！”

驹子望了望天空，把两只手交叉在胸前，抱住了双臂。

“去候车室烤烤火吧。”

这时候，穿着雪裤的叶子从小街拐到火车站的大路上，急匆匆地跑了过来。

“啊，驹姐，行男哥他……驹姐！”叶子喘着粗气，好像小孩子要躲避可怕的东西而搂住母亲一般，抓住了驹子的双肩，“快回去！情况不好了。快！”

驹子似乎忍受着肩头的疼痛，闭上了眼睛，脸色“唰”地变白了。但是想不到她断然摇头说：

“我在送客人，我不能回去。”

岛村吃惊地说：

“还送什么呢，这就行啦。”

“不行！我不知道你还来不来。”

“会来的，会来的。”

叶子什么也没听见似的，焦急地拉住驹子说：

“刚才给客栈挂电话，说你到了车站，我就赶来了。行男哥在找你呢。”

驹子一动不动地忍耐着，突然把她甩开，说：

“不！”

这时候，驹子踉踉跄跄地走了两三步，就哇哇地想要呕吐，但什么也没吐出来，眼睛湿润，脸上起了鸡皮疙瘩。

叶子紧张起来，木呆呆地望着驹子。但是，由于那副表情过分认真，不知是怒是惊，还是悲伤，像假面具一样，显得非常单纯。

她转过脸来，冷不防地抓住岛村的手，一味提高嗓门连求带逼地说：

“哦，对不起，请你让她回去吧，让她回去吧！”

“好，我叫她回去！”岛村大声说，“快回去吧！傻瓜。”

“有你说的吗？”驹子一边对岛村说，一边把叶子从岛村身边推开。

岛村正想举手指指站前那辆汽车，可是被叶子用力抓过的手指，有点麻木了。

“我马上让她乘那辆车子回去，你先走一步好吗？在这里，这样不好，人家会瞧见的呀！”

叶子连连点头:“快点呀，快点呀！”她说着转身就跑，快得简直令人难以置信。目送着叶子渐渐远去的背影，岛村的心头掠过了这种场合不应有的疑团:那位姑娘的表情为什么总是那么认真呢?

叶子近乎悲戚的优美的声音，仿佛是某座雪山的回音，至今仍然在岛村的耳边萦绕。

“上哪儿去?”驹子看见岛村要去找汽车司机，就一把将他拽回来，“不，我不回去啊！”

岛村突然对驹子感到一种生理上的厌恶。

“我不晓得你们三人之间有什么关系，但少爷眼下不是快死了吗?！所以他想见见你，才让人叫你的嘛。乖乖回去吧。不然会后悔一辈子的。说不定在我们说话之间，他就断气了。那怎么办呢?别固执了，干脆让一切都付诸东流吧。”

“不，你误解了。”

“你被卖到东京的时候，不是只有他一个人给你送行吗?你最早的日记本开头不就是记他的吗?难道有什么理由不去给他送终?去把你记在他那生命的最后一页上吧。”

“不，我不愿看一个人的死，我怕。”

听起来这好似冷酷无情，又好似过分多情，岛村有点迷惑不解了。

“什么日记，我已经不记了。我要把它全烧掉。”驹子喃喃自语，无缘无由地脸红起来，“啊，你是个老实人。要真是老实人的话，我可以把日记全都给你。你不会笑话我吧？我认为你是个老实人。”

岛村不由得深受感动，觉得确实是这样，再没有人像自己这样老实的了。于是，他不再勉强驹子回去。驹子也缄口不言了。

掌柜从客栈派驻车站的接客处走出来，通知开始检票了。

只有四五个身穿灰色冬装的本地人在默默地上下车。

“我不进站台了。再见。”驹子站在候车室的窗边。玻璃窗紧闭着。从火车上望去，她好像一个在乡村水果店里的奇怪的水果，独自被遗弃在煤烟熏黑了的玻璃箱内似的。

火车开动之后，候车室里的玻璃窗豁然明亮起来，驹子的脸在亮光中闪闪浮现，眼看着又消失了。这张脸同早晨雪天映在镜中的那张脸一样，红扑扑的。在岛村看来，这又是介于梦幻与现实之间的另一种颜色。

火车从北面爬上县界的山，穿过长长的隧道，只见冬日下午淡淡的阳光，像被地底下的黑暗吞噬，又像那陈旧的火车把明亮的外壳脱落在隧道里，在重重叠叠的山峦之间，向暮色苍茫的峡谷驶去。山的这一侧还没有下雪。

沿着河流行驶不多久，来到了辽阔的原野，山巅好像精工的雕刻，从那里浮现出一道柔和的斜线，一直延伸到山脚下。山头上罩满了月色。这是原野尽头唯一的景色。淡淡的晚霞把整座山映成深宝蓝色，轮廓分明地浮现出来。月色还很淡，并不使人产生冬夜寒峭的感觉。天空没有一只飞鸟。山麓的原野，一望无垠，远远地向左右伸展，快到河边的地方，耸立着一座好像是水电站的白色建筑物。那是透过车窗望见的、在一片冬日萧瑟的暮色中仅留下来的景物。

由于开了暖气，车窗开始蒙上一层蒸汽，窗外流动的原野渐渐暗淡下来，在窗玻璃上又半透明地映现出乘客的影像。这就是在夕阳映照的镜面上变幻无穷的景色。旧得褪了色的老式客车，只挂着三四节车厢，好像不是东海道线火车，而是别的地方的火车。灯光也很暗淡。

岛村仿佛坐上了某种非现实的东西，失去了时间和距离的概念，陷入了迷离恍惚，徒然地让它载着自己的身躯奔驰。单调的车轮声，开始听的时候像是女子的絮絮话语。

这话语断断续续，而且相当简短，但它却是女子竭力争取生存的象征。他听了十分难过，以至于难以忘怀。然而，对渐渐远去的岛村来说，现在这已经是徒增几许旅愁的遥远的声音了。

行男正好在这个时候断气了吧？驹子为什么坚持不回去？会不会因此未能给行男送终？

乘客少得令人生畏。

只有一个五十开外的男人，与一个红脸蛋的姑娘相对而坐，两人只顾谈话。姑娘浑圆的肩膀上披着一条黑色的围巾，脸颊嫣红似火，漂亮极了。她探出上身专心倾听，愉快地对答着。看两人的样子，是长途旅行的。

可是，到了有个纺织厂烟囱的火车站，老人急忙从行李架上取下柳条箱，从窗口卸到站台上，对姑娘留下一句“那么，有缘还会相逢的”，就下车走了。

岛村情不自禁，眼泪都快夺眶而出，就连他自己也惊愕不已。此情此景，越发使他觉得这位老人是在同女子告别回家的。

做梦也没想到他们两个只是偶然同车邂逅而已。男的大概是跑单帮什么的。

离开东京的老家时，妻子嘱咐：现在正是飞蛾产卵的季节，西服不要挂在衣架或墙壁上。来了以后，果然发现吊在客栈房檐下的装饰灯上落着六七只黄褐色的大飞蛾。隔壁三叠大的房间衣架上也落了一只，它虽小，躯干却很粗壮。

窗户上依然张挂着夏天防虫的纱窗。还有一只飞蛾，好像贴在纱窗上，静静地一动也不动，伸出了它那像小羽毛似的黄褐色的触角。但翅膀是透明的淡绿色，有女人的手指一般长。对面县界上连绵的群山，在夕晖晚照下，已经披上了秋色，这一点淡绿反而给人一种死的感觉。只有前后翅膀重叠的部分是深绿色。秋风吹来，它的翅膀就像薄纸一样轻轻地飘动。

飞蛾是不是还活着呢？岛村站起身来，走了过去，隔着纱窗用手指弹了弹。它一动不动。用拳头使劲敲打，它就像一片树叶似的飘然落下，半途又翩翩飞舞起来。

仔细一看，对面杉林那边，飘浮着不计其数的蜻蜓，活像蒲公英的绒毛在飞舞。

山脚下的河流，仿佛是从杉树顶梢流出来的。

丘陵上盛开着像是白胡枝子的花朵，闪烁着一片银光。岛村贪婪地眺望着。

从室内温泉出来，只见一个叫卖的俄国女人坐在大门口。她为什么竟会到这样的穷乡僻壤来呢？岛村走过去一看，净是些常见的日本化妆品和发饰一类的东西。

她好像已有四十出头，脸上也起了皱纹，而且十分肮脏，但脖颈露出部分却是白白胖胖的。

“你是打哪儿来的？”岛村问道。

“打哪儿来？你是问我打哪儿来？”俄国女人不知怎样回答，一边收拾货摊，一边思忖着。

她穿的裙子，已经不像是西装，而像是在身上缠着一块不干净的布。她就像一个地道的日本人，背着一个大包袱回去了。不过，脚上还穿着皮靴。

在一同目送俄国女人的内掌柜的邀请之下，岛村走到了账房，看见一个身材高大的女子背向他坐在炉边。女子撩起衣服下摆站了起来。她穿着一身带家徽的黑礼服。

岛村觉得很面熟，原来就是在滑雪场的宣传照片上看到过的那个艺伎，她身穿赴宴服，下套雪裤，同驹子并肩坐在滑雪板上。她是个丰满而落落大方的中年女人。

客栈老板把火筷子放在炉子上，烤着大大的椭圆形豆馅包子。

“这东西，吃一个怎么样？是人家办喜事的，尝一口，试试吧？”

“刚才那个人已经不再操旧业了？”

“是啊。”

“是一位好艺伎啊！”

“到期来辞行了。虽然她曾是个红人儿……”

岛村拿起热乎乎的豆馅包子，一边吹着，一边咬了一口，硬皮带点陈味，有几分发酸。

窗外，夕阳洒在熟透了的红柿子上，光线一直照到吊钩[1]的竹筒上。

“那么长，是芒草吧？”岛村惊讶地看了看坡道那边。

一个老太婆背着一捆草走过去，草捆足足比她身量高两倍。是长穗子。

“那是芭茅。”

“芭茅？是芭茅吗？”

1　炉上用以吊锅壶，可以自由伸缩的钩子。

“在铁道省举办温泉展览会的时候，盖了个休息室还是茶室，屋顶就是用这儿的芭茅草葺的。据说东京来人把整座茶室都买了下来。”

“是芭茅吗？”岛村又自言自语地嘟囔，“山上都绽开着芭茅花？我以为是白胡枝子花呢。”

岛村下了火车，最先映入眼帘的便是这山上的白花。从陡峭的山腰到山顶一带，遍地盛开着这种花，白花花的一片银色，好像倾泻在山上的秋阳一般。啊！岛村不由得动了感情，他以前把漫山的白花当作白胡枝子了。

但是，近处看芭茅，苍劲挺拔，与仰望远山的感伤的花迥然不同。一大捆一大捆的草，把女人们的身子全给遮住了。走过去时，草捆划着坡道的石崖，沙沙作响。那穗子十分茁壮。

回到房间，看见那只身躯粗大的飞蛾，在隔壁那间点着十支光灯泡的昏暗房子里，把卵产在黑色衣架上，然后飞走了。檐前的飞蛾“吧嗒吧嗒”地扑在装饰灯上。

秋虫白天不停地啁啾啼叫。

驹子稍后来了。

她站在走廊上直勾勾地望着岛村说：

“你来干什么？到这种地方来干什么？”

“看你来了。”

“这不是真心话吧。东京人爱撒谎，讨厌！”说罢，她一边坐下来，一边又放柔声音说，“我不再给你送行啦，真说不上是什么滋味！”

“行啊。这次我一声不响就走。”

“瞧你说的，我只是说不去火车站嘛。”

“他怎么样啦？”

“还用说吗，已经死了。”

“是在你出来送我的时候？”

“不过，这是两码事。我没想到送行竟会那么难受啊。”

“嗯。”

“你二月十四日干什么啦？骗人。让我等了好久。以后你说什么我都不相信了。”

二月十四日是赶鸟节[1]。这是雪国的孩子们每年照例举行的节日。十天以前，村里的孩子们就穿上草鞋把积雪踩实，然后切成约莫两尺见方的雪板，并把它们垒成一间殿堂，大小丈八见方，足有一丈多高。十四日晚上，把家家户户的稻草绳[2]收集起来，堆在殿堂前熊熊地焚烧起来。这个村子是在二月一日过新年，所以还留下了稻草绳。然后，孩子们爬上雪殿堂的屋顶，你推我挤，乱作一团地唱起赶鸟

1　日本农村每年正月十四夜到十五晨举行的祷告丰收的祭祀典礼，此地晚一个月举行。

2　日本新年挂在门前的一种稻草绳，取意吉利。

歌。接着拥进雪殿堂里，点上明灯，在那儿过夜。直到十五日黎明时分，又一次爬上雪殿堂的屋顶，唱起赶鸟歌。

那时正是积雪最厚的时分，岛村同驹子相约来看赶鸟节。

“我二月回了老家，歇了几天。想你一定会来，所以十四日才赶回来的。早知你没来，我多护理几天再来就好了。”

“谁生病了？”

“师傅到港市以后得了肺炎。正好我在老家，接到电报，就去护理了。”

“好了吗？”

“没好。”

“那太不好了。”岛村像抱歉自己失约，又像在哀悼师傅的死。

“嗯。”驹子马上温存地摇摇头，用手帕拂了拂桌子，“虫子真厉害啊。”

从矮桌到榻榻米落满了小羽虱。几只小飞蛾围着电灯飞来飞去。

纱窗外面也星星点点地落上了数不清的各种各样的飞蛾，在明澈的月光底下浮现出来。

“胃痛，胃痛啊！”驹子把两手猛地插进腰带，伏在岛村膝上。

转眼之间，一群比蚊子还小的飞虫，落在她那后领露出来的、抹了浓重白粉的脖颈上。有的虫子眼看着就要死去，在那儿一动不动。

她脖根比去年胖了些，显得比较丰满。岛村心想：她已经二十一岁了。

一股温热传到他的膝上。

“账房有人嬉笑着告诉我说：‘小驹，到山茶厅去看看吧。’真讨厌啊！刚送阿姐上了火车，本想回来舒舒服服地睡一觉，可是她们说这儿有人来过电话。我已经很困，真不想来了。昨晚为阿姐饯行，喝多了。在账房那儿，她们一个劲儿地取笑我。来的原来是你。又过一年了，是一年才来一次吗？”

“我也吃过那种豆馅包子呢。”

“是吗？”驹子抬起脸来，伏在岛村膝上的地方留下了一片红晕，她忽地显出几分稚气来。

她说，是把那个中年女子一直送到下下一个站才回来的。

“真没意思。从前无论办什么事都很齐心，可是如今个人主义渐渐蔓延开来，各干各的，意见总是统一不了。这儿也变化很大，性格合不来的人越来越多了。菊勇姐不在，我就很寂寞。因为过去什么事都是由她拿主意的。她最叫座儿，没少过六百支[1]的。她在我们这儿最受器重啦。”

岛村问：“那个菊勇到了期限，回到老家，是结婚还是继续操她的旧业？”

---

1 艺伎陪酒按点香数来计算时间。

“阿姐这个人真可怜，以前的婚事吹了才来这儿的。”驹子把后面的话咽了回去，犹豫了半晌，望着沐浴在月光下的梯田，然后又说，“那坡道半路上有间新盖的房子，是吧？”

“你是指那间叫菊村的小饭铺？”

“是啊。阿姐本来是要嫁到那家店铺去的，后来她改变了主意，忽然吹了，闹了好一阵子。人家好容易特地为她盖了房子，临要出嫁时她却把人家甩掉了。因为她另有所爱，并打算同那人结婚呢。可是，她受骗了。一个人一着了迷，就会弄成那个样子吗？据说，对方已经逃跑，如今她又不能破镜重圆，把那间店铺要回来，也不好意思再待在那里，所以只好到别的地方另起炉灶。想起来也真可怜啊。我虽然知道得不多，可是她的确也碰到过形形色色的人啊。”

“男人啊，跟她好过的有五个吗？”

“是啊。”驹子抿嘴笑了笑，突然扭过头去，“阿姐也够懦弱的。太懦弱了。”

“那没法子啊。”

“可不是。招人喜欢嘛，有什么法子呢。”她说着低下头，用发簪搔了搔头，“今儿给阿姐送行，难过极了。”

“那么，那间新盖的店铺怎么办？”

“由那人的原配来料理呗。”

“由原配来料理？真有意思。”

“可不是。开张的事，一切都筹划好了。也只好这个样子，没有别的办法。原配带着她所有的孩子搬来了。”

“家里怎么办？”

“据说留下一个老太婆。虽说是乡下人，可是她的老头子却喜欢这行当。这个人真有意思。”

“大概是个浪荡人。年纪恐怕也够大的吧？”

“还年轻呢。才三十二三岁。”

“哦？那么，姨太太比正室年纪还大？”

“是同年，二十七岁。”

“‘菊村’是‘菊勇’的‘菊’字吧。那人的原配竟然把这店铺接管了下来。”

“大概是把招牌打出去了，也不好再改了吧。”

岛村把衣领拢了拢。驹子站起来去把窗户关上。

“阿姐对你也很了解，今儿还对我说你来着。她来辞行，我是在账房里碰上的。”

“说了什么啦？”

“什么也没说。”

“你了解我的心情吗？”驹子忽地又把刚刚关上的纸拉窗打开，一屁股坐在窗沿上。

岛村半晌才说：“星星的光，同东京完全不一样。好像浮在太空上。”

“有月亮就不会是那个样子。今年的雪特别大。”

“火车好像经常不畅通呢。”

“是啊，真叫人害怕。汽车也比往年晚一个月，到五月才通车呢。滑雪场里有个小卖部吧，雪崩把它冲塌了，楼下的人还不知道，听到奇异的声音，以为是耗子在厨房里闹腾呢。跑去一看，也没有耗子，上了二楼，才看见满地都是雪。挡雨板什么的都被雪冲走了。虽说是表层雪崩，可广播电台却大肆报道，吓得滑雪客都不来了。我打算今年不再滑雪。所以去年年底连滑雪板也给了别人。尽管如此，我还是滑了两三次。我变了吗？”

“师傅死了之后，你做什么呢？”

“人家的事，你就甭打听了。我每逢二月就按时到这儿来等你。”

“既然已回到港市，来封信告诉我不就成了吗？”

“才不呢。我才不干这种可怜巴巴的事。那种给你太太看见也无所谓的信，我才不写呢。那样做多可怜啊！我用不着顾忌谁而撒谎呀！”

驹子抢着反驳，语气非常激烈。岛村低下了头。

“你别坐在那些虫堆里，关上电灯就好了。”

盈盈皓月的光深深地射进来，明亮得连驹子耳朵的凹凸线条都清晰地浮现出来。榻榻米显得冷冰冰的，现出一片青色。

驹子的嘴唇十分柔滑，宛如美极了的水蛭的环节。

“哎呀，我该回去了。”

“还是老样子。”岛村仰起头，凑近望着她那颧骨稍耸的圆脸，觉得她什么地方有些可笑。

“大家都说我同十七岁来这儿的时候没有什么变化。至于生活，还不是老样子。”

她的脸蛋依然保留着北国少女那种艳红的颜色。月光照在她那艺伎特有的肌肤上，发出贝壳一般的光泽。

“可是，我家里有了变化，你不知道吗？”

“你是说师傅死了？已经不住在那间房里，这回你的家成了真正的下处[1]了。”

“真正的下处？是啊。我在店铺里卖些糖果和香烟。依然只有我一个人。这回真正替人做工了，夜里太晚，就点上蜡烛看书。”

岛村交抱双臂，笑了。

“人家装了电表，用电灯太浪费，不好意思。”

“啊，是吗？”

“那家人待我很好。孩子哭了，内掌柜怕吵醒我，就把他背到外面去。我有时甚至想：我这是替人做工吗？没什么不满意的，只是把睡铺铺得歪歪斜斜，有点不称心。回来晚了，他们给我铺好。要么是

1　艺伎等暂时住宿的地方。

褥子摞得不整齐，要么就是床单铺得歪歪斜斜。一看到这个样子，不禁可怜起自己来。可是自己又不好重新再铺过，只怕辜负了人家的一番好意啊。”

“你如果成了家，恐怕得成天操心啰。”

“人家都是那么说。这是天性啊。家里倘使有四个小孩，弄得乱七八糟的，那可是不得了。我整天得跟着他们收拾。虽然明知收拾好，还会给弄乱的，但总得去管它，否则放心不下。只要环境许可，我还是想生活得干净些。”

“是啊。”

“你了解我的心情吗？”

“当然了解。”

“既然了解，那你说说看。喏，你说说看。”驹子突然带着追问的口气说，“你瞧，说不出来了吧。净撒谎。你这个人呀，挥霍无度，大大咧咧。你是不会了解我的。”

然后，她又放低声音说：“我很伤心啊。我太傻了。你明儿就回去吧。”

“像你这样追问，我怎能说得清楚呢。”

“有什么不能说清楚的？你就是这点不好。”

驹子无可奈何似的无言可对，默默地闭上了眼睛，心想：岛村自然会把自己挂在心上吧？于是她显出一副通情达理的样子说：

“一年一次也好，你来啊。我在这里的时候，请一定一年来一次啊。”

她说期限是四年。

“回老家的时候，做梦也没想到还会出来做买卖呢。连滑雪板都给了人家才回去的。要说能够做到的，就只有戒烟了。”

“是吗，以前你抽得很厉害的呀。”

“嗯。我把宴会上客人送给我的，全部悄悄放在袖兜里，回去以后，有时能抖落出好几支。”

“四年可是够长的。”

“很快就会过去的。”

“多温暖啊！”岛村把靠过来的驹子抱了起来。

“我天生就是温暖的嘛。”

“这儿早晚很冷吧？”

“我来这里已经五年了。起初觉得待在这种地方，不免有点凄凉。通火车之前，真荒凉啊。打你第一次来这儿以后，也有三个年头了。”

岛村心想：在不到三年里，来了三次，每次驹子的境况都有变化。

好几只纺织娘突然鸣叫起来。

“讨厌！”驹子说着，推开了他，站起身来。

一阵北风，纱窗上的飞蛾一齐飞起来。

岛村明知她那双虽像是半睁着的黑眸子，其实是合上了的浓密睫毛，他还是凑近看了看。

“戒烟以后发胖了。”

腹部的脂肪变得肥厚了。

这么一来，两人分手以后难以捉摸的感情，很快又像原来那么亲密了。

驹子轻轻地把手按在胸脯上。

“一边变大了。”

“傻瓜。是那个人的毛病吧。净爱抚一边。”

“瞧你，真讨厌！胡说。讨厌鬼！”驹子陡地变脸了。

岛村想起来了，正是这样子。

“以后告诉他两边要平均点。”

“平均？叫我告诉他要平均点吗？”驹子温柔地把脸贴上去。

这房间在二楼，可癞蛤蟆在屋子围墙周围绕来绕去地鸣叫着。好像不是一只，而是两三只。鸣叫了好长时间。

从室内浴池上来，驹子完全放了心，又用平静的语气开始诉说起自己的身世来。

她甚至谈了这样一件事情：在这里接受第一次检查的时候，她以为跟雏伎时一样，只把胸部敞开，所以被人家取笑，后来她竟哭了起来。她还如实地回答了岛村的询问。

“那玩意儿来得非常准，每月提前两天。”

“可是那玩意儿来时出去赴宴，不感到麻烦吗？”

“嗯，你连这个都晓得。”

每天到出名的温泉洗澡可以暖暖身子，而且为了赴宴往返旧温泉和新温泉之间还得走一里地，在山沟里又很少熬夜，所以身体健壮，不过还是长着一副艺伎常见的窄骨盆，骨架横里窄、纵里厚。尽管如此，她之所以能把岛村从老远吸引到这儿来，乃是因为她身上蕴藏着令人深深同情的东西。

“像我这样的人不知还能生孩子不？”驹子一本正经地问。

她是说，眼下专跟一人交往，不就同夫妻一样吗？

岛村这才知道驹子有这样一个男人。说是从她十七岁那年开始跟了他五年。岛村很早以前就觉得有点惊讶，后来才明白驹子为什么这样无知和毫无警戒。

那个在她还是雏伎时就替她赎身的人死后，她刚回到港市，就马上发生了这样的事。驹子说，打开始到如今，她都讨厌那个人，同他总是有隔阂。

“能维持五年，总算不错了。”

“曾经有两次都快要分手呢。一次是在这里当艺伎，另一次是从师傅家搬到现在这个家的时候。可是我的意志太薄弱了。我的意志实在太薄弱了。”

她说，那人住在港市。因为把她安顿在那里不太方便，趁师傅来这个村子时就拜托把她带来了。人倒很亲切，可她从来未曾想过把自己许配给他，这事太可悲了。由于年龄相差很大，他只是偶尔来一趟。

“怎样才能断绝关系呢？我常常想，干脆做些越轨的事算了。真的这样想过啊！”

“越轨多不好啊！”

“越轨的事我做不来，还是天生做不来啊。我是很爱惜自己的身子的。要是我愿意，可以把四年期限缩成两年，可我不想勉强去做，还是身子要紧。勉强做了，也许会赚到许多钱。期限嘛，不让主家吃亏就行。每月本钱多少，利息多少，税金多少，加上伙食费，一算就明白了。够花就行，不勉强去做。碰上麻烦的宴会，厌烦死了，我就赶紧回来。要不是熟客点名叫，太晚了，客栈也不给我来电话。自己要是大手大脚，就成了无底洞。赚到够开销，那就可以了。本钱我已经还了一半以上。还不到一年呢。不过，零用钱什么的，每月也要花三十元。”

她说每月能赚一百元就够开支。上月赚得最少的人，是三百支，合六十元。驹子赴宴九十多次，是最多的；赴宴一次，自己可以拿到一支，因此对主家来说，虽吃点亏，但很快就会赚回来的。在这个温泉浴场里，没有一个人因增加债务而延长期限。

第二天早晨，驹子仍然起得很早。

“我正梦见去打扫插花师傅的那间房子，就醒过来了。”

搬到窗边的梳妆台，镜里映现出披上红叶的重山叠峦。镜中的秋阳，明亮耀眼。

糖果店的女孩子把驹子替换的衣裳拿来了。

“驹姐。”

隔扇后面传来了呼喊声，却不是叶子那清澈得近乎悲戚的声音。

“那位姑娘怎么样啦？”

驹子倏地瞧了岛村一眼：

“她经常上坟去。你瞧，滑雪场底下有块荞麦地吧，开着白花的。它的左边不是有个坟墓吗？”

驹子回去之后，岛村也到村里去散步。

在屋檐下，一个女孩子穿着全新的红色法兰绒雪裤在白墙边拍球。确实是一派秋天的景象。

有许多古色古香的建筑物，给人的印象仿佛是领主出巡的年代修建的。屋檐很深。二楼的纸拉窗只有一尺高，而且是细长条。檐前垂挂着一张芭茅编的帘子。

土坡上围着一道芒草篱笆。芒草绽满了淡黄色的花朵。细长的叶子一株株地伸展开来，形似喷泉，实在太美了。

叶子在路旁向阳的地方铺上了草席子在打红小豆。

红小豆辉光点点地从干豆秸里蹦了出来。

叶子头上包着毛巾，大概没看见岛村吧。她叉开穿着雪裤的双腿，一边打红小豆，一边唱歌，歌声清澈得近乎悲戚，马上就能引起回声似的。

蝶儿、蜻蜓，还有蟋蟀，
在山上鸣叫啁啾，
金琵琶、金钟儿，还有纺织娘。

还有这样一首民歌:“晚风吹拂，大乌鸦啊，蓦地飞离了杉林。”但从这个窗口俯视下去，只见杉林前面今天也仍然飞着一群蜻蜓。黄昏快降临了，它们匆匆地加快了飞的速度。

岛村出发之前，在车站小卖部里找到了一本新版的这一带的登山指南，把它买了下来，漫不经心地阅读着。上面写道：从这房间远眺县界的群山，其中的一座山顶上有一条穿过美丽池沼的小径。在这附近的沼地上，各种高山植物的花朵在争艳斗丽。若在夏天，红蜻蜓漫天飘舞，有时停落在人们的帽子上、手上，有时甚至停落在眼镜框上，那股自在劲儿，同受尽虐待的城市蜻蜓，真有天渊之别。

但是，眼前的一群蜻蜓，像被什么东西追逐着，又像急于抢在夜色降临之前不让杉林的幽黑抹去它们的身影。

在夕晖晚照下，这座山清晰地现出了山巅上枫叶正红的景色。

“人嘛，都是脆弱的。据说从高处摔下来，就会粉身碎骨。可是，熊什么的，从更高的岩石山上摔下来，也不损毫毛。”

岛村想起了今早驹子讲过的这句话。当时她一边指着那边的山，一边说岩石场又有人遇难了。

人如果有一层像熊一样又硬又厚的毛皮，人的官能一定很不一样了。然而，人都是喜欢自己那身娇柔润滑的皮肤。岛村一边沉思，一边眺望着沐浴在夕阳下的山峦，不禁有点感伤，恋慕起人的肌肤来。

“蝶儿、蜻蜓，还有蟋蟀……”不知是哪个艺伎，在提早吃饭的时间里，弹起拙劣的三弦琴，唱起这首歌来。

登山指南书上仅仅简单地记载着登山的路线、日程、客栈、费用等项目，反而使空想自由驰骋了。岛村头一次认识驹子，是从积满残雪、抽出嫩芽的山上，走到这个温泉村来的时候。现在又逢秋天登山季节，在这里远望着留下自己足迹的山峦，心不由得被山色吸引。

岛村游手好闲，无所事事，不辞劳苦地登上山来，可以认为这是一种典型的徒劳。正因为如此，这里边还有一种虚幻的魅力。

尽管远离了驹子，岛村还不时惦念着她，可一旦来到她身边，也许是完全放下了心，或是与她的肉体过分亲近的缘故，总是觉得对肌肤的依恋和对山峦的憧憬这种相思之情，如同一个梦境。这大概也是出于昨晚驹子在这里过夜刚刚回去的缘故。但是，在寂静中独自呆坐，只好期待着驹子会不邀自来，此外别无他法。听着徒步旅行的女学生天真活泼的嬉戏打闹声，岛村不知不觉间感到昏昏欲睡，于是便早早入眠了。

过不多久，好像下了一场阵雨的样子。

第二天早晨醒来，发现驹子已经端坐在桌前读书。她身穿普通的绸子短和服。

“醒了？”她静静地说罢，瞧了瞧岛村。

“怎么啦？”

“睡醒了？”

岛村猜想，她是在自己睡着之后才到这里过夜的吧？他扫视了一眼自己的睡铺，拿起枕边的手表一看，这才六点半。

“真早啊。”

“可是，女佣已经来添过火了。”

铁壶冒出水蒸气，活像一幅晨景。

“起床吧！”

驹子站起来坐到他的枕边。那举止非常像一个家庭主妇。岛村伸了伸懒腰，顺便抓住她放在膝上的手，一边抚弄着小手指头上弹琴磨出的茧子，一边说：

“困着呢，天刚发亮嘛。”

“一个人，可曾睡好？”

"嗯。"

"你还是没有把胡子留起来。"

"对了，对了。上次分手时你说过让我蓄胡子的。"

"反正你会忘记的，算了。你总是剃得干干净净，留下一片青痕。"

"你平时卸下白粉，不也是像刚刮过脸一样吗。"

"脸颊又胖了吧？脸色苍白，没有胡子，睡着的时候，脸儿滚圆，真有点怪呢。"

"显得很柔和，不是很好吗？"

"靠不住啊。"

"讨厌，这么说，你一直盯着我？"

"嗯。"驹子微笑着点了点头，突然又像着了火似的放声大笑起来，不知不觉地连握住他手指的手也更加使劲了，"我躲在壁橱里了。女佣完全没有发觉。"

"什么时候？什么时候躲进去的？"

"不是刚才吗，女佣来添火的时候嘛。"她想起来又笑个不停。脸"唰"地红到耳朵根，好像要掩饰过去似的拿起被头一边扇一边说，"起床吧。叫你起床嘛！"

"太冷了。"岛村抱着被子说，"客栈的人都起来了吗？"

"不晓得，我从后面上来的。"

"从后面？"

“从松林那边爬上来的啊。”

“那边有路吗？”

“没有像样的路，但是近呀。”

岛村惊讶地望了望驹子。

“谁也不晓得我来。厨房里虽有人声，可大门还没打开呀。”

“你又起得那么早。”

“昨晚睡不着。”

“你晓得下过一场阵雨吗？”

“是吗？怪不得那边的山白竹都打湿了，原来下了阵雨。我回去了，你再睡一觉吧，请休息吧。”

“我该起来了。”岛村仍握住她的手不放，猛地从被窝里爬出来，走到窗边，俯视她所说的登上来的地方，只见茂密的灌木丛尽头，展现出一片郁郁葱葱的山白竹林。那地方是毗连松林的小丘半腰，窗跟前的地里种满了萝卜、甘薯、葱、芋头等，虽是一般蔬菜，但洒上了朝阳，叶子五光十色，给人一种初见的新鲜感。

掌柜在通向浴池的廊子上，向池子里的红鲤鱼投掷饵食。

“看样子天气冷了，不大吃食了。”掌柜对岛村说罢，久久地凝望着那些浮在水面的捏碎了的干蚕蛹。

驹子坐在那儿，显得非常娴雅，她对从浴池出来的岛村说：

“在这样清静的地方做针线活儿多好啊。”

房间刚刚打扫过，秋天的朝阳一直照到有点发旧的榻榻米上。

“你也会做针线活儿？”

“问得多失礼啊。姐妹中我最辛苦了。回想起来，我长大成人时，正好家境困难。”她自言自语地说过之后，又突然提高嗓门，“如果女佣带着惊异的神色问我：‘驹姐，你什么时候来的？’我总不能三番五次地躲在壁橱里呀。真不好办啊。我要回去了。实在太忙呀。睡不着，我想洗个头。早晨不洗，要等头发干了才能去梳头师那儿，就赶不上午宴的时间了。虽然这儿也有宴会，但到了晚上才派人来告诉我，我已经答应别人，不能来了。今儿是星期六，特别忙，不能来玩了。”

驹子虽然这么说，却没有站起来要走的意思。

她决定不洗头了。她把岛村邀到了后院。回廊下面摆着湿木屐和布袜子，她刚才大概就是从那儿偷偷溜进来的吧。

看样子无法通过她刚才扒拉开草丛登上来的那片山白竹了，所以只好沿着大田边向有水流声的方向走下去。河岸陡峭，形成一道悬崖绝壁。从栗树上传来了孩子的声音。有几颗毛栗落在他们脚底下的草丛里。驹子用木屐踩碎外壳，把栗子剥出来。都是些小栗子。

对岸陡峭的半山腰上，开满了芭茅的花穗，它们摇曳起来，泛起耀眼的银白色。虽说白得刺眼，却又像是一种在秋空中翱翔的变幻无常的透明东西。

“到那边去看看吗？可以看到你未婚夫的坟墓呢。”

驹子陡地踮脚站起来，直勾勾地盯住岛村，冷不防地将一把栗子朝他的脸上扔去：

“你净把我当傻瓜来捉弄！”

岛村来不及躲闪，栗子咚咚地打在他的额头上，痛极了。

“那座坟同你有什么关系，值得你去看呢？”

“为什么这样认真呢？”

“对我来说，那着实是一件正经事。不像你那样玩世不恭。”

“谁玩世不恭啦？”岛村有气无力地嘟囔了一句。

“那么，你为什么要说是我的未婚夫呢？以前不是跟你讲得很清楚了吗，不是未婚夫，你忘记了？”

岛村并没有忘记。

“师傅也许想过要让少爷同我成婚。可也是心想而已，嘴里从来也没有提过。师傅这种心思，少爷和我都有点意识到了。然而我们并没有别的什么。我们从来都是分开生活的。我被卖到东京时，只有他一个人来给我送行。”

他记得驹子曾这样说过。

那个男人病危了，而她却到岛村那里过夜。她还仿佛要委身于岛村似的说：“我爱怎样就怎样，一个快死的人怎能禁得住我呢？”

正好在驹子送岛村到车站的时候，叶子赶来告诉她，病人不行了，要接她回去。尽管如此，驹子坚决不肯回去。因此，好像临终也没有见一面。由于曾经发生过这种事，岛村越发记住那个叫行男的男人了。

驹子总是避而不谈行男的事。即使不是未婚夫妻，但为了给他赚一笔疗养费，不惜在这里当艺伎，那无疑也是一件“认真严肃的事情”吧。

岛村虽然挨了一把栗子，可也没有生气的样子。驹子顿时觉得有点奇怪，一下子软瘫瘫地靠在岛村身上。

“嗯。你真是个老实人。你好像有什么伤心事？”

“孩子们在树上要看见咱们的。”

“东京人真复杂，实在难捉摸啊。周围吵吵闹闹的，心不在焉吧！”

“什么都心不在焉了。”

“有朝一日连对生命也心不在焉了？上坟去吧。”

“唔。”

“你瞧，你压根儿就不想上什么坟。”

“只是你自己感到拘束罢了。”

“我一次也没有来过，是有点拘束呢。说真的，一次也没有来过，现在师傅也一起埋葬在那里，我想起来，真对不起师傅。事到如今，更不想上坟了。这种事真叫人扫兴啊。”

“你这个人才真是复杂呢。”

“为什么？既然同活着的人无法把事情说清楚，至少对死去的人也要说明白啊。”

穿过寂静得几乎连冰水滴落的声音都能听见的杉林，沿着铁路走过滑雪场下方，就有坟地了。在田埂稍高的一角，只立着十来座旧石碑和地藏菩萨。每座坟都显得十分寒碜，光秃秃的，没有鲜花。

然而，地藏菩萨后面那低矮的树荫里，突然现出了叶子的上半身。刹那间，她像戴着一副假面具，满脸严肃的神色，用熠熠的目光尖利地对这边睃了一眼。岛村冷不防地向她行了一个礼，就在原地站住了。

“叶子，你早啊。我去找梳头师……”驹子说了半句，突然吹来一阵旋风，像要把他们刮跑。她和岛村都缩成了一团。

一列火车轰隆隆地从他们旁边经过。

“姐姐！”喊声穿过隆隆的巨响传了过来。一个少年从黑色火车的车门口挥动着帽子。

“佐一郎，佐一郎！”叶子喊道。

这是大雪天在信号所前呼喊站长的那种声音。像是向远方不易听见的船上的人们呼喊似的，话音优美得近乎悲凄。

火车通过之后，就像摘下了遮眼布，可以清楚地看到铁路那边的荞麦花挂满红色的茎，显得格外幽静。

意外地遇见叶子，两人几乎没有留意火车奔驰而来，这下子仿佛什么都给这列火车刮跑了。

而后，叶子的声音似乎比车轮声留下了更长的余韵。这是荡漾着纯洁爱情的回声。

叶子目送着火车远去。

“我弟弟乘这趟车，我真想到车站去看看。”

“可是，火车不会在站上等你的呀。”驹子笑了。

“是啊。”

“我呀，才不给行男上坟呢。”

叶子点点头，犹疑了一会儿，在坟前蹲下，双手合十膜拜起来。

驹子依然呆立在那里。

岛村把视线移开，看了看地藏菩萨。地藏菩萨有三面长脸，除了放在胸前合十的双手以外，左右还各有两只手。

“我要梳头去啦。”驹子对叶子说罢，就沿着田埂，向村子那边走去。

从一株树干到另一株树干，拴上好几层竹子和木棒，像晒竿一样，把稻子挂在上面晾干，看起来仿佛立着一面高大的稻草屏风。当地土话把它叫作“哈蒂”。岛村他们经过的路旁，老乡也做了这种“哈蒂”。

姑娘轻轻地扭动了一下穿着雪裤的腰身，把一束稻子抛了上去，高高攀在晾晒架上的男子，灵巧地接住，连捋带理地把它们分开，挂在晒竿上，专心地重复着熟练而麻利的动作。

驹子好像估量贵重物品似的，把“哈蒂”上的垂穗托在掌心上掂了几下：“多好的稻子，就是摸摸它，心情也舒畅呢。同去年大不相同啊。”说着，她眯缝着眼睛，好像在欣赏稻子，颇有感触。在她的头顶上空，低低地飞过一群散乱的麻雀。

路旁的墙上贴着一张旧招贴，上面写着：“插秧工的工资合同规定，日薪九角，包伙。女工打六折。”

叶子的屋前也有这种“哈蒂”。她的家修建在公路旁稍稍凹下去的旱田里，高高的“哈蒂”拴在院子左边沿着邻居的白墙种着的一排柿子树上。在旱田和院子接壤的地方，即柿子树上的“哈蒂”成直角处，也挂有“哈蒂”，在它的一头开了一个入口，可以从这些稻穗底下钻进去。这活像是用稻草而不是用草席盖起来的草棚子。在这块旱田里，枯萎了的西番莲和蔷薇的跟前，青芋在伸展着繁茂的叶子。养着红鲤的荷池在“哈蒂”那头，已经看不见了。

驹子去年住过的那间蚕房的窗扉也被遮住了。

叶子有点生气似的低下头，从稻穗的入口回去了。

“只有她一个人住在这家吗？”岛村目送着叶子稍向前弓的背影问道。

“不见得吧。”驹子莽撞地说，“啊，讨厌！我不去梳头了。就是你多嘴多舌，打扰了人家上坟。”

“是你固执己见，不愿在坟头见人家吧。”

"你不了解我的心情啊。过一会儿有空，我再去洗头。也许会晚些，还是一定要去的。"

凌晨三点钟了。

响起了一阵猛地推开拉门的声音，把岛村惊醒，驹子突然横倒在他身上，胸脯剧烈地起伏，急喘着气说：

"我说过要来，不就来了嘛。说过要来就来了嘛。"

"看你，喝得醉醺醺的。"

"嗯，我说过要来就来了嘛。"

"哦，是来啦。"

"来这里的路，黑得伸手不见五指，不见五指啊。唔，好难过啊！"

"亏你能爬上那段坡路。"

"管他呢，哪管得了这许多！"驹子"嗯"的一声，身子猛然滚过来，把岛村压得难受。岛村想爬起来，可因为是忽然被惊醒，摇晃两下，又倒了下去，头枕在热乎乎的东西上，他不禁吃了一惊。

"简直像一团火，傻瓜！"

"是吗，是火枕嘛，会把你烧伤的啊！"

"真的。"岛村闭着眼睛，一阵热气沁进脑门，他这才直接感受到自己的存在。随着驹子的剧烈呼吸，所谓现实的东西传了过来。那似乎是一种令人依恋的悔恨，又像是一颗只顾安然等待着复仇的心。

“我说过要来就来了嘛。”驹子一个劲地重复着这句话，“既然来过了，这就回去。我洗头去啦。”

不一会儿，她爬了起来，咕嘟咕嘟地喝起水来。

“这副样子，怎能回去呢？”

“我要回去。我有伴嘛。洗澡用具哪儿去啦？”

岛村站起来开亮了电灯。驹子用双手捂住脸，伏在榻榻米上。

“讨厌！”

她身穿元禄袖[1]的华丽夹衣，披着一件黑领睡衣，系上了窄腰带。因此看不见衬衫的领子，醉得连赤脚的脚板都泛红了，好像要躲藏起来似的缩着身子。这副模样显得特别可爱。

她好像把洗澡用具都扔了，香皂、梳子散落一地。

“给我剪吧，我把剪刀也带来了。”

“剪什么？”

“这个呀！”驹子把手伸到发髻后面，“在家就想把头绳剪掉，可手不听话，就顺道绕到这里请你给剪剪。”

岛村把她的头发分开，把头绳剪断。每剪一处，驹子就把假发拂落，心情渐渐平静下来。

1　一种仿元禄年间流行的窄袖缀金银丝花纹的和服。

“现在几点了？”

“已经三点了。”

“哎哟，这么晚了？别连真发都剪掉哟！”

“扎得那么多呀。”

他抓起一大把头发，头发散出一股热气。

“已经三点了吗？大概从宴会上回来，一躺倒就那么睡着了。我同朋友约好了，所以她们才来邀我的。她们准以为我上哪儿去了。”

“她们等着你吗？”

“我们三人进公共浴池啦。本来有六场宴会，只转了四场。下个礼拜是红叶季节，又够忙的。谢谢你。”驹子一边梳理散开了的头发，一边仰起脸来，甜滋滋地抿嘴笑了起来，“管他呢。嘻嘻嘻，多可笑啊！”

说罢，她无可奈何地捡起一束假发。

“让朋友久等了，我该走啦。回来就不再到你这里了。”

“看得见路吗？”

“看得见。”

但是，她踩住了衣服的下摆，摇晃了几下。

岛村想起她每天抽空来两次，都是在早上七点和凌晨三点这样不寻常的时间，也就感到非同一般了。

伙计们跟新年装饰松枝一样，正在客栈门口装饰着枫枝。这是一种欢迎赏枫游客的表示。

临时雇用的伙计用傲慢的口气指点着，并自嘲似的说自己是到处奔波谋生计的。有一种人从枫叶嫩绿时分到枫叶红这段时间，来这附近的山上温泉干活，冬天则去热海、长冈等伊豆温泉浴场谋生。他就是这种人当中的一个。每年不一定在同一客栈干活。他好卖弄在伊豆繁华温泉浴场的经验，背地里净唠叨这一带接待客人工作的短处。他那副搓着手死乞白赖拉客的样子，表露出毫无诚意的态度。“先生，您见过通草果吧，想吃的话，我给您拿去。”他对散步回来的岛村说了这么一句，然后把通草果连同蔓藤系在挂满红叶的枫枝上。

枫枝大概是从山上采来的，足有屋檐高，那鲜艳的颜色，顿时把大门口装饰得明亮起来，片片红叶也大得惊人。

岛村拿着冰凉的通草果看了看，无意中朝账房那边望去，只见叶子正坐在炉旁。

内掌柜正守着铜壶温酒。叶子同她相对而坐，每次被问到什么，她都痛痛快快地点头。她既没有穿雪裤，也没有穿短和服，穿的是一身像刚刚浆洗过的绸子和服。

“是来帮忙的？”

岛村若无其事地问了问伙计。

“是啊，人手不够，多亏她来帮忙。”

“同你一样吗？”

“嗯。她是个乡村姑娘，与众不同啊。”

叶子总是在厨房里帮忙，从没赴宴陪过客。客人多了，厨房里女佣的声音也大起来，却没有听到叶子那优美的声音。负责岛村房间的那个女佣说，叶子有睡前入浴，在浴池里唱歌的怪癖，但岛村从没有听见过。

然而，一想起叶子在这家客栈里，不知为什么，岛村对找驹子也就有点拘束了。尽管驹子是爱他的，但他自己有一种空虚感，总把她的爱情看作一种美的徒劳。即使那样，驹子对生存的渴望反而像赤裸的肌肤，触到了他的身上。他可怜驹子，也可怜自己。他似乎觉得叶子的慧眼放射出一种像是看透这种情况的光芒。他也被这个女子吸引了。

岛村即使没有唤驹子，不用说驹子也是常常来找他的。

他去溪流尽头观赏红叶，曾打驹子家门前走过。那时候，她听见车声，断定又是岛村，便跑到外面来看。岛村却连头也不回。她就说他是个薄情郎。她只要被唤到客栈，没有不去岛村的房间的。去浴室的时候，也顺便走来了。若有宴会，就提前一个钟头来，一直在他那里玩到女佣来叫她。她还常常从宴会上偷偷溜出来，对着梳妆镜修整面容。

“我这就去做工，打算赚点钱。噢，赚钱，赚钱啊！”说罢，她站起来就走了。

不知为什么，她回去的时候，总爱把带来的拨子、短和服这类东西撂在他的房间里。

“昨晚回来，没烧热水。在厨房叽里咣当地摸了半天，用早餐剩下的黄酱汤泡了一碗饭，就着咸梅吃，凉飕飕的。今早没人来叫我，醒来一看，已是十点半。本来是想七点起来的，却起不来了。”

她把这样一些琐事，以及转了哪几家客栈、宴席上的情形等都一五一十地向他说了一遍。

“我还会来的。”她一边喝水，一边站起来说，“或许不来了。三个人要陪三十人，忙得不可开交，溜不出来呢。”

然而，过了不多久，她又来了。

“真够呛啊！三十个客人，只有三个人陪。她们又是一老一少，我可够呛呢。那些客人太小气了，一定是什么旅行团。三十个人嘛，至少要有六个人陪才是。我现在去，喝几杯吓唬吓唬他们。”

每天都这样，会变成什么样子呢？就连驹子也不免感到恨不能把自己藏起来。但那副近似孤独的样子，反而显得她越发娇媚了。

“走廊响起声音，多难为情啊！就是悄悄走，人家也会晓得的呀。我打厨房经过，人家就取笑我说：‘阿驹，又到山茶厅去啦？’真想不到我还在这种事情上顾忌人家多心啊。”

“地方小，不好办吧？”

“人家都已经知道了。”

“那就坏了。”

“是啊。在这种小地方，一有点坏名声，可就完了。”驹子马上抬头笑眯眯地说，“唔，没关系，我们到哪儿都可以干嘛。”

这种充满真情实意的口气，使坐食祖产的岛村感到非常意外。

“说真的，在哪儿干还不是一样。何必想不开呢。”

岛村从她那种无所谓的语调中，听出了她的心声。

“那样就行了。因为唯有女人才能真心实意地去爱一个人啊。”驹子脸上微微发红，她垂下了头。

后领袒露出的肩背，仿佛张开了一把白色的扇子。那抹上了厚脂粉的肌肤，丰满得令人感到一种无端的悲哀。看起来像棉绒，又像什么动物。

“如今这世道嘛。”岛村嘟囔了一句，却又觉得这话分明是虚假的，不禁有点寒心。

然而，驹子却天真地说：“什么时候都是一样的啊！”

过了一会儿，她抬起脸来，茫然若失地补上一句：“你不知道吗？”

她那贴身的红色内衣看不见了。

岛村正在翻译瓦莱里[1]和阿兰[2]的作品，还有俄国舞蹈盛行时期法

1 Paul Valery（1871—1945），法国象征派诗人、评论家。

2 Alain（1868—1951），原名 Emile Auguste Chartier，法国哲学家、评论家。

国文人墨客的舞蹈理论，打算印很少的一些精装本自费出版。这些书对于今天的日本舞蹈界恐怕没有什么用处。要说这一点反而使他感到放心，也未尝不可。通过自己的工作来嘲笑自己，恐怕也是一种撒娇的乐趣吧。说不定由此可以产生他那悲哀的梦幻世界，所以也就毫无必要急于出来旅行了。

他仔细地观察着昆虫闷死的模样。

随着秋凉，每天都有昆虫在他房间里的榻榻米上死去。硬翅的昆虫，一翻过身就再也飞不起来。蜜蜂还可以爬爬跌跌一番，再倒下就爬不起来。由于季节转换而自然死亡，乍看好像是静静地死去，可是走近细看，只见它们抽搐着腿脚和触角，痛苦地拼命挣扎着。这八叠大的榻榻米作为它们死亡的地方，未免显得太宽广了。

岛村用两根手指把那些尸骸捡起来准备扔掉时，偶尔也会想起留在家中的孩子们。

有些飞蛾，看起来老贴在纱窗上，其实已经死掉了。有的像枯叶似的飘散，也有的打墙壁上落了下来。岛村把它们拿到手上，心想：为什么会长得这样美呢？防虫的纱窗已经取下来，虫声明显变得稀稀落落。

县界上的群山，红锈色彩更加浓重了。夕晖晚照下，有点像冰凉的矿石，发出了暗红的光泽。这时间正是客栈赏枫客人最多的时候。

“大概本地人要举行宴会，今晚不能来了。”当天晚上驹子来到岛村的房间告诉他一句，又走了。不久大厅里响起了鼓声，不时扬起女人的尖叫声。在一片喧嚣中，意外地从近处传来清越的嗓音。

“对不起，里面有人吗？”叶子喊道，“这个，驹姐让我送来的。”

叶子立在那儿，像邮差似的伸手将字条递过来，然后慌忙跪坐下来。当岛村打开这张折叠的字条时，叶子已经杳无踪影。岛村连一句话也没说上。

白纸上只歪歪斜斜地写着这样几个字：“今晚闹得很欢，我喝酒了。”

但是，没过十分钟，驹子就拖着碎乱的脚步走了进来。

“刚才那孩子送什么来没有？”

“送来了。”

“是吗？”她快活地眯缝着一只眼睛说，“唔，真痛快。我说去叫酒，就偷偷地溜了出来。被掌柜发现，挨了一顿骂。酒真好呢，即使挨骂，我也不在乎。啊，真讨厌，一来到这里就醉了。我还得去啊。”

“你连指尖都泛起好看的颜色呢。”

“呃，做生意嘛。那姑娘说了什么啦？惊人的妒忌之火在燃烧，你知道吗？”

“谁？”

“要烧死人的。”

“那位姑娘也在帮忙吗？”

“她端着酒壶，站在走廊犄角上，直勾勾地盯着，眼睛闪闪发光，你喜欢那种眼睛吧？”

“她一定是觉得这场面下流，才这么盯着的吧。”

“所以我写了张字条让她送来。我想喝水，请给我一点水。谁下流？女人若不曾坠入情网是不知道谁下流的呀。我是醉了吗？”

驹子打了个趔趄，一把抓住梳妆台的边，定睛照了照镜子，然后挺直身子，撩了撩衣服的下摆就走了出去。

过了一会儿，喧闹声骤然沉寂下来。大概是宴席散了吧。间或听到远处传来杯盘的碰撞声。岛村心想：驹子也许被客人带到别的客栈，参加第二场宴会去了吧。这时，叶子又送来了驹子的一张折叠起来的字条。

字条上面写道：“山风厅作罢了，现在去梅花厅，回家时顺便去看你。晚安。”

岛村有点不好意思似的苦笑着说：

“谢谢，你来帮忙了？”

“嗯。”叶子在点头的一瞬间，用她那双尖利而美丽的眼睛睃了岛村一眼。岛村感到狼狈不堪。

他以前也见过几次这位姑娘，她每次总是给他留下感人的印象，可当她这样无所事事地坐在他跟前时，他反而感到特别不自在。她那副过分认真的样子，看起来仿佛总是处在一种异常事态之中。

“你好像很忙吧？”

“嗯。可是，我什么也不会。”

“我见过你好几次了。最初那次是在回来的那趟火车上，你照顾一个病人，还向站长拜托你弟弟的事，你还记得吗？”

“嗯。”

“听说你睡前要在浴池里唱歌，是吗？”

“哟，多不礼貌，真是的！”这声音优美得令人吃惊。

“我觉得你的事我好像什么都知道。”

“是吗，你听驹姐说的吧？”

“她什么也没说，甚至好像不太愿意谈你的事。”

“是吗？”叶子悄悄地把脸背转过去，“驹姐是个好人，可是挺可怜的，请你好好待她。”

她快嘴说了出来，末尾稍带点颤音。

“可是，我并不能为她做什么事。”

看起来叶子好像连身子也要颤抖起来了。岛村把视线从她那充满警惕的脸上移开，带笑地说：

“也许我还是早点回东京的好。”

“我也要去东京呢。”

“什么时候？”

“什么时候都行。”

“那么，我回去时带你去好吗？”

“好，就请你带我去吧。”

她若无其事，然而语气却是认真的。岛村大为吃惊。

“只要你家里人同意。”

“什么家里人？我只有一个在铁路上工作的弟弟，我自己决定就行。”

“在东京有什么地方可以投靠吗？”

“没有。”

“你同她商量过了吗？”

“你是说驹姐？她真可恨，我不告诉她。”叶子这么说过之后，也许是精神松懈了下来，眼睛有点湿润。她仰头望了望岛村。岛村感到有一股奇妙的吸引力，可不知怎的，这样一来，反而燃起了对驹子炽热的爱情。他觉得同一个不明身世的姑娘近似私奔地回到东京，也许是对驹子的一种深深的歉意，也是对自己的一种惩罚。

“你同男人走不害怕吗？”

“为什么要害怕呢？”

“总之，你要先考虑好在东京的落脚点，还有打算干什么。要不，岂不是太危险了吗？”

“一个女人总会有办法的。”叶子盯住岛村，非常优美地提高尾音说，“你不能雇我当女佣吗？”

“什么？当女佣？”

“我并不愿意当女佣。”

“前次你在东京干什么呢？”

“当护士。”

“在医院还是在学校？”

“不，只是打算罢了。”

岛村又想起叶子在火车上护理师傅儿子时的情景，也许在那真挚的感情中表露了叶子的愿望。他想着想着，抿嘴笑了。

“那么，这次你是想去学护士的啰？”

“我已经不想当护士了。”

“你这样漂泊无着落怎么行呢。”

“哎哟，什么漂泊不漂泊的，管他呢。”叶子反驳似的笑了。

这笑声清越得近乎悲凄，听来不像呆痴的样子。然而这声音陡然扣动了岛村的心弦，而后又消失了。

“有什么可笑的呢？”

“可不是吗，我就只看护过一个人嘛。”

“什么？”

“我再也不愿干了。”

“哦。”岛村又一次遭到突然袭击，轻声说，“听说你每天都到荞麦地上坟去？”

“嗯。”

“你以为你一辈子再不会看护别的病人，给别的人上坟了吗？”

“不会啦。”

“可是，你舍得离开那座坟到东京去？”

“哦，对不起，请你把我带去吧。”

“驹子说啦，你是个可怕的醋瓶子。他不是驹子的未婚夫吗？”

“你是说行男？不对，不对！”

“那你为什么怨恨驹子？”

“驹姐？”叶子好像呼喊站在面前的人似的，目光闪闪地盯着岛村说，“请你好好对待驹姐。”

“我什么也不能为她效劳呀！”

泪水从叶子的眼角簌簌地涌了出来，她抓起一只落在榻榻米上的小飞蛾，一边抽泣着一边说：

“驹姐说我快要发疯了。”

她说罢忽然走出了房间。

岛村感到一股寒意袭上心头。

叶子像要扔掉那只被捏死的飞蛾似的打开了窗户，只见醉醺醺的驹子正欠起身子同客人猜拳，把客人直逼得束手无策。天空昏暗下来。岛村走进室内温泉去了。

叶子也带着客栈里的小孩子，走进了旁边的女浴池。

叶子让孩子脱衣洗澡，话语特别亲切，像带着几分稚气的母亲说话，嗓音悦耳动听。

然后，她又用这种嗓音，唱起歌来：

……

出了后院看呀看，

一共六棵树呀，

三棵梨树，

三棵杉。

乌鸦在下面

营巢，

麻雀在上面

做窝。

林中的蟋蟀

啁啾鸣叫。

阿杉给朋友来上坟，

来上坟啊，

一个，一个，又一个。

这是一首拍球歌。她用一种娇嫩轻快、活泼欢乐的调子唱着，使岛村觉得刚才那个叶子犹如在梦中出现似的。

叶子不停地跟孩子说话。她站起身来，离开浴池以后，那声音就像笛声一样，依然在那儿旋荡。在乌亮破旧的玄关地板上，放着一个三弦琴桐木盒。这时夜阑人静，不由得拨动了岛村的心弦。他正念着琴盒所属的那个艺伎的名字，驹子从响起洗餐具声的那边走过来。

“你在看什么啦？”

“她在这儿过夜吗？”

“谁？哦，它？你真傻，要知道这个玩意儿是不能带来带去的呀。有时一放就是好几天呢。”她刚一笑，又长吁短叹了几声，然后闭上眼睛，松开衣襟，摇摇晃晃地倒在岛村怀里了。

“喂，送我回去吧。”

“不要回去了吧？”

“不行，不行，我得回去。还有另一个宴会，大家都跟着去陪第二个宴会，就只有我留了下来。要是宴会在这儿举行还可以，不然朋友们回头找我去洗澡，我不在家，那就不好了。”

驹子虽然酩酊大醉，还是挺直身板走下了陡坡。

“你把那姑娘弄哭了？”

“这么说来，她真的有点疯了。”

“你这样看人，觉得有意思吗？”

“不是你说她快要发疯的吗？她可能是一想起你这话儿，不服气，才哭起来的吧。”

“那就好。”

“可是没有十分钟的工夫，她进了浴池就用优美的嗓子唱起歌来。”

“那姑娘有在澡堂里唱歌的怪癖。”

“她一本正经地托付我要好好待你。”

“真傻。可是，这样的事，你何必要对我宣扬呢？”

“宣扬？奇怪，我不明白，为什么一提到那个姑娘的事，你就那么意气用事。”

“你想要她？”

“瞧你，说到哪儿去了！”

“不是跟你开玩笑。不知道为什么，我看见她，总觉得她将来可能成为我的沉重包袱。就说你吧，如果你喜欢她，好好观察观察她，你也会这样想的。”驹子把手搭在岛村的肩头上，依偎过去，突然摇摇头说，“不对。要是碰上像你这样的人，也许她还不至于发疯呢。你替我背这个包袱吧。”

“你可不要这样说。”

“你以为我撒酒疯？每当想到她在你身边会受到你疼爱，我在山沟里过放荡生活这才痛快呢。”

“喂！”

“别管我！”驹子急匆匆地逃脱开，“咚”的一声碰在挡雨板上。那里是驹子的家。

“她们以为你不回来了。”

“不，我来开。”驹子一边抬了抬那发出嘎嘎声的门脚，把它拉开，一边悄声地说，“顺便进去坐坐吧。”

“这个时候……”

“家里人都睡了。”

连岛村也有点踌躇不决了。

“那么，我送你回去。”

“不用了。”

“不行，你不是还没看过我现在的房间吗？”

一进后门，跟前就看见这家人横七竖八地躺着。他们盖着硬邦邦的褪了色的棉被，就如同这一带人常穿的雪裤的棉花一样。这对夫妻和十七八岁的大姑娘，还有五六个孩子，在昏暗的灯光下，各朝各的方向睡着。这幅图景，使人感到在清贫孤寂的家中，也充满一种刚劲的力量。

岛村像是被一股温暖的鼾声推了回来，不由得要退到外面，驹子“砰”的一声把后门关上，无所顾忌地踏着重重的脚步，走过木板间。岛村只好从孩子们的枕边轻轻地擦身而过。一种无以名状的快感在他的心头激荡。

“在这儿等等，我上二楼开灯去。”

“不必啦。”岛村登上漆黑的楼梯。回头一瞧，在一张张纯朴的睡脸那边，可以看见卖粗点心的铺面。

这里就像农家的房子，二楼有四间房，铺着旧榻榻米。

“我一个人住，宽倒很宽。”驹子虽这么说，可隔扇全都打开了，那边房子堆满了旧家具，煤烟熏黑的拉门里铺了驹子的小铺盖，墙上挂着赴宴的衣裳，倒像狐狸的巢穴。

驹子孤单单地坐在地板上，把唯一的一张坐垫让给岛村。

“哎哟，满脸通红了。”她照了照镜子，“真的醉成这个样子了？”

然后，她搜了搜衣柜上面，说：“喏，日记。”

“真多啊！”

她又从那旁边拿出一个花纹纸盒，里面装满了各种香烟。

“是客人送的，我放在袖兜里或夹在腰带里带回来的。都成了这样皱皱巴巴的，但是并不脏。种类倒是大体上都齐全了。”她一只手支在岛村面前，另一只手乱翻起盒子里的香烟让岛村看。

“哎呀，没有火柴。因为我已经戒烟，也就不需要了。”

“行啦。你在干针线活儿？”

“嗯。赏枫的客人多了，就耽误下来了。”驹子回过头去，把衣柜前的针线活儿放到一边去。

这大概是驹子在东京生活留下来的痕迹吧。那别致的直木纹衣柜和名贵的朱漆针线盒，依然摆在这冷清清的二楼上，就如同住在师傅家那间旧纸盒似的顶楼时一样，显得格外凄怆。

电灯上有根绳垂到枕边。

“看完书要睡觉的时候，一拉这根绳就能关灯。”驹子一边说，一边抚弄着那根细绳。但是，她却像家庭妇女似的，温驯地坐着，显得有点腼腆。

“真像狐狸出嫁啊。”

“本来嘛。”

“你要在这间房子里待四年？”

“可是，已经过去半年，一眨眼就是四年啦。”

从楼下传来了人们的鼾声。岛村接不上话茬，就急忙站起来。

驹子走去关门，把头探出去，仰脸望了望天空。

“快要下雪了，红叶的季节也快过去了。”她说着走到外面，“这一带都是山沟沟，还挂着红叶就下雪了。”

“那么，请歇息吧。”

“我送你，送到客栈门口。”

可是，她又同岛村一起进了客栈，说了声“请安歇吧”，就无影无踪了。不大一会儿，她酌了两杯满满的冷酒，端到他的房间里来，用兴奋的语气说：

“来，喝吧，把它喝下去！”

“客栈里的人都睡着了，哪儿弄来的？”

“嗯，我知道放在什么地方。”

看样子驹子从酒桶里倒酒的时候已经喝过了，刚才那副醉态又显露出来，她眯起眼睛，凝望着酒从杯子里溢出来。

“不过，摸黑喝，喝不出味道来。”

岛村漫不经心地把驹子递过来的冷酒一饮而尽。

喝这么一丁点酒本来是不会醉的，可能是在外面走了一阵子着了凉的缘故，他突然有点恶心，酒劲冲上了脑门。他脸色苍白，于是闭上眼睛，躺了下来。驹子连忙照拂他。良久，他对女人那热乎乎的身体，也就完全没有顾忌了。

驹子羞答答的，她那种动作犹如一个没有生育过的姑娘抱着别人的孩子，抬头望着他的睡相。

过了半天，岛村蓦地冒出一句：“你是个好姑娘啊。”

“为什么？哪一点好呢？”

“是个好姑娘。”

“是吗？你这个人真讨厌，都在说什么呀。清醒点嘛。”驹子把脸转了过去，一边摇着岛村，一边像是驳斥他似的断断续续说了几句，就沉静下来，缄口不言了。

过了片刻，她一个人抿嘴笑了。

“太不好了。我心里难受，你还是回去吧。我已经没什么新衣服可穿了。每次到你这儿来，总想换一件赴宴服，全部衣服都穿过了，身上这件还是朋友的呢。我这个人真坏，是吗？”

岛村无言以对。

“这样的姑娘，有哪一点好呢？”驹子有点哽咽，“头一回见你时，感到你这个人讨厌。哪有人讲话像你这样冒失的。我当时觉得你真讨厌呢。”

岛村点了点头。

“哟，这件事我一直没说，你明白吗？情况发展到让女人说这种话，不就完蛋了吗。”

“这倒无所谓。”

“是吗？”驹子像在回顾自己的过去似的，长时间沉默不语。一个女人对生存的渴望亲切地传到了岛村身上。

“你是个好女人。”

“怎么个好法？”

“是个好女人嘛。”

“你这个人真怪。”驹子难为情地把脸藏起来，接着又好像想起什么，忽然支着一只胳膊，抬起头说，“那是什么意思？你说，是指什么？”

岛村惊讶地望着驹子。

“你说嘛。你就是为了这常来的？你是在笑我，你还在笑我呀？”

驹子涨红着脸，瞪眼盯住岛村责问。她气得双肩直打战，脸色倏地变成了铁青，眼泪簌簌地滚落下来。

“真窝心，啊，真叫人窝心。”驹子从被窝里翻滚出来，背着脸坐下。

岛村猜想驹子准是误会了，不由得大吃一惊，他闭上眼睛，一声不响。

“真可悲啊！”

驹子喃喃自语，把身子缩成一团，趴了下来。

她也许是哭乏了，用发簪“哧哧”地把榻榻米扎了好一阵子，又突然走出房间。

岛村无法追赶上去。让驹子这么一说，有许多事情他是问心有愧的。

但是，驹子很快又蹑手蹑脚走回来，从纸门外尖声喊道：

“我说呀，不去洗个澡吗？”

“啊！”

“对不起。我改变了主意才来的。”

她就那么站着躲在走廊上，并没有要进屋的意思。岛村手拿毛巾走了出来。驹子避开他的目光，低着头走在前面，简直像给人揭发了罪行后被逮走的样子。可是，在浴池里把身子暖和过来以后，她又怪可怜地闹腾起来，这时她已毫无睡意了。

第二天早晨，岛村被歌声吵醒了。

他静静地听了大半天。驹子在梳妆台前回头莞尔一笑。

“那是住在梅花厅的客人唱的。昨晚宴会散后，他们就把我找去了。”

“是民谣会旅行团的人吧？”

“嗯。”

“下雪了吗？”

“嗯。”驹子站起来，“哗啦”一声把拉窗打开让他看。

“红叶已经落尽了。”

从嵌在窗框里的灰色天空中，飘进来纷纷扬扬的大雪花。不知为什么，寂静得使人难以置信。岛村睡眠不足，茫然地望着虚空。

唱歌的人敲着鼓。

岛村想起了去年岁末那面映着晨雪的镜子，然后看了看梳妆台那边，只见镜中依然清晰地浮现出冰冷的纷纷扬扬的大雪花，在敞开衣领揩拭着脖颈的驹子周围，飘成了白线。

驹子的肌肤像刚洗过一样洁净。简直难以相信她为了岛村一句无意中说的话，竟产生了这样的误解。她这样反而显出一种无法排解的悲哀。

这场初雪，使得枫叶的红褐色渐渐淡去，远方的峰峦又变得鲜明起来。

披上一层薄雪的杉林，杉树分外鲜明地一株株耸立在雪地上，凌厉地伸向苍穹。

在雪中缫丝、织布，在雪水里漂洗，在雪地上晾晒，从纺纱到织布，一切都在雪中进行。有雪始有绉纱，雪乃是绉纱之母也。古人在书上也曾这样记载过。

在估衣铺里，岛村也找到了一种雪国的麻质绉纱，拿来做夏装。这是村妇们在漫长的冬雪日子里手工织成的。

由于从事舞蹈工作的关系，他认识了经营能乐[1]旧戏服的店铺，拜托过他们：如有质地好的绉纱，请随时拿给他看看。他喜欢这种绉纱，也用它来做贴身的单衣。

据说，从前到了撤下厚厚的雪帘、冰融雪化的初春时分，绉纱就开始上市了。三大城市[2]的布庄老板也从老远赶来买绉纱，村里甚至为他们准备了长住的客栈。姑娘们用半年心血把绉纱织好，也是为了这首次上市。远近村庄的男男女女都聚拢到这儿来了。这儿摆满了杂耍场和杂货摊，就像镇上过节一样，热闹异常。绉纱上都系有一张纸牌，记着纺织姑娘的姓名和地址，根据成绩来评定等级。这也成

1　一种日本古典戏剧。

2　指东京、大阪、京都。

为选媳妇的依据。要不是从小开始学纺织，就是到了十五六岁乃至二十四五岁也是织不出优质绉纱来的。人一上岁数，织出来的布面也失去了光泽。也许是姑娘们为了挤进第一流纺织女工的行列而努力锻炼技能的缘故，她们从旧历十月开始缫丝，到翌年二月中旬晾晒完毕。在这段冰封雪冻的日子里，别无他事可做，所以手工特别精细，她们把挚爱之情全部倾注在产品上。

在岛村穿的绉纱中，说不定还有江户末期到明治初期的姑娘织的吧。

直到如今，岛村仍然把自己的绉纱拿去“雪晒”。每年要把不知是谁穿过的估衣送去产地暴晒，虽说麻烦，但想到旧时姑娘们在冰天雪地里所花的心血，也还是希望能拿到纺织姑娘所在的地方，用地道的暴晒法暴晒一番。晨曦泼洒在暴晒于厚雪上的白麻绉纱上，不知是雪还是绉纱，染上了绮丽的红色。一想起这幅图景，就觉得好像夏日的污秽都被一扫而光，自己也经过了暴晒似的，身心变得舒畅了。不过，因为是交由东京的估衣铺去办，古老的暴晒法是否会流传至今，岛村就不得而知了。

暴晒铺自古以来就有。纺织姑娘很少在自己家里暴晒，多半都是拿给暴晒铺去晒的。白色绉纱织成后，直接铺在雪地上暴晒；有色绉纱纺成纱线后，则挂在竹竿上暴晒。因为在一月至二月间暴晒，据说也有人把覆盖着积雪的水田和旱地作为暴晒场。

无论是绉纱还是纱线，都要在碱水里泡浸一夜，第二天早晨再用水冲洗几遍，然后拧干暴晒。这样要反复好几天。每当白绉纱快要晒干的时候，旭日初升，燃烧着璀璨的红霞，这种景色真是美不胜收，恨不能让南国的人们也来观赏。古人也曾这样记载过。绉纱暴晒完毕，正是预报雪国的春天即将来临。

绉纱产地离这个温泉浴场很近。它就在山峡渐渐开阔的河流下游的原野上，因此从岛村的房间也可以望见。昔日建有绉纱市场的镇子，如今却修了火车站，成为闻名于世的纺织工业区。

不过，岛村没有在穿绉纱的仲夏，也没有在织绉纱的严冬来过这个温泉浴场，从而也就没有机会同驹子谈起绉纱的事。再说，他这个人也不像是去参观古代民间艺术遗迹的。

然而，岛村听了叶子在浴池里放声歌唱，忽然想到，这个姑娘若生在那个时代，恐怕也会守在纺纱车或织布机旁这样放声歌唱吧。叶子的歌声确实像那样一种声音。

比头发丝还细的麻纱，若缺少雪天天然的潮湿，就很难办了。阴冷的季节对它似乎最合适。古时有这样一种说法：三九寒天织出来的麻纱，三伏天穿上令人觉得特别凉爽，这是由于阴阳自然的关系。

倾心于岛村的驹子，似乎在根性上也有某种内在的凉爽。因此，在驹子身上迸发出的奔放的热情，使岛村觉得格外可怜。

但是，这种挚爱之情，不像一件绉纱那样能留下实在的痕迹。纵然穿衣用的绉纱在工艺品中算是寿命最短的，但只要保管得当，五十年或更早的绉纱，穿在身上照样也不褪色。而人的这种依依之情，却没有绉纱寿命长。岛村茫然地这么想着，突然又浮现出为别的男人生了孩子、当了母亲的驹子的形象。他心中一惊，扫视了一下周围，觉得大概是自己太劳累了吧。

岛村这次逗留时间这么长，好像忘记了要回到家中妻子身边的样子。这倒不是离不开这个地方，或者同驹子难舍难分，而是由于长期以来自然形成了等候驹子频频前来相会的习惯。而且驹子越是寂寞难过，岛村对自己的苛责也就越是严厉，仿佛自己不复存在。这就是说，他明知自己寂寞，却仅仅一动不动地待在那里。驹子为什么闯进自己的生活中来呢？岛村是难以解释的。岛村了解驹子的一切，可是驹子却似乎一点也不了解岛村。驹子撞击墙壁的空虚回声，岛村听起来有如雪花飘落在自己的心田里。当然，岛村也不可能永远这样放荡不羁。

岛村觉得这次回去，暂时是不可能再到这个温泉浴场来了。雪季将至，他靠近火盆，听见了柔和的水沸声。这种水沸声是客栈主人特地拿出来的京都出产的古老铁壶发出来的。铁壶上面精巧地镶嵌着银丝花鸟。水沸声有二重音，听起来一近一远。而比远处水沸声还稍远些的地方，仿佛不断响起微弱的小铃声。岛村把耳朵贴近铁壶，听了听那铃声。驹子在铃声不断的远处，踏着同铃声相似的细碎的脚步走了过来。她那双小脚，赫然映入岛村的眼帘。岛村吃了一惊，不禁暗自想：已经到该离开这里的时候了。

于是，岛村想起要到绉纱产地去看看。这个行动固然也含有为自己找个机会离开温泉浴场的意思。

但是，河流下游有好几个小镇，岛村不晓得到哪个镇上去才好。他又不是想去看正在发展成纺织工业区的大镇，因此索性在一个冷落的小站下了车。走了一会儿，就到了一条像是古代驿站集中的市街上。

家家户户的房檐直伸出去，支撑着它一端的柱子并排立在街道上。好像江户城里叫“店下”的廊檐，旧时在这雪国把它叫“雁木”。积雪太厚时，这廊檐就成为往来的通道。通道一侧，房屋整齐，廊檐也就连接下去。

房檐紧接房檐，屋顶上的雪除了弄到马路当中以外，别无他处可以弃置。实际上是将雪从大屋顶上高高抛起来扔到马路正中的雪堤上。要到马路对过，就得挖通雪堤，修成一条条隧道。这些地方叫作“钻胎内涵洞”。

同样是在雪国，但驹子所在的温泉乡，房檐并不相连。岛村到了这个镇子，才头一回看到这种“雁木”。好奇心促使他走过去看了看，只见破旧的房檐下十分昏暗。倾斜的柱脚已经腐朽，令人觉得仿佛是在窥视世世代代被埋没在雪里的忧郁的人家。

在雪里把精力倾注在手工活上的纺织女工，她们的生活可不像织出来的绉纱那样爽快。这个镇子自然而然地给人相当古老的印象。在记载绉纱的古书里，也引用了唐代秦韬玉的诗。但据说纺织商之所以不愿雇用纺织女工，是因为织一匹绉纱相当费工，在经济上划不来。

这样呕心沥血的无名工人，早已长逝。他们只留下了这种别致的绉纱。夏天穿上有一种凉爽的感觉，成了岛村他们奢华的衣着。这事并不稀奇，但岛村却突然觉得奇怪。难道凡是充满诚挚的爱的行动，迟早都会鞭挞人的吗？他从“雁木”底下，走到了马路上。

笔直的长长的市街，很像当年旅馆区的街道。这大概是从温泉乡直通过来的一条旧街。木板葺的屋顶上的横木条和铺石，同温泉乡也没有什么不同。

房檐的柱子投下了淡淡的影子，不知不觉地已近黄昏。

没有什么可观赏的，于是岛村又乘火车来到了另一个镇子。那里也和先前那个镇子不相上下。岛村在那里也只是悠然漫步，然后吃了一碗面条，暖和暖和身子。

面食店在河岸上。这条河大概也是从温泉浴场流过来的。可以看到尼姑三三两两地先后走过桥去。她们穿着草鞋，其中有的背着圆顶草帽，像是化缘回来的样子，给人一种小鸟急于归巢的感觉。

“有不少尼姑打这儿路过吧？”岛村问面食店的女人。

“是啊。这山里有尼姑庵。过些时候一下雪，从山里出来，路就不好走了。”

在薄暮中，桥那边的山峦已经是一片白茫茫的景色。

在这北国，每到落叶飘零、寒风萧瑟的时节，天空老是冷飕飕、阴沉沉的。那就是快要下雪了。远近的高山都变成一片茫茫的白色，这叫作“云雾环岳”。另外，近海处可以听见海在呼啸，深山中可以听到山在鸣咽，这自然的交响犹如远处传来的闷雷，这叫作“海吼山鸣”。看到“云雾环岳”，听见“海吼山鸣”，就知道快要下雪了。岛村想起古书上有过这样的记载。

岛村晚起，躺在床上听那赏枫游客唱谣曲[1]的那天，下了第一场雪。不知今年是否已经“海吼山鸣”了？也许由于岛村一个人旅行，在温泉乡同驹子接连幽会，不觉间听觉变得特别敏锐起来，只要想起“海吼山鸣”，耳边就仿佛回荡着这种远处的闷雷声。

“尼姑们这就要深居过冬。她们有多少人呢？”

“哦，大概很多吧。”

“这么多尼姑聚到一起，在冰天雪地里待几个月，不知都在干些什么呢？这一带旧时织绉纱，她们在尼姑庵里要是也织织就好啦。”

对岛村这席好奇的话，面食店的女人只是报以微笑。

岛村在车站等了将近两个小时回程的火车。微弱的阳光已沉下去，一股寒意袭来，犹如星星的寒光，冷飕飕的。脚板也觉得透心凉。

1　日本古典戏剧能乐的唱词。

岛村漫无目的地跑了一趟，又回到了温泉浴场。车子驶过那个岔口，一直开到守护神的杉林边上，眼前出现一间透着亮光的房子，岛村不禁松了一口气。这是“菊村”小饭馆。三四个艺伎站在门前闲聊天。

他刚想不知驹子在不在，驹子就出现了。

车子突然放慢了速度。显然是司机早已了解岛村和驹子的关系，有意无意地把车子放慢了。

岛村无端回过头，朝着与驹子相反的方向望去。他坐的那辆汽车的车辙，清晰地留在雪地上，在星光下，意外地拖到很远很远的地方。

车子来到了驹子跟前。只见驹子刚闭了闭眼睛，冷不防地向汽车扑上来。车子没有停下，仍按原先的慢速爬上了坡道。驹子弓着腰，抓住车门上的把手，跳到车门外的踏板上。

驹子就像被吸引住似的猛扑了上来，岛村觉得仿佛有一种温暖的东西轻轻地贴近，因而他对驹子这种举动并没有感到不自然或者危险。驹子像要抱住车窗，举起了一只胳膊。袖口滑落下来，露出了长衬衣的颜色。那色彩透过厚厚的窗玻璃，沁入岛村冻僵了的眼睑。

驹子把额头紧贴在窗玻璃上，尖声喊道：

“到哪儿去了？喂，你到哪儿去了？”

“多危险呀，简直是胡闹！”岛村虽也高声回答，却是一种甜蜜的戏谑。

驹子打开车门，侧身倒了进去。这时车子已经停住，来到山脚下了。

“我说，你到哪儿去了啊？”

“嗯，这个……”

“哪儿？”

“也说不上到哪儿。”

驹子理了理衣裳下摆，那举止十足是艺伎的派头，岛村突然觉得有点新奇。

司机坐着一动也不动。车子已经走到街的尽头，停了下来。岛村觉得就这样坐在车上，实在滑稽，于是说道：“下车吧。”

驹子把手放到岛村那只放在膝头的手上。

“哎呀，真冷啊！瞧，多冷啊！你为什么不带我去呢？”

“对，应该带你去……”

“这时候说带我去，你这人真有意思。”

驹子欢快地笑着，爬上了有陡峻石磴的小路。

“我是看着你出去的。两三个钟头以前，对吧？”

“唔。”

“听见汽车声，我就出来看了。到外面来看了。你连头也没回，对吧？”

“嗯。”

“你没看后面，为什么不回头看看呢？”

岛村有点惊讶。

“真不知道我在送你吗？”

“不知道。”

“瞧你。”驹子还是高兴得笑眯眯的，然后，她把肩膀靠了过来，“为什么不带我去？你变得冷淡了。讨厌！”

报火警的钟声突然响了起来。

两人回头望去。

“着火，着火啦！”

“着火啦！”

火势从下面村子的正中央蹿上来。

驹子喊了两三声，一把抓住岛村的手。

火舌在滚滚上升的浓烟中若隐若现。火势向旁边蔓延，吞噬着周围的房檐。

“是什么地方？不是在你原来住过的师傅家附近吗？”

“不是。”

“是在哪一带呢？”

“再上头一点，靠近火车站那边。”

火焰冲过屋顶，腾空而起。

“你瞧，是蚕房，是蚕房呀！你瞧，你瞧，蚕房着火了。”驹子把脸颊压在岛村的肩上，接连地说，“是蚕房，是蚕房呀！”

火燃得更旺了。从高处望下去，辽阔的星空下，大火宛如一场游戏，无声无息。尽管如此，她却感到恐惧。有如听见一种猛烈的火焰声逼将过来。岛村抱住了驹子。

“没什么可怕的。”

“不，不，不！”驹子摇摇头，哭了起来。她的脸贴在岛村的手掌上，显得比平时小巧玲珑。绷紧的太阳穴在突突地跳动。

看见着火，驹子就哭了起来。可是她哭什么呢？岛村并没怀疑，还是搂抱着她。

驹子突然不哭了，她把脸从岛村肩上抬了起来。

“哎哟，对了，今晚蚕房放电影，里面挤满了人，你……”

“那可就不得了啦！”

“一定会有人受伤，有人烧死啊！”

两人听见上面传来一阵骚乱声，就慌慌张张地登上石磴。抬头一看，高处客栈二、三楼房间的拉窗差不多都打开了，人们跑到敞亮的走廊上观看着火场面。庭院一个角落里，一排菊花的枯枝，说不清是借着客栈的灯光还是星光，浮现出轮廓来，令人不禁感到那上面映着火光。就在那排菊花后面，也站着一些人。三四个客栈伙计从岛村他俩头顶上跌跌撞撞地滚落下来。驹子提高嗓门问：

“喂，是蚕房吗？”

“是蚕房。”

“有人受伤吗？有没有人受伤？”

“正一个个地往外救呢。来电话说是电影胶片呼啦一声烧着了，火势蔓延得很快。喏，你瞧。”伙计迎头碰上他们两人，只挥了挥一只胳臂，就走了。

“听说人们正把孩子一个个从二楼往下扔呢。”

“唉，这可怎么得了。”

驹子好像追赶着伙计似的走下石磴。后来下楼的人都跑到她前头去了。她不由自主地跟着跑了起来。岛村也随后跟上。

在石磴下面，火场被房子挡住，只能看见火舌。火警声响彻云霄，令人越发惶恐，人们四处乱跑。

“结冰了，请留神，滑啊！”驹子停住了脚步，回头看了看岛村，趁机说，“对了，你就算了，何必一块儿去呢。我是担心村里的人。”

她这么说，倒也是的。岛村感到失望。这时才发现脚底下就是铁轨，他们已经来到铁路岔口的跟前。

“银河，多美啊！”

驹子喃喃自语。她仰望着天空，又跑起来。

“啊，银河！”岛村也仰头叹了一声，仿佛自己的身体悠然飘到了银河当中。银河的亮光显得很近，像是要把岛村托起来似的。当年漫游各地的芭蕉[1]，在波涛汹涌的海上所看见的银河，也许就像这样一条明亮的大河吧。茫茫的银河悬在眼前，仿佛要以它那赤裸裸的身体拥抱夜色苍茫的大地。真是美得令人惊叹。岛村觉得自己那小小的身影，反而从地面上映入了银河。缀满银河的星辰，耀光点点，清晰可见，连一朵朵光亮的云彩，看起来也像粒粒银沙子，明澈极了。而且，银河那无底的深邃，把岛村的视线吸引过去了。

"喂，喂。"岛村呼唤着驹子，"喂，来呀！"

驹子正朝银河下昏暗的山峦那边跑去。

她提着衣襟往前跑，每次挥动臂膀，红色的下摆时而露出，时而又藏起来，在洒满星光的雪地上，显得更加殷红。

岛村飞快地追了上去。

驹子放慢了脚步，松开衣襟，抓住岛村的手。

"你也要去？"

"嗯。"

"真好管闲事啊！"驹子提起拖在雪地上的衣服下摆，"人家会取笑我的，你快回去吧！"

"唔，我就要到前边去。"

"这多不好，连到火场去也要带着你，在村里人面前怪难为情的。"

1　松尾芭蕉（1644—1694），日本著名俳句诗人。他一生在旅行中度过，写了许多游记和俳句。

岛村点点头，停了下来。驹子却轻轻地抓住岛村的袖子，慢慢地起步走了。

“你找个地方等着我，我马上就回来。找什么地方好呢？”

“什么地方都行啊。”

“是啊。再过去一点吧。”驹子直勾勾地望着岛村的脸，突然摇摇头说，“我不干，我再也不理你了。”

驹子抽冷子用身子碰了碰岛村。岛村晃悠了一下。在路旁薄薄的积雪里，立着一排排大葱。

“真无情啊！”驹子挑逗说，“喏，你说过我是个好女人的嘛。一个说走就走的人，干吗还说这些话呢，难道是向我表白？”

岛村想起驹子用发簪“哧哧”地扎榻榻米的事来。

“我哭了。回家以后还哭了一场。就害怕离开你。不过，你还是早点走吧。你把我说哭了，我是不会忘记这件事的。”

岛村一想起那句话虽然引起了驹子的误会，然而却深深印在她的心坎上，就油然生起一股依恋之情。瞬间，传来了火场那边杂沓的人声。新的火舌又喷出了火星。

“你瞧，还烧得那么厉害，火苗又蹿上来了。”

两人得救似的松了一口气，又跑起来。

驹子跑得很快。她穿着木屐，飞也似的擦过冰面跑着。两条胳膊与其说前后摆动，不如说是向两边伸展，把力量全集中在胸前了。岛村觉得她格外小巧玲珑。发胖的岛村一边跑一边瞧着驹子，早就感到疲惫不堪。而驹子突然喘着粗气，打了个趔趄倒向岛村。

“眼睛冻得快要流出泪水来啦。”

她脸颊发热，只有眼睛感到冰冷。岛村的眼睛也湿润了。他眨了眨眼，眸子里映满了银河。他抑制住晶莹欲滴的泪珠。

“每晚都出现这样的银河吗？”

“银河？美极了。可并不是每晚都这样吧。多明朗啊！”

他们两人跑过来了。银河好像从他们的后面倾泻到前面。驹子的脸仿佛映在银河上。

但是，她那玲珑而悬直的鼻梁轮廓模糊，小巧的芳唇也失去了色泽。岛村无法相信呈弧状横跨太空的明亮光带竟会如此昏暗。大概是星光比朦胧的月光更加暗淡的缘故吧。可是，银河比任何满月的夜空都要澄澈明亮。地面没有什么投影。奇怪的是，驹子的脸活像一副旧面具，淡淡地浮现出来，散发出一股女人的芳香。

岛村抬头仰望，觉得银河仿佛要把这个大地拥抱过去。

犹如一条大光带的银河，使人觉得好像浸泡着岛村的身体，漂漂浮浮，然后伫立在天涯海角。这虽是一种冷冽的孤寂，但也给人某种神奇的媚惑之感。

“你走后，我要正经过日子了。”驹子说罢，用手拢了拢松散的发髻，迈步就走。走了五六步，又回头说：“你怎么啦？别这样嘛。”

岛村原地站着不动。

“啊？等我一会儿，回头一起到你房间去。”

驹子扬了扬左手就走了。她的背影好像被黑暗的山坳吞噬了。银河向那山脉尽头伸张，再返过来从那儿迅速地向太空远处扩展开去。山峦更加深沉了。

岛村走了不一会儿，驹子的身影就在路旁那户人家的背后消失了。

传来了“嘿嗬，嘿嗬，嘿嗬嗬”的吆喝声，可以看见消防队拖着水泵在街上走过。人们前呼后拥地在马路上奔跑。岛村也急匆匆地走到马路上。他们两人来时走的那条路的尽头，和大马路连成了“丁”字形。

消防队又拖来了水泵。岛村让路，然后跟随在他们后头。

这是老式手压木制水泵。一个消防队员在前头拉着长长的绳索，另一些消防队员则围在水泵周围。这水泵小得可怜。

驹子也躲闪一旁，这人将这些水泵拉过去。她找到岛村，两人又一块儿走起来。站在路旁躲闪水泵的人，仿佛被水泵所吸引，跟在后面追赶着。如今，他们两人也不过是奔向火场的人群当中的成员罢了。

“你也来了？真好奇。”

“嗯。这水泵老掉牙了，怕是明治以前的家伙了。”

“是啊。别绊倒。”

“真滑啊。”

“是啊。往后要是刮上一夜大风雪，你再来瞧瞧，恐怕你来不了了吧？那种时候，野鸡和兔子都逃到人家家里呢。”驹子虽然这么说，然而声音却显得快活、响亮，也许是消防队员的吆喝声和人们的脚步声使她振奋吧。岛村也觉得浑身轻松了。

火焰爆发出一阵阵声音，火舌就在眼前蹿起。驹子抓住岛村的胳膊肘。马路上低矮的黑色屋顶，在火光中有节奏地浮现出来，而后渐渐淡去。水泵的水，向脚底下的马路流淌过来。岛村和驹子也自然被人墙挡住，停住了脚步。火场的焦煳气味里，夹杂着一股像是煮蚕蛹的腥气。

起先人们到处高声谈论：火灾是由电影胶片着火引起的啦，把看电影的小孩一个个从二楼扔下来啦，没人受伤啦，幸亏现在没把村里的蚕蛹和大米放进去啦，如此等等。然而，如今大家面对大火，却默然无言。失火现场无论远近，都统一在一片寂静的气氛之中。只听见燃烧声和水泵声。

不时有些来晚了的村民，到处呼唤着亲人的名字。若有人答应，就欢欣若狂，互相呼唤。只有这种声音才显出一点生机。警钟已经不响了。

岛村顾虑有旁人看见，就悄悄地离开了驹子，站在一群孩子的后面。火光灼人，孩子们向后倒退了几步。脚底下的积雪也有点松软了。人墙前面的雪被水和火融化，雪地上踏着杂乱的脚印，变得泥泞不堪。

这里是挨着蚕房的旱田。同岛村他们一起赶来的村民，大都到这里来了。

火苗是从安放电影放映机的入口处冒出来的，几乎大半个蚕房的房顶和墙壁都烧坍了，而柱子和房梁的骨架仍然冒着烟。木板屋顶、木板墙和木板地都已荡然无存。屋内不怎么冒烟了。屋顶被喷上大量的水，看样子再也燃烧不起来了。可是火苗仍在蔓延不止，有时还从意想不到的地方冒出火焰来。三台水泵的水连忙喷射过去，那火苗就噗地喷出火星子，冒起黑烟来。

这些火星子迸散到银河中，然后扩展开去，岛村觉得自己仿佛又被托起飘到银河中去。黑烟冲上银河，相反地，银河倏然倾泻下来。喷射在屋顶以外的水柱，摇摇曳曳，变成了蒙蒙的水雾，也映着银河的亮光。

不知什么时候，驹子靠了过来，握住岛村的手。岛村回过头来，但没有作声。驹子仍旧望着失火的方向，火光在她那张有点发烫的一本正经的脸上，有节奏地摇曳。一股激情涌上岛村的心头。驹子的发髻散了，她伸长了脖颈。岛村正想出其不意地将手伸过去，可是指头颤抖起来。他的手也暖和了。驹子的手更加发烫。不知怎的，岛村感到离别已经迫近。

入口处的柱子什么的又冒出火舌，燃烧起来。水泵的水柱直射过去，栋梁“嗞嗞”地冒出热气，眼看着要倾坍下来。

人群“啊”的一声倒抽了一口气，只见有个女人从上面掉落下来。

由于蚕房兼作戏棚，所以二楼设有不怎么样的观众席。虽说是二楼，但很低矮。从这二楼掉落到地面只是一瞬间的事，可是却让人有足够的时间用肉眼清楚地捕捉到她落下时的样子。也许这落下时的奇怪样子，就像个玩偶的缘故吧，一看就晓得她已经不省人事。落下来没有发出声响。这地方净是水，没有扬起尘埃。正好落在刚蔓延开的火苗和死灰复燃的火苗中间。

消防队员把一台水泵向着死灰复燃的火苗喷射出弧形的水柱。在那水柱前面突然出现一个女人的身体。她就是这样掉下来的。女人的身体，在空中挺成水平的姿势。岛村心头猛然一震，他似乎没有立刻感到危险和恐惧，就好像那是非现实世界的幻影。僵直的身体在半空中落下，变得柔软了。然而，她那副样子却像玩偶似的毫无反抗，由于失去生命而显得自由了。在这瞬间，生与死仿佛都停歇了。如果说岛村脑中也闪过什么不安的念头，那就是他曾担心那副挺直了的女人的身躯，头部会不会朝下，腰身或膝头会不会折曲。看上去好像有那种动作，但是她终究还是直挺挺地掉落下来。

“啊！”

驹子尖叫一声，用手掩住了两只眼睛。岛村的眼睛却一眨不眨地凝望着。

岛村什么时候才知道掉落下来的女人就是叶子呢?

实际上，人们“啊”的一声倒抽一口冷气和驹子“啊”的一声惊叫，都是在同一瞬间发生的。叶子的腿肚在地上痉挛，似乎也是在同一刹那。

驹子的惊叫声传遍了岛村全身。叶子的腿肚在抽搐。与此同时，岛村的脚尖也冰凉得痉挛起来。一种无以名状的痛苦和悲哀向他袭来，使得他的心房激烈地跳动。

叶子的痉挛轻微得几乎看不出来，而且很快就停止了。

在叶子痉挛之前，岛村首先看见的，是她的脸和她的红色箭翎花纹布和服。叶子是仰脸掉落下来的。衣服的下摆掀到一只膝头上。落到地面时，只有腿肚痉挛，整个人仍然处在昏迷状态。不知为什么，岛村总觉得叶子并没有死。她内在的生命在变形，变成另一种东西。

叶子落下来的二楼临时看台上，斜着掉下来两三根架子上的木头，打在叶子的脸上，燃烧起来。叶子紧闭着那双迷人的美丽眼睛，突出下巴颏儿，伸长了脖颈。火光在她那张惨白的脸上摇曳着。

岛村忽然想起了几年前自己到这个温泉浴场同驹子相会，在火车上山野的灯火映在叶子脸上时的情景，心房又扑扑跳动起来。仿佛这一瞬间，火光也照亮了他同驹子共同度过的岁月。这当中也充满一种说不出的苦痛和悲哀。

驹子从岛村身旁飞奔出来。这与她捂住眼睛惊叫差不多在同一瞬间，也正是人们“啊”的一声倒抽冷气的时候。

驹子拖着艺伎那长长的衣服下摆，在被水冲过的瓦砾堆上，踉踉跄跄地走过去，把叶子抱回来。叶子露出拼命挣扎的神情，耷拉着她那临终时呆滞的脸。驹子仿佛抱着自己的牺牲和罪孽一样。

人群的喧嚣声渐渐消失，他们蜂拥上来，包围住驹子她们两人。

“让开，请让开！”

岛村听见了驹子的喊声。

“这孩子疯了，她疯了！”

驹子发出疯狂的叫喊，岛村企图靠近她，不料被一群汉子连推带搡地撞到一边去。这些汉子是想从驹子手里接过叶子抱走。待岛村站稳了脚跟，抬头望去，银河好像“哗啦”一声，向他的心坎上倾泻了下来。

湖

湖

夏末——不，这里应该说是初秋，桃井银平在轻井泽出现了。他先买了条新的法兰绒裤，换下旧裤子，在新衬衫上再套一件新毛衣。这是一个浓雾之夜，冷飕飕的。他连藏青色的雨衣都买来了。在轻井泽要买齐全套现成衣服倒是很方便的。鞋也很合适，旧鞋就在鞋店里脱下扔掉了。可是，裹在包袱皮里的旧衣物又怎么处理呢？把它扔在空别墅里，到来年夏天不至于被人发现吧。银平拐进小路，来到空别墅的窗际，伸手开窗，窗板却钉死了。撬开它吧，眼下又有点胆怯，觉得像犯罪似的。

银平不知道自己究竟是不是作为罪犯受到追捕。也许受害者没有控诉自己的犯罪行为。他把那包旧衣服扔进后门口的垃圾箱里，心情痛快了。不知是避暑客懒惰还是别墅管理人怠慢，没有好好清除垃圾箱，银平把那包东西塞进去时，发出了挤压湿纸的声音。那包旧衣服把垃圾箱的盖子撑得有点隆起，银平没有介意。

刚走了约莫三十步，他回头看了看，眼前出现了一幕幻影：只见垃圾箱周围，成群的银色飞蛾在雾霭中飞舞。银平停下脚步，打算将那包东西取回来。银色的幻影却从头顶的落叶松上闪过一道朦胧的蓝光，而后消失了。落叶松像是两旁的街树，绵延不断。尽头是一扇装有饰灯的拱门。那原来是土耳其澡堂。

银平进了院落，就用手摸了摸脑袋。发型还合适。他的一手绝技，就是用安全剃刀修剪自己的头发，总是令人惊叹不已。

被称为土耳其女郎的澡堂女把银平领到浴室里。从里面关上门，澡堂女便脱去白罩衫，上身只剩乳罩。

这澡堂女还帮银平解开雨衣的扣子。银平猛地躲闪了一下，便听任她摆布了。她蹲在他脚前，连袜子都替他脱下。

银平进了洒了香水的浴池。瓷砖的颜色映衬出一泓碧绿的池水。香水味儿并非最佳的。但银平从信浓这家小客栈到那家小客栈，一路东躲西藏地走过来，对他来说，这种香气宛如鲜花的芳香。他从浴池里出来，澡堂女帮他冲洗全身。她蹲在他的脚前，连脚趾缝都用手给他洗净了。银平俯视着澡堂女的头。她的秀发披散在双肩上，好像旧时的妇女沐浴后披散着头发一样。

“给您洗洗头吧。”

“什么？连头都给洗吗？”

“来……给您洗。”

银平忽然胆怯起来。他只用安全剃刀修剪过头发，经过澡堂女这么一说，心里嘀咕道：自己好久没有洗头，够臭的。可他还是用双肘支在膝上，向前探出头去。她用肥皂水搓揉他的黑发，他已不畏缩了。

“你的声音真悦耳动听啊！”

“声音……”

“对，听后久久萦绕在耳边，依依不肯消散，仿佛有一种异常优美愉悦的东西，从耳朵的深处渗到脑髓里来。任何蛮横的人听到这种声音，也会变得和颜悦色……”

“哪儿的话，声音太娇了吧。”

“不是娇，而是无法形容的甜蜜……充满了哀愁，洋溢着爱，是明朗而清脆的。也不同于歌声。你，是在谈恋爱？”

“不，要是就好啰……”

“等一等……你说话的时候就别那么使劲挠头……害得我听不见你说什么。”

澡堂女停下了手，困惑地说：

“真叫人难为情，我没法说话了。”

“人的声音居然如此像仙女的声音啊。即使只在电话里听两三句，也觉得余韵无穷，惋惜不已。”

银平说罢，眼眶噙满了泪水。他感到这位澡堂女的声音里，充满了纯洁的幸福和温暖的同情。也许是一种永恒的女性的声音，如慈母般的声音吧。

“你老家在哪儿？”

澡堂女没有回答。

“是天国吗？”

“哎呀，在新潟。”

“新潟……是新潟市？”

“不，是个小镇。”

她的声音变得低沉，还带点颤抖。

“是雪国。身材很美啊。”

“不美呀。”

“声音也美，而且我从未听过这样优美的声音。”

搓洗完毕，她用提桶里的热水给他冲洗了好几遍，然后用大毛巾裹住他的头，擦了擦，又简单地给他梳了梳头。

接着，在银平腰间围上了一块大毛巾，让他进了蒸汽浴箱里。她是打开四方木箱的前板，轻轻地把他推进去的。箱子上方的板上有一道槽，可以把头伸出来。待把头放在箱子正中后，澡堂女就落下盖子，把那道槽也堵住了。

“是断头台嘛。”银平不由得吐出一句。他睁大眼睛，有点害怕，左右转动着露在洞外的脑袋，扫视了一下周围。

“也常有客人这么说。”

她没有发觉银平的恐惧心理。银平望了望入口的门扉，把视线落在窗子上。

“把窗关上吗？”她朝窗那边走去。

“不。”

由于弥漫了蒸汽浴的暖气才打开窗户的吧。浴室里的亮光洒在室外的榆树绿叶上。榆树粗大挺拔，亮光照射不到繁枝茂叶的深处。银平仿佛听见微弱的钢琴声透过幽暗的树叶传过来。音不成调，无疑是一种幻听。

“窗外是庭院吗？”

“是。”

夜间微亮的绿叶笼罩下的窗前，站着一位肌肤白皙的裸体姑娘，这是银平无法置信的世界。姑娘光着脚站在粉红色的瓷砖上。果然是一双年轻人的脚，膝盖后面凹陷的地方却蒙有阴影。

银平心想：如果自己独自在这间浴室里，大概也会像把脖颈露在板洞外被人勒紧一样，感到忐忑不安吧。他坐在椅子似的东西上，从下半身热起来。后面好像也是一块热板，他把背靠在上面。箱子的三面都是热的，也许都在冒出蒸汽。

“要待几分钟呢？”

“各人爱好不同，一般十分钟……习惯了，也有待十五分钟的。”

入口处的衣柜上，放着一只小座钟。澡堂女看了看，才过了四五分钟。她拧干了一条毛巾，放在银平的额头上。

“哎哟，热气已经开始蒸腾了。”

银平只有脑袋露在板箱外，是一副正经的面孔。他已有余暇思考，自己大概很滑稽吧。他抚摩着暖乎乎的胸膛和腹部，都是湿漉漉的了，不知是汗珠还是蒸汽。他闭上了眼睛。

客人进入蒸汽浴箱以后，澡堂女就忙不迭了。传来了舀浴池热水和洗刷冲澡处的声音。银平听起来恍如海浪拍击着岩石一般。两只海鸥在岩石上大展双翅，彼此用嘴相啄。故乡的海，浮现在他的脑际。

“几分钟了？”

“七分钟了。”

澡堂女又将拧干的毛巾放在银平的额头上。银平泛起一股清凉的快感，冷不防将脖颈向前伸了伸。

“好痛呀！”他这才苏醒过来。

“怎么啦？”

澡堂女以为银平是被热汽蒸晕了，将落地的毛巾捡起来，又贴在银平的额上，用手按住。

“要出来吗？”

“不，没什么。”

银平产生了幻觉。那是一种追随在这个嗓音优美的姑娘后头的幻觉。那是东京的某条电车道。人行道两旁的银杏树还残存在他的记忆里。银平汗流浃背。他意识到脑袋露在板洞外，形似套上枷锁，身体动弹不得，也就歪起脸来。

澡堂女离开银平身旁。对银平这副模样，她有点不安。

“就这样只伸出脑袋，你看我有多大岁数？”银平试探着问了一句。澡堂女不知如何回答才好。

“男人的岁数，我可猜不着。”

她没有端详银平的脑袋。银平也没有机会说明自己是三十四岁。他估计澡堂女还不到二十岁。从肩膀、腹部乃至腿脚来看，她都是个处女，这似乎是可以肯定的。她几乎没有搽脂抹粉，脸颊现出稚嫩的粉红色。

“好了，出来啦。”

银平的声调带着几许哀伤。澡堂女把银平咽喉前面的板子打开，抓住绕在他颈上的毛巾的两端，小心翼翼地把银平的脖子拉了出来，就像拖贵重的东西似的，然后给他揩拭全身的汗水。银平在腰间围了一条大毛巾。澡堂女在靠墙的躺椅上铺了白布，她让银平趴在那上面，从肩膀开始，给他按摩。

按摩不仅是揉捏，还用巴掌打，对此银平过去是一无所知的。澡堂女的手掌虽是少女的手掌，却格外有力，连续在背上猛烈拍打。银平的呼吸也急促起来。这勾起了他的回忆：幼小的孩子用圆乎乎的巴掌使劲拍打自己的额头，自己低头看他，他就拼命打在自己头上。这是什么时候的幻觉呢？不过现在这个幼小的孩子是在墓地的底层用手疯狂地敲打着覆盖在他身上的土墙。监狱那堵黑黢黢的墙壁从四面向银平逼过来。银平出了一身冷汗。

"是在扑什么粉吗？"银平说。

"是的，您觉得不舒服吗？"

"不。"银平慌忙说，"又出一身汗啦……如果有人听见你的声音，还觉得不舒服，这瞬间，正是他要犯罪哩。"

她突然停住了手。

"我这号人一听见你的声音，就觉得其他一切仿佛都消失了。其他一切都消失，也是危险的。声音，像是不断流逝的时间和生命，既抓不住，也追不上的啊。不，不是这样。就说你吧，你什么时候都能发出优美的声音。但是，你这样一沉默下来，无论谁也不能勉强你发出优美的声音呀。即使强迫你发出惊讶声、愤怒声或者哭泣声，你发出的声音也是不会动听的。因为用不用自然的声音说话是你的自由啊。"

澡堂女就是因这种自由而沉默不响。她从银平腰部按摩到大腿，连脚掌心、脚趾都按摩到了。

"请翻过身来，仰卧……"澡堂女低声地说，声音小得几乎听不见。

"什么？"

"这回请您仰卧……"

"仰……是仰卧吗？"

银平一边用手按住围在腰间的大毛巾，一边翻过身来。澡堂女刚才略带颤抖的喃喃细语，恍如一阵花香扑进耳朵里，银平动了动身子，花香也随之扑来。芳香般的陶醉，从耳朵渗入心田，在过去是不曾体会到的。

澡堂女将身体紧紧地靠在窄小的躺椅上，站着摩挲银平的胳膊。她的胸脯贴在银平的脸上。乳罩系得不是那么紧，白色棉布的边缘却使得肌肤略微有些勒进去。但胸部发育得还不十分成熟。她的长脸蛋略带古典色彩。额头不宽阔，也许是没把头发梳得鼓起，而是往后梳理的缘故，显得颀长，那双炯炯有神的眼睛更加清澄了。从脖子到肩头的线条也还没隆起，胳膊圆乎乎的，娇嫩欲滴。澡堂女的肌肤光泽逼得太近，银平不得不闭上眼睛。他眼里看见的，是木匠用的钉箱里装满了细钉，钉子都耀出锐利的光。银平睁开眼，仰望着天花板。天花板涂的是白色。

“我饱经风霜，身体比年龄显得苍老吧。”银平喃喃自语。但是他还没说出自己的年龄。

澡堂女不由得问道：“您今年多大岁数了？”

“三十四岁啦。”

“是吗？很年轻嘛。”她控制自己的感情，压低声音说，然后轮到按摩银平的头部，按摩靠墙那边的胳膊。躺椅的一侧贴着墙壁。

“脚趾又长又干瘪，有点像猿猴哩。你知道，我很能走路……每次看到这丑陋的脚趾，我总是毛骨悚然。你那只白嫩的手连那儿都按摩到了。你给我脱袜子的时候，没吓一跳吗？”

澡堂女没有搭话。

“我也是在本州西北海边长大的。海岸边的黑色岩石凹凸不平。我常光着脚丫，用长脚趾紧紧抓住岩石似的在上面行走。”银平半真半假地说。银平为了这双难看的脚，在青春期不知编过多少回这种谎言了。这双脚连脚背的皮肤也是又厚又黑，脚掌心皱皱巴巴，长脚趾骨节突出而弯曲，令人望而生畏，这倒是事实。

如今他仰卧着让人按摩，看不见脚丫，就手搭凉棚望了望。澡堂女给他从胸部揉到胳膊，正是乳房上方的部位。银平的手长得不像脚那样异常。

“您在本州西北什么地方呢？”澡堂女以自然的声音说。

“本州西北的……”银平支支吾吾，“我不愿意谈自己的出生地。我和你不同，我已经没有故乡了……”

她并不想了解有关银平老家的事，也没有留心去打听的样子。这间浴室的照明不知是怎样装置的，在澡堂女身上竟没投下阴影。她一边按摩银平的胸膛，一边将自己的胸部倾斜过来，银平闭上了眼睛，手足无措。他想把手伸在腹侧，又担心会不会触到她的侧腹。他总觉得，哪怕只是指尖触到人家，自己也会马上挨一记耳光的。于是，银平一阵冲动，仿佛真的挨揍了。他吓了一跳，想睁开眼睛，可眼皮怎么也睁不开。他用力拍打眼睑，眼泪几乎都要淌出来，痛得如同用烧热的针扎了眼珠子一样。

打在银平脸上的，不是澡堂女的巴掌，而是蓝色的手提包。挨打的时候，他不知道是手提包。挨打之后，才看到手提包落在自己脚边。银平也弄不清楚究竟是人家用手提包揍自己，还是将手提包扔给自己。总之，手提包狠狠地打在自己的脸上却是千真万确的。在这当儿，银平苏醒过来……

“啊！”银平喊了一声。

“喂喂……”

银平要把那女子叫住。他想提醒她失落了手提包。可是那女子已经消失在药铺拐角那边了。蓝色的手提包，就在马路当中。它的存在仿佛成了银平犯罪的确凿证据。只见手提包的铜卡口处露出了一沓千元钞票。银平一开始看到的不是钞票，而是作为犯罪证据的蓝色手提包。因为她扔下手提包逃走，他的行为似乎构成了犯罪。银平就是在这种恐惧中把手提包捡起来的。发现千元钞票而大吃一惊，那是捡起包以后的事了。

后来银平也曾怀疑过，那家药铺是不是自己的幻觉。奇怪的是，屋敷町没有一家商店，却孤零零地存在这家破旧的小药铺。但是，蛔虫药的招牌明明立在店铺入口的玻璃门一旁。更不可思议的是，在进入屋敷町的电车道拐角处，有两家对称的相同的水果店。两家都摆了一排装着樱桃、草莓的小木箱。银平尾随那女子走过来的时候，除了那女子以外，什么也没看见。不知为什么，那时唯独两家相对的水果店突然跳入他的眼帘。也许是他想把通往那女子家的拐角记住的缘故吧。水果盒里的一粒粒摆得整整齐齐的草莓，也都刻印在眼睛里了。那里确实有水果店呀。或许是电车道拐角处，只有一侧有水果店，自己错以为两侧都有吧。那种时候未必不会把一件东西看成两件。后来，银平的思想反复在斗争，想去弄清楚是不是有水果店和药铺。事实上，那条街是否存在也不大明确。他只是在脑子里描画着东京的地理，大致估计罢了。对银平来说，那是女子的去向，就是一条路，仅此而已。

“对了，她大概不打算扔掉的吧。”银平一边接受澡堂女的腹部按摩，一边无意地喃喃自语，一下睁开了眼睛。没等澡堂女发觉，他又把眼帘垂下。他的眼神也许有点像地狱里怪鸟的眼神。关于女子的手提包的事，幸亏自己没有走嘴把东西的名称和扔东西的人说出来。银平抽紧肚皮，而后痉挛起来。

“痒得慌呀。”银平说罢，澡堂女放松了手。这回真是痒了。银平美滋滋地放声笑了起来。

不管是那女子用手提包揍银平，还是将手提包扔给银平，直到现在，银平仍是这样解释：那女子一定以为自己是冲着手提包里的钱才这样跟踪她的；她的恐惧心理爆发了，才扔下手提包逃跑的。不过，也可能那女子不是打算扔手提包，而是用手里的东西来赶走银平，不料用力过猛，手提包脱手而出了。无论哪种情况，从女子将手提包一晃横打银平的脸部这点看来，两人的距离是相当地近。许是来到寂无人声的屋敷町之后，银平不由自主地缩短了跟踪的距离吧。又许是女子发现银平的来势，才冷不防扔下手提包逃走吧。

银平的目标不在于钱财。他没有发现，也不曾想过女子手提包里装了一大笔款子。他本来打算消灭这明显的犯罪证据，拾起手提包才发现里面装着二十万元大钞。两沓平整无折的十万元钞票，还有存折。看来女子是在刚从银行出来回家的路上，她定会以为自己是从银行开始就给人盯梢的。除了成沓的钞票外，只有一千六百块钱。银平打开存折，只见上面支出二十万元之后还剩下约莫两万七千元。这就是说，她把大部分存款都提取了。

银平从存折上了解到，女子名叫水木宫子。如果说他的目标不是图财，而是被女子的魔力牵萦，那么，他应该将这笔钱和存折送还给宫子。但是对银平来说，他是不会将钱归还原主的。正如银平尾随女子一样，这笔钱财恍如有魂魄的精灵，也紧追着银平。银平偷钱，这还是头一遭。与其说是偷，莫如说是钱财魇住银平，总不愿离去。

拾手提包的时候，哪谈得上是偷钱。捡起一看，手提包就包含着犯罪的证据。银平把手提包挟在西服的腋下，小跑到电车道。偏巧不是穿大衣的季节，银平买了一块包袱皮，急匆匆地出了店铺，用包袱皮把手提包裹起来。

银平租了二楼一间房子，过着独身的生活。他将水木宫子的存折和手帕一类东西，放在炭炉上烧了。没有记下存折上的地址，也就不晓得宫子的住处了。直到此时，他还没有打算把钱归还原主。烧存折、手绢和梳子固然会有气味，却还好些，如果烧手提包的皮革，定会更臭，于是他用剪子把手提包剪成碎片，一片一片地往火上添，花了好多时间。手提包的铜卡口、口红和粉盒上的金属不易燃烧，半夜里就扔到了阴沟里。即使被人发现也不要紧，这些都是常见的东西。他将用剩的口红挤了出来，不觉打了个寒战。

银平注意收听广播，仔细阅读报纸，却都没有报道有关抢劫装有二十万元现金和存折的手提包的消息。

“唔，那女子还没去报案呢。她一定有什么隐私不能去报案吧。”银平喃喃自语，蓦地觉得有一堆奇怪的火焰照亮了阴暗的内心深处。他尾随那女子，是因为女子身上有一种吸引人的东西。可以说他们都是同一个魔界里的居民。银平凭经验明白这点。想到水木宫子可能和自己是同类，他就心荡神驰了。于是，他后悔没记下宫子的住址。

银平跟踪宫子的时候，宫子肯定害怕。即使她自身没有这种感觉，恐怕也会有剧痛般的喜悦吧。人，哪能只有主动者的快乐而没有被动者的喜悦呢？街上有许多美女，银平却偏偏选中宫子跟踪，难道不就像麻药中毒者找到了同病相怜的人吗？

银平第一次跟踪的女子——玉木久子的情况就明显是这样。说是女子，久子不过是个少女。她年纪比声音优美的澡堂女还小，是个高中学生，是银平的学生。银平和久子的事情被发觉以后，他被开除教职了。

银平尾随到久子家的门前，他被那扇门的威严吓得停住了脚步。连接石墙的门扉，在铁柱格子的上方刻有蔓藤的花样。门扉敞开。久子从蔓藤花饰的对面，回过头来朝银平喊了声“老师”。她那苍白的脸上飞起一片潮红，艳美极了。

银平也脸颊发热，用嘶哑的声音说：“啊，这里是玉木的家吗？”

“老师，有什么事吗？您是到我家来的吧？”

哪有不打招呼就悄悄跟踪来到学生家里的道理呢。

“是啊，太好啦。这样的房子免于战火洗劫，真是奇迹啊！”银平佯装感叹的样子，望了望门扉里头。

“我家全烧掉了。这里是战后才买的。”

“这里是战后……玉木，令尊是干什么的呢？”

“老师，您有什么事吗？”久子越过铁门上方的蔓藤花饰，用愤怒的目光瞪了银平一眼。

“嗯，对了。脚气……噢，令尊知道专治脚气的特效药吧？”银平边说边哭丧着脸，心想：在这座豪华的大门前谈脚气这等事，成何体统。但是，久子却认真地反问道：

“是脚气吗？”

“唔，是脚气药。玉木，喏，你在学校不是对同学说过治疗脚气的特效药吗？”

久子睁大眼睛，要把事情追忆起来似的。

“老师都快走不了路了。你能帮忙问问你父亲脚气药的名字吗？老师在这儿等你。”

银平一直目送着久子，直到她的身影消失在洋房的门口，他才逃跑了。他那双丑陋的脚，仿佛在追逐着自己。

银平曾推测，久子大概不至于把自己被跟踪的事告诉家里或学校吧。那天晚上，他苦于头痛的折磨，眼皮忒忒地痉挛，不能成眠。就是睡着，也不时惊醒，睡不长久。每次醒来，他都用手揩去额上渗出的冷冰冰的急汗，凝聚在后脑门的毒素冲上脑顶，然后绕到额头，便觉得头痛了。

银平第一次闹头痛，是从久子家的门前逃出来，在附近的繁华街上流连徘徊的时候。在人声杂沓的人行道正中，他站立不住，按着额头蹲了下来。头痛，同时还感到一阵眼花。像是街上响起叮叮当当的中大彩的铃声，又像是消防车疾驰过来的铃响。

“您怎么啦？”一个女子的膝盖轻轻碰了一下银平的肩膀。银平回头抬眼望了望，她似乎是战后常出现在繁华街道上的野鸡。

于是，银平不觉间将身子倚靠在花铺的橱窗上，免得妨碍过往的行人。他将额头几乎贴在橱窗的玻璃上。

“你一直跟踪我吧？”银平对女子说。

“还算不上是跟踪。”

“不是我跟踪你吧？”

“是吧。”

女子回答暧昧，不知是肯定还是否定。要是肯定，女子下面应该会接着谈些什么。女子却停顿了一会儿，银平等得有点焦急。“既然不是我跟踪你，就是你跟踪我喽。”

“怎么说都行……”

女子的姿态映在橱窗的玻璃上，也像是映在橱窗玻璃对面的花丛之中。

“您在干什么呢？快点站起来吧。过路人都在看哪。哪儿不舒服呢？”

“哦，脚气。”

银平张口就是脚气，连他自己也感到吃惊。

“脚气痛得走不了路。”

“真没辙。附近有个好人家，歇息去吧。把鞋子、袜子都脱掉就好喽。”

“我不愿意让人家瞧见。”

“谁也不看您的脚丫嘛……”

“当心传染。”

“不会传染的。”女子说着，一只手插进了银平的胳肢窝里，“喂，咱们走吧！”她说着倚靠在银平身上。

银平用左手手指按住额头，凝望着映在花丛中的女子的脸。这时，对面花丛中出现了另一张女子的脸，可能是花铺的女主人吧。银平好像要抓住窗对面的一簇洁白的大丽花，用右手撑顶着橱窗的大玻璃，站了起来，花铺老板娘皱起她那双细眉，盯着银平。银平担心自己的胳膊顶破大窗玻璃流出血来，便把身体的重心倾到女子这边。女子叉开双脚站得稳稳当当。

“要逃跑可不行呀！”话音刚落，她冷不防地掐了一下银平的胸口。

“哎呀，好痛。”

银平挺痛快的。他不知道自己从久子的家门前逃走以后，为什么要辗转来到这条繁华街。可那女子掐他的瞬间，他脑门变得轻松多了。恍如站在湖边承受山上迎面吹来的习习凉风，顿时神清气爽。这应是新绿季节的凉风。银平感到，仿佛自己用胳膊肘捅穿了花铺那面湖水般的大窗玻璃，一湾结了冰的湖，涌上他的心头。那是母亲老家的湖。那湖边虽有城镇，母亲的故乡却是农村。

湖上雾气弥漫，岸边结冰，前头锁在云雾之中，无边无垠。银平邀请表姐弥生到结了冰的湖面上散步。不，与其说是邀请，不如说是引诱出来的。少年银平曾经诅咒和怨恨过弥生，还曾起过这样的邪念：但愿脚下的冰层裂开，让弥生陷进冰层下的湖水中。弥生比银平大两岁，银平的鬼点子比弥生多。银平虚岁十一岁时，父亲莫名其妙地死去了。母亲惴惴不安，要回娘家去。比起在优裕的环境下成长起来的弥生，银平确实更需要有些鬼点子。初恋之所以是他的表姐，也许是因为有一个秘密愿望，那就是不希望失去母亲。银平幼年的幸福，是同弥生漫步在湖边小路上，双双将倒影映在湖面。银平一边凝望着湖一边行走，思慕着湖面两人的倒影将永不分离，直到天涯海角。然而幸福是短暂的。比他大两岁的少女，十四五岁，作为异性，似乎要遗弃银平。再说，银平的父亲亡故，母亲故乡的乡亲们都很忌讳银平家。弥生也疏远了银平，公开地瞧不起他。那时候银平起过这样的念头：但愿湖面的冰层裂开，弥生沉在湖底里就好了。不久，弥生便同一个海军军官结了婚，现在可能成了寡妇。

如今银平从花铺的窗玻璃，又联想到湖面的冰层。

“你拧得人家好痛啊。”银平一边摩挲胸口一边对野鸡说，“拧出青瘢来啦。”

“回家让太太看看吧。”

“我没太太。”

“您说什么呀？”

“真的，我是独身教员。”银平不在乎地说。

“我也是个独身女学生哪。”女子回答。

银平心想：这女子肯定是信口开河。他也不再看她一眼，可一听到是女学生，又头痛起来。

“是脚气痛吗？所以我说不要走那么多路嘛……”女子说着看了

看银平的脚板。

银平思忖，自己跟踪到玉木久子的家门前，这回反过来要是玉木久子跟踪自己来了，让她看见自己同这样的女子散步，她会怎么想呢？银平抽空回头望着熙来攘往的人群。虽不知道进了门的久子是否还到大门口来，不过他确信，此刻久子的心肯定会追赶自己来的。

第二天，久子那班有银平上的国语课。久子在教室门外伫立。“老师，药。”她说着，敏捷地将一包东西塞进银平的衣兜里。

银平昨晚头痛，没有备课，再加上睡眠不足，疲劳不堪，这堂课就让学生写作文。题目自由选择。一个男学生举手问道：

“老师，也可以写生病的事吗？”

“噢，写什么都可以。”

“比如说，虽说粗鲁些，写脚气可以吗？”

他的话引起了哄堂大笑。但是，学生们都望着这男生，没有人将奇异的视线投向银平。他们似乎并不是在嘲笑银平，而是在嬉笑那个男生。

“写脚气也可以吧。老师没有这方面的经验可供参考。”银平说着望了望久子的座位。学生们还在嬉笑。不过这笑声似乎是袒护银平无罪。久子只顾埋头写着什么，没有抬起脸来，连耳朵也绯红了。

久子把作文交到教师的桌面上。这时，银平看清楚她的作文题目是“老师给我的印象”。他心想：是写自己无疑了。

“玉木，请课后留一下。”银平对久子说。久子不愿让人发觉似的微微点了点头，向上翻了翻眼珠，瞟了一下银平。银平感到仿佛挨她瞪了一眼。

久子一度离开窗际凝望着庭院，待到全体同学把作文都交齐以后，她才转过身来，走近了讲坛。银平慢悠悠地把作文扎好，站起身来。一直走到廊道上，他什么也没有言语。久子跟在后头，同银平相距一米远。

“谢谢你给我带来的药。”银平回过头说，“脚气病的事，你是不是对谁说了？”

“没有啊。”

“对谁都没说吗？”

“嗯。对恩田说过。因为恩田是我的好友……”

“对恩田说了？”

“只对恩田一人说了。”

“对一人说，就等于对大伙说嘛。”

“不可能吧。我是私下同恩田说的。我和恩田之间彼此没有什么秘密可保留。我们相约过，无论什么事都要说实话。”

“是这种好友关系吗？”

“是啊。就说家父脚气的事吧，我正和恩田谈着，就被老师听见了。”

"是这样？但是，你对恩田不保守任何秘密吗？这是假话吧。你好好想想。你说你对恩田没有什么秘密可保留，那么你能一天二十四小时都同恩田在一起，把心里的事一桩桩地连续谈上二十四个小时吗？那也是谈不完的呀。比如，睡觉时做的梦，早晨醒来又忘了，你又怎样对恩田说呢？也许那是同恩田关系破裂、企图杀死她的梦呢？"

"我不做这样的梦。"

"总之，所谓好友彼此没有秘密可保留，这是一种病态的空想，是一张掩盖女孩子弱点的假面具。所谓没有秘密，只是天堂或地狱的故事，人世间是绝没有这等事的。你说对恩田没有秘密，你就不是作为一个人存在，也就不是个活人了。你扪心自问吧。"

久子一下子不理解银平说的这番道理，也无法领会他为什么要说这番话。她好不容易才反驳了一句：

"难道友情就不可信吗？"

"没有秘密的地方是不会有什么友情的啊。岂止没有友情，连一切人的感情也不会产生。"

"啊？"少女还是不能理解似的，"凡是重要的事，我和恩田彼此都说的。"

"那，谁知道呢……最重要的事，还有好像海滨尽头的细沙般无关紧要的事，你不一定都对恩田说嘛，不是吗？令尊的和我的脚气究竟有多重要呢？对你来说，恐怕是无足轻重的吧。"

听了银平这番故意刁难的话，久子仿佛被人把脚拖在空中兜圈，突然又掉落下来似的。她脸色刷白，哭丧着脸。银平用和蔼的口吻继续抚慰说：

“你家里的事，难道你什么都告诉恩田吗？未必吧。令尊工作上的秘密，你没说吧。瞧，今天的作文，你好像是写我的事。就以它来说，你写的事有些也没有告诉恩田吧。”

久子用噙满泪水的眼睛尖利地瞪了一眼银平，沉默不响了。

“玉木，令尊战后事业成功，真了不起啊！我虽不是恩田，可我也想听你详谈一次啊。”

银平装作若无其事的样子，却显然带着强迫的口气。那样一座宅邸，如果是战后买的话，就难免让人怀疑多半是靠所谓黑市买卖的不正当手段或犯罪行为弄来的钱。银平向久子吩咐了一句，企图堵住她的嘴，使他自己跟踪久子的行为正当化。

不过，银平想到发生昨天的事情以后，久子今天仍来上自己的课，想到她把脚气药带来，又写了题为“老师给我的印象”的作文……那就不必担忧了。他再次确认了昨夜的推测。另外，银平之所以像神志不清的酩酊醉汉或梦游般地跟踪久子，是因为被久子的魅力所牵萦。久子已经将自己的魅力倾注在他身上。久子昨天被跟踪，说不定她已意识到自身的魅力了吧。说不定她还暗暗自喜呢。银平被这不可思议的少女弄得神魂颠倒了。

银平觉得给久子施加压力应适可而止，便抬起头来，只见恩田信子站在走廊的尽头，盯着这边。

“你的好友担心，等着你哪。那么……”银平放开了久子。久子打他面前走过，向恩田那边跑去，那副样子不像是个少女。她远离银平，垂头丧气，仿佛越走越慢了。

三四天后，银平向久子致谢说：

“那药真灵。多亏你的药，全好了。”

“是吗？”久子十分快活，脸颊染上红潮，浮现出可爱的酒窝。

事情不止如此，她和银平之间的关系被恩田信子揭发，学校甚至把银平革职了。

此后，又过了几个春秋，银平如今在轻井泽的土耳其澡堂里，一边让澡堂女按摩腹部，一边浮想久子的父亲在那宏伟壮观的洋房里，坐在豪华的安乐椅上，用手揪脚皮的姿态。

“唔，有脚气的人，大概不能洗上土耳其澡吧。被蒸汽一熏，痒得可受不了。”银平说着，轻蔑地一笑。

“有脚气的人会来这儿洗澡吗？”

“难说。”澡堂女不打算正面回答。

“我们也不知道什么是脚气。那是过着奢侈生活、脚柔嫩的人才长的呢。高贵的脚，却生长着卑贱的病菌。人生就是这么回事。像我们这双猿猴般的脚，脚皮又硬又厚，即使培植，也是生长不出来的。”

银平嘴上说着，心里想：澡堂女白皙的手正在按摩自己那双丑陋的脚心，潮乎乎地贴在上面离不开似的。

“这是连脚气都讨厌的一双脚哪。”

银平皱了皱眉头。此刻格外舒适，为什么要对这漂亮的澡堂女谈及脚气的事呢？难道非说不可吗？肯定是那时候对久子撒了谎的缘故。

在久子家门前，银平说自己为长脚气所懊恼，打听治脚气的药，这是急中生智，信口撒了个谎。三四天后，他向她致谢说“脚气全好了”，也是在继续撒谎。银平并没长什么脚气。上作文课时他说了“没有经验”，这倒是真的。久子给他的药，他全扔掉了。他对野鸡说自己闹脚气弄得筋疲力尽，这依然是心血来潮，接着上次的谎言撒的谎。撒过一次谎，开口就是谎言。如同银平跟踪女子一样，谎言也总跟在银平的后头。罪恶恐怕也是这样吧。犯过一次罪，罪恶总跟在后头，让你重犯。恶习也是如此。尾随一次女子，这毛病又让银平再次跟踪女子了，就好像脚气病那样顽固，不断传染，绝不根绝。今年夏天的脚气，暂时治好了，明年夏天还会长出来。

“我没长脚气吧。我不知道什么是脚气。”银平脱口而出，仿佛是在斥责自己。哪有人会用肮脏的脚气，去比喻跟踪女人的美妙的战栗和恍惚呢？莫非撒过一次谎，谎言又让银平这样联想吗？

但是，在久子家门前急中生智，信口撒谎生了脚气，这是不是因为自己的脚长得丑陋，有点自卑呢？眼下银平的头脑里忽地掠过了这个念头。这么说来，跟踪女子也是这双脚干出来的，难道还是跟丑陋有关吗？想起来了，银平惊愕不已。莫非是肉体部分的丑陋因憧憬美而哀泣？丑陋的脚追逐美女，难道是天国的神意吗？

澡堂女从银平的膝头一直摩挲到小腿。她背向银平。也就是说，银平的脚当然是完全置于澡堂女的眼皮底下。

“好，行了。”银平有点着慌。他将长长的脚趾关节往里弯曲，收缩起来。

澡堂女用美妙的声音说：

“给您修剪脚指甲好吗？”

“脚指甲……啊，脚的指甲……给我修剪脚指甲吗？”银平想要掩饰自己的狼狈样子，“相当长吧？”

澡堂女一边用手掌贴在银平的脚心上，以她柔软的手把猿猴般弯曲的脚趾舒直，一边说：

“是长点儿……”

澡堂女修剪指甲又轻巧又细心。

“你长待在这儿就好喽。”银平说。他想通了，听任澡堂女摆布他的脚趾了，“想看你的时候，到这儿来就可以了。想让你按摩，只要指定号码就行了吧？”

“嗯。”

“我不是陌生的过路人，也不是来历不明的人，更不是过路时不跟踪就会失去第二次见面机会的人。我说得似乎太玄妙了……”

银平想通了，任凭摆布，毋宁说这是脚的丑陋在催人落下幸福的热泪。让澡堂女用一只手支撑着修剪脚指甲，把自己那双丑陋的脚暴露出来，这是银平从来没有过的。

“我的话虽然有点玄妙，却是真的啊。你有过这种经验吗？把陌生人当作过路人分手后，又感到可惜……这种心情，我是常有的。那是多好的人啊，多美的女子啊！在这个世界上，再没有第二个人能使我这样倾心。同这样的人萍水相逢，许是在马路上擦肩而过，许是在剧场里比邻而坐，或许从音乐会场前并肩走下台阶，就这样分手，一生中是再不会见到第二次的。尽管如此，又不能把不相识的人叫住，跟她搭话。人生就是这样的吗？这种时候，我简直悲痛欲绝，有时则迷迷糊糊，神志不清。我想一直跟踪到这个世界的尽头，可是办不到啊。因为跟踪到这个世界的尽头，那就只有把她杀掉了。”

银平最后说得过分了，猛然倒抽口气。他掩饰似的说：

“刚才所说的，有点言过其实。要是想听听你的声音，就给你打个电话，这多好。只是你不同于客人，你是被动的啊。你喜欢的客人，即使你衷心希望他再来，但是来不来就主听客便，也许他不会再来第二次了。你不觉得人生无常吗？所谓人生，就是这么回事。”

银平盯着澡堂女的脊背，只见她的肩头随着修剪指甲的动作微微起伏。修剪完毕，她依然背向银平，踌躇了一会儿。

“您的手呢……”她回头冲着银平。银平躺着把手举到胸前瞧了瞧。

“手指甲没脚指甲长得长哩。也没有脚丫脏。”

他不拒绝。澡堂女也给他修起手指甲来。

银平明白，澡堂女对他越发厌烦了。刚才胡言一通，也给澡堂女留下自己令人作呕的感觉。跟踪的极端，真的就是杀人吗？和水木宫子的关系仅仅是捡起她的手提包，也不知道还能不能第二次见面。就如同过路分手一样，同玉木久子完全被隔离了，分别后就难以再见。追到绝境，却没杀人。也许宫子和久子都在他手够不着的世界里消失了吧。

久子和弥生的脸，鲜明地浮现在银平的眼前，简直令人吃惊。银平把她们的脸同澡堂女的脸相比较。

“你这样周到，客人不再来才怪呢。”

“哟，我们是做买卖嘛。”

“‘哟，我们是做买卖嘛’，声音这么悦耳动听。”

澡堂女把脸扭向一旁。银平害羞似的闭上眼帘。从眼缝里，蒙眬地看到白色的乳罩。

“拿掉它吧。”银平说着揪住久子的乳罩一端。久子摇了摇头。银平用力一拽，手中的松紧带收缩了。久子呆呆地望着银平手中的乳罩，敞着胸。银平扔掉右手中握着的东西。

银平睁开眼睛，看了看自己的右手，澡堂女在为自己修剪指甲呢。久子比澡堂女小几岁？可能小两三岁吧？如今久子的肌肤大概也像这澡堂女那样变得白皙了吧。银平身上飘溢出久留米产的藏青棉布服的香味。这是他少年时代的穿着。这是由女学生久子身穿的青哔叽裙子的颜色引起的联想。久子把脚伸进那青哔叽色的裙子里。她落泪了。银平的眼眶里也镶着泪珠。

银平的右手手指毫无力气了。澡堂女用左手托住银平的手，右手拿着剪子，利索地修剪着。银平觉得这是在母亲老家的湖边，和弥生手牵手漫步在冰湖上，他的右手是瘫软无力的。

“你怎么啦？”弥生说着折回岸上。银平心想：那时如果紧握她的手，恐怕自己早把她沉到湖的冰层之下了吧。

弥生和久子并非过路人，银平知道她们在什么地方，并且有联系，随时都可以见到。尽管如此，银平依然跟踪她们。但最终还是被迫离开她们了。

“您的耳朵……弄弄吧。”澡堂女说。

“耳朵？耳朵怎么弄？”

“给您弄弄，请坐起来……”

银平支起身子，坐在躺椅上。澡堂女轻柔地揉着银平的耳垂，将手指伸进他的耳朵里，他就觉得手指在里面微妙地转动似的。掏出耳朵里混浊的空气，耳朵轻快了，还多少蕴蓄些香味。听见微妙的细碎声音，随着声响又传来微妙的震动。仿佛澡堂女用另一只手轻轻地继续敲打伸进银平耳孔的那根手指。银平顿觉奇异，恍恍惚惚了。

“怎么啦？好像是个梦啊。”他说着掉过头去，却看不见自己的耳朵。澡堂女将胳膊稍稍偏向银平的脸，重新将手指伸入他的耳朵里，这回是慢慢地旋转。

“这是天使的爱的喃喃细语啊。我要把迄今凝结在耳朵里的人间的声音全都拂除，只想听你那悦耳的妙音。好像人间的谎言也从耳朵里消失了。”

澡堂女将赤裸的身躯靠到赤裸的银平身上，对银平演奏出天上的音乐。但她谦虚地说：

“手艺太粗糙了。”

按摩结束了。澡堂女给依然坐在那里的银平穿上袜子，扣上衬衣的纽扣，穿上鞋，系好了鞋带。银平自己做的，只剩下系好裤腰带和打上领带了。他出了浴室，在喝冰橘子汁的时候，澡堂女站立在他身旁。

接着，澡堂女一直相送到大门口。一走出夜幕笼罩下的庭院，银平看见了一个巨大的蜘蛛网的幻影。有两三只绣眼鸟连同各式各样的虫子一并挂在蜘蛛网上，青色的羽毛和可爱的白眼圈，鲜艳夺目。绣眼鸟只要扑打翅膀，蜘蛛网就会弄断吧。可是它们紧紧地合起翅膀，挂在网上。看样子蜘蛛若一靠近，它们就会啄破蜘蛛的肚皮。蜘蛛待在网中央，尾部向着绣眼鸟。

银平把眼抬得更高，仰望着黑黝黝的森林。母亲老家的湖岸，夜间失火了，那里正映现着这般情景。银平仿佛被映现在水面上的夜火吸引。

水木宫子被人抢走了装有二十万元的手提包，可是她没有去警察局报案。对宫子来说，二十万元是一笔大钱，与命运相关，但她却有口难言。也许可以这样说，银平大可不必为这件事吓得逃到信州，如果说有什么东西跟踪银平，可能就是他手中的钱吧。看来不是银平偷了钱这件事，而像是钱本身追逐着银平不放。

虽然银平是偷了钱，但他差点就要对宫子说，手提包掉了。可见这不能构成抢劫的罪名吧。宫子也并不认为手提包是被银平抢走的，也没有明确下结论是银平偷的。宫子在马路当中扔掉手提包回家的时候，在场的只有银平一人，首先怀疑银平也是理所当然。但是宫子并没有目睹，也许银平没有捡到，而是其他行人捡去呢。

“幸子，幸子！”

那时宫子一跨进大门，就呼唤女佣。

“我把手提包弄丢了。你给我去找找好吗？就在那家药铺前。赶紧跑去吧。”

“是。”

“慢吞吞的，就被别人捡走啦。”

宫子喘着粗气，登上了二楼。女佣阿辰紧跟宫子上了二楼。

“小姐，听说您丢了手提包……”

阿辰是幸子的母亲。阿辰先到这家，然后把女儿叫来。宫子过着独身生活，这个小小的家庭本来不必雇两个女佣，可是阿辰抓住这家的弱点为所欲为，她的存在超过了女佣的身份。阿辰有时把宫子称作“太太”，有时又叫作“小姐”，有田老人到这家来的时候，她一定把宫子称作“太太”的。

有一回，宫子受她诱导，无意中向她说：

“京都的旅馆里，侍候我的女佣，在我独身一人的时候，就叫我‘小姐’呢。有田在场的时候，尽管我们的年龄相差很大，她还是唤我‘太太’……‘小姐’的称呼也许是把人看作小傻瓜吧。不过，听着倒有几分令人可怜。我很是悲伤啊。”

阿辰回答说：“那么以后我也这样称呼您吧。”从此以后，她就这样沿袭下来了。

“但是，小姐，走路丢掉手提包，不是有点蹊跷吗？手上又没有拿其他东西，只拎着一个手提包嘛。”

阿辰瞪圆了小小的眼睛，直勾勾地仰视着宫子。

阿辰的眼睛不睁大也是滚圆的，活像镶嵌着的一对小铜铃。和阿辰长得一模一样的幸子，她的小眼睛一睁圆，着实可爱。阿辰也许是眼尾短细的关系，看上去眼睛过分突出，显得很不自然，令人望而生畏，不免要提高几分警惕。事实上，同阿辰的眼睛碰在一起，从她的眼神来看，她的眼睛深处不知隐藏着什么东西。那双淡茶色的眼眸反而给人一种冰冷的感觉。

阿辰那张白皙的脸也是又圆又小。脖颈粗大，胸部丰腴，越往下越肥胖。双脚却很小。女儿幸子的小脚之可爱，简直令人瞠目。但是母亲的脚脖子很细，小脚也显得有点丑陋。母亲和女儿都是小个子。

阿辰的脖颈肉乎乎的。虽然是仰视宫子，脑袋并没有抬起多少，只是向上翻了翻眼珠子。宫子站立在那儿，阿辰仿佛看透了宫子的心。

“掉了就掉了嘛。”宫子用责备女仆的口吻说，“证据就是手提包没有了嘛，不是吗？”

“小姐，您不是说就掉在那家药铺前吗？可是哪有这种道理呢，那样一个手提包，连丢掉的地点，甚至是在附近丢掉您都知道，竟也能丢掉了……”

“掉了就是掉了嘛。”

“往往有这种情况，如同容易把伞忘了一样。可是明明手里拿着的东西怎么会掉呢？这比猿猴从树上掉下来还不可思议哩。”

阿辰又端出了奇妙的比喻来。

“一发觉掉了，您拾起来不就好了吗？”

“那还用说。你这是什么意思？要是掉了当场就发觉，还能丢得了吗？！”

这时宫子才发觉自己依然穿着外出的西服裙。她上了二楼，直挺挺地立着一动不动。宫子的西服衣橱、和服衣柜都在二楼四叠半的房间里。有田老人来时，是用贴邻的八叠的双人房间，更衣倒是很方便。这也说明阿辰的势力已在楼下扩张开来。

“请你到楼下拧条手巾来，要用凉水的。我出了点汗。”

“是。”

宫子以为自己这么一说，阿辰就会下楼；再加上自己光身擦汗，阿辰就不会再待在二楼了。

“好，我把冰箱里的冰块加在洗脸盆的水里，让您擦吧。”阿辰回答。

“你就不用管了。”宫子皱了皱眉头。

阿辰下楼梯，与正门的门扉开启是同一时刻。

“妈妈，我从药铺前一直找到电车道，都没找到太太的手提包。”门口传来了幸子的话声。

“我也估计到了……你上二楼告诉太太吧。那你是不是去报告派出所了呢？”

“哦？还要去报告派出所吗？”

“真粗心，没法子，去报告吧。”

“幸子，幸子。”宫子从二楼呼唤，“不用去报告了，里面又没放什么贵重的东西……”

幸子没有回答。阿辰将洗脸盆放在木盘上，端到二楼来。宫子连西服裙也脱掉，只剩下一件衬裙了。

“给您擦擦背好吗？”阿辰说了句非常恭敬的话。

“不用了。”宫子接过阿辰给她拧好的手巾，伸出双腿，从腿脚擦起，连脚趾缝都擦到了。阿辰将宫子揉成一团的袜子展平叠好。

“行了，那是要洗的。”宫子将手巾扔到阿辰手边。

幸子一上二楼，在贴邻的四叠半房间的门槛处，双手着地施礼说：

“我回来了。小姐，手提包没找到。”

她的举止带几分滑稽，可爱极了。

阿辰对宫子有时分外殷勤，有时粗心大意，有时又黏黏糊糊、亲亲昵昵，一时一变，反复无常。但她对女儿却严格进行这种礼法的教育。有田老人回去时，她指教幸子给老人系鞋带。有一回，患神经痛病的有田老人将手搭在蹲在他跟前的幸子肩膀上要站起来。宫子早就看透阿辰是有意让幸子从宫子手里将老人夺过去。但是，宫子不知道阿辰是不是已经把她的企图详细地告诉了十七岁的幸子。阿辰还让幸子抹上了香水。宫子提及这件事时，阿辰便回答说：

“因为这孩子体臭得太厉害了。”

“让幸子去报告警察局怎么样？”阿辰追逼似的说。

“你真啰唆。”

“多可惜呀。里面有多少钱呢？”

“没装钱。”宫子说着闭上眼睛，把冰凉的毛巾敷在上面，一动不动地待了一会儿，心脏跳动又加快了。

宫子有两个银行存折。一个是用阿辰的名义，存折也放在阿辰手里。这笔钱是不让有田老人知道的，这是阿辰给出的主意。

二十万元，是从宫子名下的存折里提取的。不过，取钱这件事，即使对阿辰也是保密的。她担心一旦有田老人发觉，会问起二十万元的用途，她也就不能粗心大意地去报告警察局了。

在某种意义上，对宫子来说，二十万元是出卖青春的代价，是宫子的血汗钱。宫子为了它，只得任凭半死的白发老人摆布自己年轻的身躯，浪费了自己短暂的黄金年华。这笔钱掉落的一瞬间就被人捡去，没给宫子留下什么，这简直令人难以相信。如果把这笔钱花了，花完之后，也是可以回忆起来的。但把这笔钱积蓄起来，又白白地丢失了，那么回想起来会令人心痛。

丢失二十万元的时候，宫子并不是没有一瞬间的战栗。那是快乐的战栗。宫子觉得与其说她惧怕跟踪自己的男子而逃跑，不如说是对突然涌现的快乐感到震惊才转过身来。

当然，宫子不认为是自己把手提包丢了。正如银平不明确她是用手提包打自己还是将手提包扔给自己一样，宫子也不知道自己是打他还是扔给他。但是手上有强烈的感觉。手心热乎乎的，有点麻木了，传到胳膊，传到胸部，全身剧痛，恍恍惚惚麻木无觉了。在男子跟踪的过程中，她浑身热血沸腾，蕴蓄在体内的东西瞬间仿佛全部燃烧起来。埋藏在有田老人背后的青春一时复活了，像是一种复仇的战栗。如此看来，对宫子来说，花了漫长岁月积蓄二十万元的自卑感，在这一瞬间像是全部得到补偿了。因此，钱不是白白失去，而是付出多大代价就获得多大补偿。

事实上，一切却又好像与二十万元毫无关系。在用手提包打男子还是将手提包扔给男子的时候，宫子简直把钱的事忘得一干二净，连手提包从自己手中脱落也没有发觉。不，在她转身就逃的时候，她也没有想起来。从这个意义上来说，宫子弄丢手提包是自然的。另外，将包朝男子扔去之前，宫子实际上已忘却手提包，也忘却包里还有二十万元现金。那时心里只涌起被男子跟踪的感情波澜。当这波澜猛然撞击心扉的一刹那，手提包丢失了。

宫子跨入了自家的大门，那种快乐的麻木依然残留着。她为了掩饰过去，就径直登上了二楼。

“我想脱光，请你到楼下去吧。”宫子从颈项揩到胳膊，对阿辰说了这么一句。

“到洗澡间去洗洗怎么样？”阿辰用怀疑的目光望了望宫子。

“我不想动了。”

“是吗？但是，在药铺前——从电车道来到这里才丢的，这是确实的吧。我还是到派出所去问问……”

“我不知道是在哪儿丢的。”

“为什么呢？”

“因为我被人跟踪……”

宫子只想早点独自拭去战栗的痕迹，不留神说漏了嘴，阿辰眨动着滚圆的眼睛。

“又给跟踪了？”

“是啊。”

宫子突然变得严肃起来。然而，话既说出，快乐的依恋也就烟消云散，留下的只是不寒而栗，浑身汗毛都直竖了。

“今天是直接回家的吗？又领着男子到处走才把手提包失落的吧？”

阿辰回头看了看坐在那里的幸子，说：

“幸子，发什么愣呀？”

幸子眨了眨眼睛，刚站立起来，突然打了个趔趄，满脸绯红了。

宫子经常被男人跟踪的事，幸子是知道的，有田老人也知道了。有一回在银座，宫子悄悄地对有田老人说：

“有人跟踪我哪。”

“什么？”有田老人刚要掉过头去，宫子制止说：

“不能看！”

“不能吗？你怎么知道有人跟踪呢？”

“当然知道啰。刚才从前边来的那个大高个儿嘛，他头戴蓝色帽子呢。”

“我没注意，刚才过去的时候，是不是给盯上了？”

“真糊涂，难道您要我问他，你是过路人还是闯入我生活中的人？”

“你高兴了吗？”

“要不真的问问看……唔，打赌吧。看他跟到哪儿……我真想打个赌哪。跟一个拄着手杖的老人一起走是不行的，您就进去那家布店瞧着好啰。我走到那头再折回来，这段路有人跟踪，您就得输给我一套夏天的白色西服。不是麻布料的哟。”

“如果宫子你输了呢？”

“什么？那您就通宵枕在我的胳膊上好啰。”

“可不许耍赖，回头或者跟他搭话呀。”

“当然啰。”

有田老人预料这次打赌定会输的。老人心想即使输了，宫子还是让自己通宵枕着她的胳膊。可是，自己入梦了，谁知道还是不是枕在她的胳膊上呢？老人苦笑着走进了卖男服布料的店里。目送着宫子和跟踪她的男人，老人心中不可思议地激荡着青春的活力。这不是忌妒。忌妒是不容许的。

老人家里有个美人，那是以女管家的名义雇来的。她比宫子大十几岁，是个三十开外的人。一个年近七旬的老人，分别枕着这两个年轻人的胳膊，被她们抱着头，含着她们的乳房，就像在母亲怀里。对老人来说，唯有母亲才能使他忘却这个世界的恐怖。老人告诉女管家和宫子她们彼此的存在。老人吓唬宫子：假使她们两个相互嫉妒，自己在恐怖之余，也许会变得狂暴，从而加害于她们，或是引起心脏麻痹猝然暴死。这么说是信口开河，老人有一种臆想被害的恐惧症。至于心脏衰弱的事，宫子早已知道，在必要时用柔软的掌心安详地给他摩挲胸口，或把美丽的脸颊悄悄地贴在他的胸间。这个叫梅子的女管家不见得不忌妒。宫子凭经验不由得觉察到有田老人刚进自己的家，讨好自己的日子，就是被梅子忌妒之时了。年轻的梅子对这样的老人还会有怨心吗？宫子觉得无聊，产生了一种厌世的情绪。

有田老人常在宫子面前夸奖梅子是“家庭式”的，所以宫子有时也感到老人是想从自己身上寻求一种娼妇式的东西。不过，对宫子也好，对梅子也罢，很明显老人渴望的是母性的温存。有田两岁时，生母就和父亲离婚了，接着来了继母。这个情况，老人对宫子反复说了好几遍。

“就说继母吧，如果是像宫子或梅子那样的人，到我们家来，我该有多幸福啊！”老人对宫子撒娇地说。

“这谁知道呢。我嘛，您要是继子我就虐待您。您一定是个可恨的孩子吧。”

“是个可爱的孩子哪。”

“为了弥补做继子受虐待的痛苦，您这把岁数，还找来两位好母亲，您不是很幸福吗？”宫子带着几分讥讽的口吻说。

老人却答道：“的确是啊。我很感谢哩。”

有什么可感谢的！宫子似乎动怒了。但对于这年近七旬还在辛勤工作的人的这般情形，她不禁又觉得可以从中悟到一点人生的哲理。

有田老人是个辛勤工作的人，他对宫子慵懒的生活感到焦灼。宫子一个人待着无所事事，每天过着似等非等老人的生活，青春的活力也逐渐消失了。女仆阿辰干吗这般精神百倍呢？宫子觉得有点不可思议。老人外出旅行，总是由宫子陪伴。阿辰给她出主意，让她虚报房费。也就是说，在账单上多开账目，将多收部分退给宫子。即使有旅馆给办这种事，宫子也觉得自己委实太凄惨了。

“要不就抽点茶钱和小费，请太太到隔壁房间去算账吧。老爷是讲究体面的，让他多给点茶钱和小费，他一定会给的。去隔壁房间之前，从中抽一部分，比如给三千元就抽一千，藏在腰带里或者罩衫胸间，人家是不会知道的。”

“哎呀，真叫人吃惊，这太小气，太琐碎了……”

然而，算算阿辰的工资，恐怕就不觉得琐碎了。

“可不琐碎呀。要攒钱嘛，得积少成多。像我们这种女人……要积蓄点钱，就得日积月累啊。”阿辰极力地说，“我是同情太太的，怎能忍心眼看老头子白白地吮吸太太的青春血液呢。”

有田老人一来，阿辰连声调都变了，简直像烟花女子一样。对宫子来说，刚才阿辰那番话实在有点令人毛骨悚然。宫子不禁寒心。但是比起阿辰的声调或话语，更使宫子寒心的是，有如日积月累的贮钱或与其相反，时光迅速流逝，宫子的青春年华也就消逝了。

宫子和阿辰所受的教育不同。战败以前，宫子是在所谓蜜罐儿中抚养成长的孩子，她的确没想到连付旅馆费都要从中捞取油水。她觉得似乎可以证实出谋划策的阿辰，在厨房里零零星星地揩过油了。就拿一剂感冒药来说，阿辰去买同幸子去买，价钱就相差五元、十元的。阿辰就是这样积少成多的。她究竟积攒了多少钱呢？宫子出于好奇，也曾起过一个念头：从阿辰的女儿幸子那儿探听探听吧。看样子阿辰没有给她女儿零花钱，大概连存折也没给她女儿看过。反正数目有限，不屑一顾。然而对阿辰积少成多，犹如蚂蚁般的秉性又不能等闲视之。总之，阿辰的生活是积极的，而宫子的则无疑是病态的。宫子的年轻美貌，似乎是一种消耗品；相形之下，阿辰活着却不需消耗自己什么东西。宫子听说阿辰曾被阵亡的丈夫弄得吃尽了苦头，心中油然升起一种轻松的感觉。

“他逼得你哭了？”

“当然是哭了……几乎没有一天不把眼睛哭得红肿。他甩过来的火筷子，扎在幸子的脖颈上，如今还留着一块小伤疤呢。在脖颈后头，您瞧瞧就明白。那伤疤是再好不过的证据啦。”

“什么证据……”

“还问什么呢，小姐。不明白的，要说也说不出来啊。”

“可是，像你阿辰也会受人欺侮，可见男人还是了不起啊。”宫子佯装不知道的样子。

“是啊。不过，唉，要瞧你怎样看啰。那时候，我迷上了我的丈夫，简直就像被狐狸精迷住了，对他是真心实意的啊……如今狐狸精已经不附在身上了，太好啦。”

听阿辰这么说，宫子不禁又回忆起自己的少女形象来，那时由于战争，自己失去了初恋的情人。

宫子是在富裕家境中成长的，所以在某些时候，她对金钱恬淡无欲。二十万元对如今的宫子来说虽是一笔巨款，但已经失去的东西也只能算了。宫子家在战争中失去的，与最近失去的二十万元不能同日而语。当然，宫子是无法赚到二十万元的。出于需要，她才从银行提取这笔钱。宫子一时大惑不解。如果捡钱人把这二十万元巨款送回来，也许是会见报的。银行存折也放在里面，失主的姓名和住址都写得清清楚楚，会由捡钱人直接送到失主家里，或是由警察前来通知。宫子三四天来都很留意看报纸。她觉得跟踪她的男人也会知道她的姓名和住址。还是那男人偷走了吧？要不然就是那男子捡到了手提包，或者即使没有捡到，他不是应该紧紧跟踪上来才是吗？还是挨了人家用手提包打，吓得逃跑了呢？

宫子弄丢了手提包，是在银座让有田老人买白色夏季衣料后刚过一个星期的事。在这一周内，老人没到过宫子家中。老人是在发生手提包事件翌日晚上才露面的。

“哎呀，您回家啦。”阿辰兴冲冲地相迎，把打湿了的伞接过来，又说，“您是走路来的吗？”

“啊，真是倒霉的天气。可能是梅雨天哩。”

“您感觉痛吗？幸子，幸子……”阿辰呼喊幸子，“对，对，我让幸子洗澡去了。”阿辰说着，就赤着脚走下地给老人脱鞋。

“如果已经烧好洗澡水，我想洗个澡暖和暖和。阴森森的，像今天这样天气骤冷，就……”

“有点不舒服了吧？”阿辰说着皱了皱那双小眼睛上面的短眉毛，“哎呀，我干了一件不合适的事。不知道您回来，我让幸子先洗澡去了，可怎么办呢？”

“不要紧的。”

“幸子，幸子，赶紧出来吧。你把浴缸表面那层轻轻舀出来，弄干净点……那边也好好冲冲……”阿辰急匆匆地走了，她把水壶放在煤气炉上，点燃了浴缸的煤气，又折回来。

有田老人依然穿着雨衣，他伸出双腿自己摩挲。

“您洗澡时让幸子给您按摩一下吧？”

“宫子呢？”

“噢，太太说她看完新闻片就来……她是到新闻影院去，很快就会回来的。”

“请你给我叫个按摩师来。”

“嗯。是往常那个……”阿辰说着站起把老人的衣服拿过来，“洗澡之后更衣吧。幸子！”

阿辰又唤了一声幸子。

“我去把她叫来。”

“她已经洗好了吗？”

“嗯。已经……幸子！”

约莫一小时后，宫子回来时，有田老人已经躺在二楼的床铺上，让女按摩师给按摩了。

“很痛啊。”他小声地说。

“阴沉的雨天你还出门哪。再洗一个澡，可能会清爽些。”

“是啊。”

宫子不由得倚靠着西服橱柜坐了下来。大概有一周没看见有田老人了。只见他脸色发白，心力交瘁，脸上和手上的淡茶色老人斑更加显眼了。

“我去看新闻片来着。看了新闻片，就觉得生气勃勃。路上本想不去看新闻片了，去洗头，可是美容院已停止营业，所以……”宫子说罢，看了看老人刚刚洗过的头。

“润发剂真香啊。”

“幸子拼命洒香水，香喷喷的。”

“据说她体臭得厉害。”

“嗯。”

宫子进入了洗澡间，洗了头。她把幸子唤来，让幸子给她用毛巾擦干头发。

“幸子，你的脚多可爱呀！”

宫子原先将两只胳膊肘支在膝上，这会儿伸出一只手去触摸眼皮底下幸子的脚背。幸子忒忒地颤抖，直传到宫子袒露的肩膀上。幸子也许是继承了阿辰的秉性，手脚似乎也有些不干净。她只拿了宫子扔在纸篓里的用旧的口红、断齿的梳子、掉落的发夹一类的小玩意儿。宫子也知道幸子憧憬和羡慕自己的美貌。

浴后，宫子在白地蓟草花纹的单衣上披了一件短外褂，然后给老人按摩腿脚。她思忖着：倘若自己住进老人家里，恐怕就得每天给老人按摩腿脚了吧。

“那个按摩师，手法很高明吧？”

“拙劣得很。还是来我家那个高明哩，她一来娴熟干练，二来按得认真。”

“也是个女子吗？”

“对。”

宫子想起老人家里那个所谓女管家梅子，也是每天都给老人按摩的，就不由得厌烦起来，手劲也没有了。有田老人攥住宫子的手指，让她按摩坐骨神经末梢的穴位。宫子的手指紧贴上去。

“像我这样细长的指头恐怕不带劲吧。”

“是吗……未必吧。年轻女子的手指充满了爱的力量，好极了。”

一股凉意爬上了宫子的背脊。她的手指一离开穴位，又被老人攥住了。

“像幸子那样，手指短短的不是很好吗？您让幸子学习按摩怎么样？”

老人沉默不语。宫子倏然想起雷蒙·拉迪盖[1]的《魔鬼附身》里的一句话来。她是看过电影才读原作。玛尔特说：“我不希望你的一生遭到不幸。我哭了。可不是嘛，对你来说，我实在是老。”“这种爱的语言，就像孩子般使人珍惜。从今以后，即使我感到怎样的热情，一个十九岁的姑娘也绝不会说自己老了而哭泣，再没有东西比这种纯洁的爱情更能扣动人们的心弦。”玛尔特的情人十六岁。十九岁的玛尔

1 Raymond Radiguet（1903—1923），法国现代剧作家、诗人。

特比二十五岁的宫子年轻多了。委身老人、虚度年华的宫子，读到这里受到异常的刺激。

有田老人总是说宫子长得比实际年龄还年轻。这不是老人的偏袒，无论谁都觉得宫子年轻。宫子也感到有田老人之所以说自己年轻，是因为老人喜欢并思慕自己风华正茂。老人害怕并伤心的是宫子的容颜失去姑娘的本色，或者身体肌肉变得松弛。一加思索，年近七旬的老人，对一个二十五岁的情妇，尚且盼望她年轻，不免令人感到奇怪的肮脏。但是宫子不知不觉忘了责备老人，与其说有时被老人牵诱，不如说自己似乎也盼望年轻。年近七旬的老人，一方面期望宫子年轻，另一方面又对二十五岁的宫子渴望着一种母性的爱。宫子并不打算满足老人这种欲望，但有时候也产生一种错觉，仿佛自己就像母亲一般。

宫子一边用拇指按住趴着的老人的腰部，一边用胳膊支住，要骑上去似的。

"你就骑在腰上吧。"老人说，"轻轻地踩在上面吧。"

"我不愿意……让幸子来弄好吗？幸子个子小，脚丫也小，更合适吧。"

"那家伙是个孩子，还害羞哪。"

"我也觉得害臊嘛。"宫子边说边想，幸子比玛尔特小两岁，比玛尔特的情人大一岁。这又意味着什么呢？

"您打赌输了，就不来了吗？"

“那次打赌吗？”老人好像甲鱼般转动着脖子，“不是的，是神经痛哪。”

“是因为到您家来的按摩师手法高明吗？”

“嗯，噢，也可能是吧。再说我打赌输了，又不能枕你的胳膊……”

“好吧，就给您弄。”

宫子很了解，有田老人已经让她按摩了腰腿，剩下的就是把脸埋在她怀里，享受符合年龄的快乐。繁忙的老人，把自己在宫子家里过的时间，称作“奴隶解放”的时间。这句话让宫子想起，这才是自己的奴隶时间呢。

“洗澡后穿单衣要着凉的，行了。”老人说着翻过身来。一如所料，这回老人想享受枕胳膊。宫子对按摩也腻烦了。

“可是，你被那个戴蓝帽子的男人跟踪，是什么滋味呢？”

“心情痛快呗。同帽子的颜色没关系嘛。”宫子故意绘声绘色地说。

“如果只是跟踪，戴什么颜色的帽子倒无所谓，不过……”

“前天，有个奇怪的男子一直跟踪我到那家药铺，我丢了个手提包。太可怕了。”

“什么？一周之内竟有两个男子跟踪你？”

宫子一边让有田老人枕着胳膊，一边点点头。老人同阿辰不一样，他觉得走路丢了手提包，也没有什么可奇怪的。也许他对宫子被男子跟踪一事惊愕不已，无暇怀疑别的了。老人的震惊让宫子多少感到愉快，为此放松了身体。老人把脸埋在她怀里，从温乎乎的胸怀中掏出双手按在太阳穴上。

“你是我的。”

“是啊。”

宫子像孩子般地回答过后就一声不响了，眼泪簌簌地掉落在白发苍苍的老人的头上。灯熄灭了。也许那男子已经捡到手提包了吧。那男子下定决心跟踪宫子的瞬间，欲哭未哭的神情，浮现在昏暗之中。

男子像是“啊”的一声呼唤，事实上听不见，宫子却听见了。

与男子擦肩而过，驻足回首的当儿，宫子的头发、耳朵和脖颈顿时渗出一股刺骨的悲伤来。

他“啊”地喊了一声，头晕目眩，眼看就要倒下去。这般情形，事实上看不见，可宫子却看见了。这声呼唤，事实上听不见，宫子却听见了。宫子回首瞥见男子欲哭未哭这一瞬间，那男子便决定跟踪她了。这男子似乎意识到悲伤，但他已经迷失了自己。宫子当然不会迷失自己，却感到从男子躯壳摆脱出来的影子，仿佛悄悄地钻进了自己的心窝里。

宫子起初只回头一瞥，后来再没有掉头看后面了。她对男子的相貌已了无印象。如今只有那张朦胧欲哭的扭曲的面孔，在黑暗中浮现在她的脑际。

“真有魔力啊。”过了一阵子，有田老人才喃喃自语了一句。宫子忍不住眼泪直流，没有作答。

“你是个有魔力的女人啊。有这么多各式各样的男子跟踪，你自己不害怕吗？肉眼看不见的恶魔住在这里面呢。”

“好痛啊！”宫子的胸缩了一下。

宫子想起含苞待放的妙龄，乳房开始作痛的时候来。当时自己那洁净的赤身形象又如在眼前。如今虽说显得比年龄年轻，可已经完全是女人的身体了。

“净说些用心不良的话，难怪神经痛了。”

对他荒唐的说法，宫子随便回敬了一句。随着体形的变化，宫子心想：一个纯朴的姑娘如今也变成了用心不良的女人了。

“有什么用心不良？”有田老人认真地说，“让男子跟踪，有意思吗？”

“没有意思。”

“你不是说心情痛快吗？陪着我这样的老头子，你大概有怨恨要报复吧。”

“报复什么呢？”

“这个嘛，也许是对人生，也许是对不幸吧。”

“说心情痛快也好，说没有意思也罢，事情都不是那么简单啊。”

“是不简单啊。所谓对人生报复，不是简单的事。”

“那么说，您陪着我这样年轻的女人，是要对人生报复喽？”

“啊？”老人支吾了一声，却又说，“不是什么报复。要说报复，我是属于遭报复的一方，也许是正遭报复的一方哪。”

宫子没有留心听他的话。她心里在想：自己既已说出手提包丢了，是否坦白里头装有一笔巨款，让有田老人补偿呢？但二十万元这笔钱太大了，金额该说多少呢？虽说是向老头子要的钱，却是自己的存款，自己随便支配。假使说这是供弟弟上大学用的钱，向老头子请求时会容易些。

小时候，有人说如果宫子同弟弟启助调个个儿，是男人就好了。然而自从被有田老人蓄为小妾之后，她可能是丧失了希望的缘故，养成了挥霍的毛病，性情变得懦弱了。“妾者爱计较容貌，正室则不讲究，这是理所当然的。”宫子在一本什么书上读过古人这样一段话，她感到眼前一片漆黑，很是悲伤，连对美貌的自豪也失去了。她被男子跟踪的时候，这种自豪感也许又涌了上来。宫子本人也明白，男子跟踪自己，不只是因为自己貌美。也许正如有田老人所说的，自己洋溢着一股魔力吧。

“不过，这令人担心啊。”老人说，“有种捉迷藏游戏吧。常被男子跟踪，不就像捉恶魔游戏吗？”

“也许是那样吧。”宫子奇妙地回答，“人当中有一种迥异的魔族存在，也许真有另一种魔界的东西呢。”

“你感觉到它了吗？你这个人真可怕啊。小心犯错哟，否则不会有好下场的。”

“我的兄弟姐妹中可能有这种情况，就以我那个女孩子般的老实弟弟来说吧，他也写了遗书呢。”

“为什么？”

“这是很无聊的。弟弟本想同他要好的朋友一起升大学，可是自己又去不了，如此而已……这是今年春上的事了。这位朋友姓水野，他家境好，人也聪明。他对我弟弟说：‘入学考试时，如果可能，我教你，就是写两份答案也可以。’弟弟的成绩也不坏，可是他胆小，临场怯阵，担心在考场上犯脑贫血，结果真的犯了脑贫血。即使考试通过，也没指望入学，所以更胆怯了。”

“这个情况，你以前没说过嘛。”

“就是告诉您，又有什么用呢？”

宫子顿了顿，接着又说：

“这个姓水野的孩子，成绩很好，没有问题。母亲为了让弟弟入学，花了好多钱呢。为了祝贺弟弟入学，我也在上野请他们吃了晚饭，然后到动物园去观赏夜樱。有弟弟、水野、水野的恋人……”

“哦？”

“虽说是恋人，只有十五岁哪，是周岁……就在动物园观赏夜樱的时候，我被一个男人跟上了。他带着太太和孩子，却竟把她们扔在一边，跟踪起我来了。”

有田老人显得十分惊讶的样子。

“你为什么要这样做呢？”

“我要这样做？我羡慕水野和他的恋人，感到哀伤。但绝不是因为我的关系呀。”

“不，还是因为你的关系。你不是挺愉快的吗？”

“你真残酷！我哪儿愉快过啦？就说丢手提包的时候，我非常害怕，就用手提包打了他。也许是扔给了他。当时不顾一切，现在什么也记不清了。手提包还装了我的一大笔款呢。母亲要向父亲朋友借一笔款子供弟弟上大学，正在伤脑筋的时候，我想给母亲点钱，就从银行把钱支出来，回家路上……”

“里面装了多少钱？”

“十万元。”宫子不由自主地说了半数。老人倒抽了口气。

“嗯，确是一笔巨款啊。就这么被那男子抢走了……”

宫子在幽暗中点了点头。她的肩膀突突地颤抖，心也扑通扑通地跳。老人也感觉到了。宫子把金额说了半数，更加感到屈辱了。那是掺杂着某种恐惧的屈辱。老人用手慈祥地抚爱宫子。她想那半数大概会得到补偿吧，眼泪又夺眶而出了。

“不要哭了。这种事如果重复多遍，将来就要犯大错呀。被男子跟踪的事，你所说的前后矛盾百出嘛，不是吗？”有田老人平静地责备了一句。

老人枕着宫子的胳膊入睡了。但是宫子却未能成眠。梅雨连绵不断。只听呼呼的鼾声，让人仿佛不知道有田老人的年龄了。宫子将胳膊抽出来。这时她用另一只手将老人的头悄悄抬了抬，却没把老人弄醒。这老人讨厌女人，可竟在女人身旁，毋宁说是依靠女人才安稳地睡着。这事如同刚才老人所说，宫子也感到是一件矛盾百出的事，而且矛盾越多就越觉得自己可憎。有田老人之所以讨厌女人，默默中宫子也完全明白。老人三十来岁的时候，妻子出于忌妒自杀身亡了。也许是女人可怕的忌妒心渗进他的骨髓，他一看见女人有点忌妒的神态，就马上拒之千里。宫子出于自尊自重，也出于自暴自弃，本来不忌妒有田老人什么，不过她毕竟是个女人，一时失言，终于脱口说出了带有忌妒性的话。老人露出了厌恶的神色，使宫子的忌妒完全冻结了。她感到落寞惆怅。然而，老人讨厌女人，好像不仅是因为女人的忌妒，也不是由于自己老迈。对于生来讨厌女人的人，宫子嘲笑说：女人有什么可忌妒的。可是一想到有田老人和自己的年龄问题，又觉得说什么老人讨厌女人或喜欢女人之类的话，未免太可笑了。

宫子忆起自己曾羡慕过弟弟的朋友及其恋人。她也是从启助那里听说，水野有个叫町枝的恋人。宫子在祝贺弟弟他们入学那天，第一次见到了町枝。

"简直没有看见过那样纯洁的少女啊。"启助以前曾经这样讲过町枝。

"十五岁就有恋人，不是早熟吗？不过，是啊，虽说是十五岁，虚岁就十七啦。现在的孩子十五岁有恋人，还是有好处的呀。"宫子又改口说，"不过，阿启，女人真正的纯洁你懂吗？光凭萍水相逢，恐怕很难了解吧。"

"当然了解。"

"你说，什么是女人的纯洁呢？"

"这个问题哪能谈得清楚哟。"

"阿启你那样看，可能也是那样吧。"

"就说姐姐吧，一看见那个人就能了解嘛。"

"女人的用心不简单哟，并不像阿启你那样天真……"

也许启助还记得宫子这番话，宫子在母亲家中第一次同町枝相见时，启助比水野的脸更红，他有点慌了神。宫子不好让弟弟的朋友上自己家里来，便决定在母亲家中聚会。

"阿启，姐姐也赏识那个孩子。"宫子在里间一边给启助穿上新的大学制服，一边说。

"是吗？哎哟，竟忘穿袜子了。"启助说罢，坐了下来。

宫子掀了掀蓝色百褶裙，也在他面前坐下来。

"姐姐也为水野祝福吧。为此我才叫町枝一起来的。"

"是啊，我祝福他。"

莫非启助也喜欢町枝？宫子很同情意志薄弱的弟弟。

启助神采飞扬地说："据说水野家是极力反对的，于是就给町枝家写了信……信中措辞很不礼貌，气得町枝家也火冒三丈。就说今天吧，町枝是偷偷来的。"

町枝一身女学生的水手服。她带来了一小束蝴蝶花，说是祝贺启助入学的。她把花插到放在启助书桌上的玻璃花瓶里。

宫子准备去观赏上野公园的夜樱，邀他们到了上野的中国饭馆。公园人山人海，简直无立锥之地。樱树凋残，花枝也不青翠。可是借助灯光，花色仍浓，呈粉红的颜色。不知町枝是少言寡语，还是顾忌宫子，不怎么说话，只是谈起了自家的庭院里，樱花花瓣落满了刚修剪过的枝头，清晨起来映入眼帘，实在太美了。她还说，来启助家的路上，看到像半生不熟的蛋黄似的夕阳，浮现在护城河畔的街树樱花丛中。

这清水堂旁边过往的行人稀稀疏疏。走下昏暗的石阶时，宫子对町枝说：

"记得我三四岁的时候……曾叠了纸鹤，同母亲一起到清水堂，把它吊起来，祈愿父亲的病早日康复。"

町枝没有言语，她同宫子一起在石阶上驻足不前，回首望了望清水堂。

那条直通博物馆的路，人潮汹涌，挤得水泄不通。她们拐往动物园的方向。东照宫的甬道两旁，燃着篝火。她们登上了石板道。排列在甬道上的石灯笼，在篝火的映照下形成一个个黑影，上面漫掩着簇簇樱花。赏花客东一团西一簇地围坐在石灯笼后面的空地上，中央都点着蜡烛，人们在设席摆宴。

醉汉摇摇晃晃地走过来时，水野充当了盾牌，在后面护卫着町枝。启助距他们两人稍远，站在醉汉和他们两人之间，仿佛在保护着他们两人。宫子抓住启助的肩膀，躲闪着醉汉，心想：启助这么有勇气啊！

町枝的脸映着篝火的亮光，显得更加艳美了。她那面颊的颜色，宛如一本正经地紧闭着嘴的圣女。

“姐姐。”町枝说罢，冷不防地躲藏到宫子背后，几乎贴了上去。

“你怎么啦？”

“学校的同学……和父亲一起哪。是我家的近邻。”

“町枝也要躲藏吗？”宫子边说边和町枝一起回过头去，无意中抓住了町枝的手不放，就这样继续往前走。接触町枝的手的瞬间，宫子几乎喊出声来。虽同是女性，却带来了无尽的凉爽与快意。不仅是她柔滑腻润的手，还有她那少女的美，渗进了宫子心中。

“町枝，你很幸福啊。”宫子只说了这样一句。

町枝摇了摇头。

“呀，为什么呢？”

宫子吃惊地盯着町枝的脸。町枝的眼睛在篝火的映照下熠熠生光。

“你也有不幸的事吗？”

町枝沉默不语，把手松开。宫子已经好几年没有同女朋友手牵着手走路了。

宫子和水野经常见面。这天晚上她的视线几乎被町枝吸引过去。她一见町枝，就被勾起了绵长的忧愁，仿佛想要独自走向遥远的地方。即使在马路上和町枝擦肩而过，恐怕也会回头久久地凝望着她的背影吧。男人跟踪宫子也是出于这种奔放的感情吗？厨房里传来了瓷器掉落或倒下的声音，宫子才苏醒过来。今晚老鼠又出来了。要不要起来到厨房去看看呢？宫子犹豫不定。好像不止一只老鼠，也许有三只。她觉得老鼠好像也被梅雨淋湿了，伸手去摸了摸自己洗后披散的头发，悄悄地抑制住那股冰凉的感触。

有田老人心胸郁闷，激烈地扭动着身子。宫子蹙起眉头，心想：又来劲了。她远远地躲开他。老人经常被噩梦魇住。宫子已经习惯了。老人像行将被勒死的人，肩膀大起大伏，胳膊好像要拂掉什么，重重地打了一下宫子的脖颈。呻吟声一阵紧似一阵。把他摇醒就好了。可是宫子将身体绷紧，纹丝不动。她心头涌上了一缕残忍的思绪。

“啊！啊！”

老人一边喊叫一边挥舞着手，他是在梦中寻觅宫子。有时候，只要他紧紧搂住宫子，无须睁眼，也会平静下来。但是，今晚他的悲鸣把自己惊醒了。

“啊！”

老人摇了摇头，有气无力地贴近宫子。宫子安详地把身体放柔和了。每次都如此。

“您做了可怕的噩梦吧？”宫子连这样的话也没说。然而，老人不安似的问：

“有没有说什么梦话？”

“没说什么，只是被噩梦魇住了。”

“哦。你一直没睡着吗？”

“睡不着。”

“哦，谢谢。”

老人把宫子的胳膊拉到了自己的颈项底下。

“梅雨天更不行啦。你睡不着，大概也是梅雨的关系哩。”老人羞惭地说，“我还以为我的喊声太大，把你吵醒了呢。”

“就算睡着，还不是要经常起来吗？”

有田老人的喊声，把睡在楼下的幸子也吵醒了。

“妈妈，妈妈，我害怕。”幸子胆怯，紧紧搂住阿辰。阿辰抓住女儿的肩膀，一边把她推开一边说：

“怕什么呢，不是老爷吗？老爷才害怕呢。老爷有那个毛病，一个人睡不好觉啊。就是旅游，也要带太太去，非常宠爱太太呢。要是没有那个毛病，按他的年龄是不需要女人的。他只不过是在做噩梦罢了。没有什么可怕的嘛。”

六七个孩子在坡道上戏耍，中间也掺杂有女孩子。大概是学龄前儿童，从幼儿园回家的吧。他们中的两三个手持短木棒，没拿短木棒的孩子也装作拿了，大家弓着腰，佯装拄手杖的样子。

“爷爷、奶奶，直不起腰来……爷爷、奶奶，直不起腰来……”他们边唱边打拍子，跌跌撞撞地走着。歌词就这么几句，翻来覆去地唱个不停，不知有什么意思。与其说是在疯吵戏谑，莫如说是他们有一股认真的劲头，潜心于自己的举动。他们的姿势越来越夸张，越来越激烈了。一个女孩子踉踉跄跄地倒下去了。

“哇，痛啊，痛啊。”女孩子模仿老太婆的动作抚摩着腰部，又站起来，加入了合唱。

“爷爷、奶奶，直不起腰来……”

坡道尽头就是高高的土堤。土堤上缀满新草，松树不规则地散布各处。虽然松树并不粗大，但它们的丰姿呈现在春日黄昏的天空之下，宛如昔日画在纸隔扇或屏风上的棵棵青松。

孩子们从坡道正中蹒跚地朝映着夕阳余晖的方向爬上去。尽管他们东摇西晃，但这条坡道上，威胁孩子们的汽车很少过往，人影也稀稀疏疏。东京的屋敷町何尝没有这种地方？

这时候，一个少女牵着一只柴犬从坡道下面登上来。不，还有个人，是桃井银平跟在这个少女后面。但是，银平已醉心于少女而丧失了自己。他还能算是一个人吗？这是个疑问。

少女在坡道一侧的银杏树荫下悠悠漫步。只有一侧街树林立，有街树一侧才有人行道。另一侧紧挨柏油马路，赫然屹立着一道石头墙。这是一家大宅邸的石头墙，沿着坡道绵延而上。战前街树一侧是贵族的宅邸，内宅深广。人行道旁挖了一条深沟，垒着石崖。也许是有点模仿护城河的形式。沟对面是平缓的斜坡，种植着小松树。松树也残留着前人精心修剪过的痕迹。松林上方可以看见一堵白色的围墙。围墙低矮，葺着瓦顶。银杏树高耸，芽叶稀疏，不足以把枝头掩盖，其高度和方向迥异，在斜阳的辉映下浓淡有致，娇嫩得如少女的肌肤一般。

少女上身穿着白毛衣，下身是粗布裤子，卷起了灰色的蹭旧的裤边，露出红色的格子，鲜艳夺目。叠短的裤子和帆布运动鞋之间，可以窥见少女白皙的脚脖。浓密光滑的黑发披垂在双肩上，从耳朵到脖颈白净得出奇，实在美极了。她牵着狗链，肩膀稍微倾斜。这位少女奇迹般的魅力牵掣着银平。光是红色格子的叠边和白帆布运动鞋之间看到的洁白肌肤，就足以使银平的内心充满了哀伤，以致想死，或想把少女杀死。

银平回忆起从前故乡的表姐弥生，回忆起从前的学生玉木久子，但如今他感觉她们根本无法与这位少女相提并论。弥生肌肤白皙，却黯淡无光。久子肌肤微黑，却色泽凝重。她们都没有这少女那种天仙般的风韵。再说，同与弥生游玩时的少年银平和接近久子时的教师银平相比，现在的银平落魄潦倒，心力交瘁。虽是在春日的黄昏，他却仿佛置身于刺骨的寒风之中，衰萎的眼眶里镶满了泪珠，登上一小段坡道，他便气喘吁吁，膝盖以下麻木无力，已追不上少女了。银平还没有看见少女的脸。他想：至少要同少女并肩走到斜坡上，哪怕是谈谈狗也好。这是个千载难逢的好机会，眼下就有此良机，简直令人难以置信。

银平张开右掌挥了挥。这是他边走边激励自己的习惯。此刻唤起这样的感触：手里捏着还有体温的死老鼠，睁大眼睛、嘴流鲜血的老鼠死尸。那是在湖畔弥生家的厨房里逮到的一只日本梗种类老鼠。狗叼着老鼠不知该怎么处置，就这么呆呆地站着。弥生的母亲对它说了些什么，然后拍了拍它的头，它就乖乖地放开了。老鼠落在地板上，狗又要跳跃过去，弥生却把狗抱了起来。

“好了，好了。你真棒，真棒呀。”弥生抚慰着狗说。然后她命令道：“银平，你把老鼠拿走吧。”

银平连忙把老鼠捡起，老鼠嘴里流出的血，滴了一滴在地板上。它的身体还温乎乎的，实在令人毛骨悚然。虽说瞪大眼睛，却是老鼠那可爱的眼睛。

“快点扔掉吧。”

“扔在哪儿？”

“扔到湖里去好啰。”

银平到了湖边，抓住老鼠的尾巴，使劲往远处扔去。在黑黢黢的夜里，只听见扑通响起孤寂的水声。银平一溜烟地逃回家去。弥生不就是大舅舅的女儿吗？银平悔恨不已。那是他十二三岁的往事了。他做了一个被老鼠吓呆了的梦。

小狗逮过一次老鼠，就老记住这件事，每天都盯着厨房。人同狗说些什么，狗就如同听到老鼠声，飞奔到厨房去。没见它的踪影，它肯定蹲在厨房角落里。可是它又不能像猫那样。抬头望见老鼠从搁板顺着柱子往上爬，它就歇斯底里地吠叫起来，活像被老鼠附身，变得神经衰弱了。银平憎恶那只眼睛变色的狗。他从弥生的针线盒里偷了一根带着红线的缝针，伺机扎穿狗的薄耳朵。离开这个家的时候，是最好的时机吧。事后大家吵吵嚷嚷，如果缝针带着红线穿过狗耳朵，人们就会怀疑这是弥生干的。银平在狗耳朵上一落针，狗发出悲鸣逃之夭夭，没有扎成。他将缝针藏在口袋里，折回自己家中，在纸上画了弥生和狗的像，用那根红线缝了好几针，然后放进书桌的抽屉里。

银平想同牵狗的少女谈谈狗，也就不由得联想起那只逮老鼠的狗。银平讨厌狗，谈狗也不会有什么好话。他觉得要是接近少女牵着的那只小狗，小狗定会咬他的。但是，银平没有追上少女，当然不是狗的缘故。

少女边走边弯下腰，解开了小狗脖圈上的链条。小狗获得了解放，跑到少女前面，又跑回少女后边，越过少女，飞跑到银平的眼前。它嗅了嗅银平的鞋。

“哇！”银平呼喊一声，跳了起来。

“阿福，阿福。”少女呼喊着小狗。

“哇，救命！”

“阿福，阿福。”

银平脸上失去了血色。小狗回到了少女身边。

“啊，太可怕了。”银平打了个趔趄，蹲了下来。这个动作有点夸张，虽是为引起少女的注意，可银平确是头晕目眩，闭上了眼睛，心房激烈地跳动，稍稍想吐，又吐不出来。他按着额头，半睁眼睛，只见少女又将链条挂在小狗脖子上，头也不回便爬上了斜坡。银平义愤填膺，感到无比屈辱。他猜测那只小狗嗅他的鞋，一定嗅出了脚的丑陋吧。

“畜生，我要缝那只狗的耳朵。”银平嘟囔了一句，跑步登上坡道。在追上少女时，怒气消失了。

“小姐。”银平用嘶哑的声音呼喊。

少女只扭过头来，垂发飘拂，那脖颈之美，使银平苍白的脸也燃烧起来。

“小姐，这只狗真可爱呀。是什么品种呢？”

“是柴犬。”

“哪里的呢？”

“甲州。”

“是小姐的狗吗？每天都固定时间出来遛狗吗？”

“嗯。”

“散步总走这条路吗？”

少女没有作答，但看样子她也不觉得银平特别可疑。银平回头望了望坡道下面。哪儿是少女的家呢？在新绿丛中像有一户和平幸福的家庭。

“这只狗会捉老鼠吗？”

少女没有一丝笑容。

“捉老鼠的是猫，狗不捉老鼠对吧。不过，倒是有的狗捉老鼠，从前我家里那只狗可会抓老鼠哩。”

少女连看也不看银平一眼。

“狗和猫不同，即使捉到老鼠也不吃。我小时候，最讨厌的就是去扔死老鼠。”

银平说了些连自己都觉得厌烦的话，那只从嘴角流出鲜血的死老鼠又浮现在眼前。他窥见了老鼠咬紧的白牙齿。

“那是叫日本梗的种类吧。那家伙颤动着弯曲的细腿奔跑，我很讨厌。狗和人，都是有各式各样的啊。狗能这样同小姐出来散步，真幸福啊。”银平说。他大概忘却了方才的恐惧，弯下腰身想去抚摩狗的脊背。少女忽然将链条从右手倒到左手，让狗躲开了银平的手。银平的眼里映现出狗在移动。他想去紧紧搂住少女的脚，好容易才按捺住涌上心头的这种冲动。每天傍晚少女必定牵着狗，登上这条坡道，在银杏树荫下散步。躲在土堤上偷看这位少女吧。脑际倏地掠过这一希望，很快也就打消了刚才那个坏念头。银平释然了。他有一种新鲜的感觉，恍如赤裸着身子躺在嫩草上一样。少女将永远地朝着土堤上银平所在的方向，登上这坡道来。这是多么幸福啊！“对不起。这只小狗很可爱，我也是喜欢狗的……只是，我讨厌捉老鼠的狗。”

少女没有任何反应。坡道尽头就是土堤。少女和狗踏着土堤的嫩草走去了。一个男学生在土堤对面站起身，走了过去。少女先伸出手去握住男学生的手。银平一阵目眩，惊讶不已，原来少女是借口遛狗到这儿来幽会的！

银平发现少女那双黑眼睛是被爱情滋润才闪闪发光的啊。这突然的震惊使他头脑有点发麻了，感到少女的眼睛恍如一泓黑色的湖水。他多么想在这清亮纯净的眼中游泳，在那泓黑色的湖水中赤身游泳啊。银平心中交织着奇妙的憧憬和绝望。他无精打采地走着，很快便登上了土堤，仰身躺在嫩草上，凝望苍穹。

原来学生是宫子弟弟的同学水野，少女是町枝。宫子为了祝贺弟弟和水野入学，把町枝一起叫来观赏上野的夜樱，是约莫十天前的事了。

在水野看来，町枝那一双几乎占满整个眼眶的黑眼珠水灵灵的，闪烁着亮光，美极了。水野被吸引过去，看她看得入迷了。

“早晨，我真想看看町枝醒来时那双眨巴着的眼睛啊。那时的眼睛该有多好看啊！”

“一定是睡眼惺忪吧。”

“不会的。”水野不相信，“我一睁眼就想见町枝你哪。”

町枝点点头。

“一直以来，我是醒来两个小时内才能在学校见到町枝呀。”

“醒来两个小时内，你是说过的。打那以后，清晨一起来我也就想到两小时内……”

“那就不是睡眼惺忪啦。”

“谁知道呢。”

“拥有这样一双黑眼睛的人，日本是个好国家啊。”

这双墨黑的眼睛把眉毛和嘴唇衬得更美了。黑发和眼色相互辉映，实在艳丽到了极点。

“你是借口遛狗从家里出来的吧？”水野探问道。

“我没说，可我牵着狗，一看我这副模样就明白了嘛。”

“在你家附近会面，很冒险啊。”

“我不忍心欺骗家里人。如果没有狗，我就出不来了。就是能出来，也会挂着一副羞涩的脸回去，家里人一看就会明白呀。水野，你们家比我们家更不同意我们的事吧？”

“不谈这个啦。反正我俩都是从家里出来，又要回家去的，如今想家中的事，太没意思了。既然是出来遛狗，就不能待太长时间吧。”

町枝点点头。两人在嫩草地上坐下来。水野把町枝的狗抱起放在膝上。

“阿福也认得水野哩。”

“假使狗也会说话，它说出去，咱们从明天起就不能再会面啦。”

“即使不能见面，我也要等着你，这行了吧。我无论如何也要去你那所大学。这样一来，又能在醒来两小时内……”

“两小时内吗……”水野喃喃地说。

“总会有不等两个小时也行的时候，一定会的。”

“我母亲说太早了，她不信任我。但我觉得早了倒是幸福。我想更小更小的时候就能遇到水野你呢。无论年纪多小，初中时代也好，小学时代也好，只要遇到你，我一定会喜欢你。我还是个婴儿时，就被人背着走这条坡道，在这土堤上游玩。水野，你小时候没走过这坡道吗？”

“好像没走过。”

“是吗？我经常想，我还是婴儿时，是不是也在这坡道上见过水野你，所以，我才这样喜欢你的……”

“我小时候要是走过这斜坡就好了。”

“小时候，人家总说我可爱。在这坡道上，我经常被一些不相识的人抱起来哪。那时我的眼睛比现在的更大更圆。”町枝黑黑的大眼睛看向水野，“前些时候，各家中学都在举行毕业典礼。下了坡道，往右拐就是护城河，那里有小船出租。牵着狗穿过去，就可能看见一些今年刚初中毕业的男孩子和女孩子，把毕业证书卷成圆筒，拿在手里，乘着小船。我想他们大概是为了纪念别离才来划船的，真令人羡慕啊。有的女孩子手拿毕业证书，倚靠在桥栏上望着同学们划船。我中学毕业时，还没认识你呢。水野，你同别的女孩子游玩过吧？”

“我才不跟女孩子们玩呢。”

“是吗……”町枝歪了歪脑袋。

“天气转暖，小船下水之前，护城河有的地方还结冰，那里有很多野鸭。我记得那时还想，踏在冰上的鸭子和浮在水面的鸭子哪个冷呢？据说因为有人打野鸭，它们白天逃到这里来，一到傍晚，要么回到乡村的山坳，要么回到湖里……”

“是吗？”

“我还看见庆祝‘五一’节举着红旗的队伍从对面的电车道通过哪。当时银杏树刚刚吐出嫩叶，一面面红旗通过其间，我只觉得美极了。”

他们两人所在坡下的护城河被填平了，从傍晚到夜间变成高尔夫球的练习场。那对面的电车道上，屹立着银杏树，黑色的树干在一簇簇嫩叶下面显得特别醒目。黄昏的天空在树梢顶端笼罩上桃红色的雾霭。町枝用手抚摩着水野膝上的狗脑袋。水野双手紧紧握住町枝这只手。

“我在这里等你的时候，仿佛听到了低沉的手风琴声。我闭上眼睛就躺下来了。”

“什么曲子？”

“是……好像是《君之代》……”

“《君之代》？”町枝吓了一跳，她靠近了水野，“什么《君之代》，水野你不是没当过兵吗？”

“也许是我每天晚上很晚收听广播《君之代》的缘故吧。”

“每天晚上我都静静地说声‘水野，晚安’。”

町枝没有把银平的事告诉水野。她并不觉得自己曾被一个奇怪的男人缠住搭话，而且早就忘记了。银平正躺在嫩草上，要看还是能够看见的。即使看见他，也不会注意到他就是刚才那个男子吧。银平却不能不注意他们两人。一阵泥土的凉气爬上他的脊背。正处在穿冬大衣和稍暖的大衣之间的季节，银平却没有穿大衣。他翻过身来，面向町枝他们两人。他不是羡慕他们两人的幸福，而是诅咒他们两人。他闭上眼睛不久，就浮现出一幕幻影，仿佛看到他们两人乘着熊熊的烈焰从水上漂荡而来。他觉得，这般情景证明了他们是不会永远幸福的。

“阿银，姑妈真漂亮啊。”

银平仿佛听见了弥生的声音。银平曾和弥生双双坐在湖边盛开的山樱树下。樱花倒映在水中。不时传来小鸟的啁啾声。

“姑妈说话时露出牙齿，这是我最喜欢的。”

说不定弥生会感到遗憾，那样一个美人为什么嫁给银平父亲这样的丑男子呢？

“父亲是姑妈唯一的同胞之亲。我父亲说，阿银的父亲既已过世，让姑妈带着阿银回到我们家住好了。”

“我不干！”银平说罢，涨红了脸。

他是为要失去母亲而觉得厌烦，还是为能和弥生住在一起而感到腼腆呢？也许两者兼而有之。

那时节，银平家中除母亲外，还有祖父母以及大姑妈。大姑妈是离婚回到娘家的。银平虚岁十一那年，父亲死于湖里，他头部带有伤痕。有人说，他是被人杀死扔在湖里的。他喝了湖水，也像是溺死的。也有人怀疑，可能是在岸边和什么人争吵被推下水的。令人可恨的是，弥生家里有人指桑骂槐，说银平的父亲大可不必特地到妻子老家来自杀嘛。十一岁的银平痛下决心：假使父亲是被人下毒手，就非要找到这个仇人不可。他到了母亲老家，就来到浮上父亲尸体的地点附近，躲在白胡枝子的繁枝茂叶之中，观察过往的行人。他绝不想让杀死父亲的人平安无事地通过那里。有一回，一个牵着牛的男人走过来，牛发起脾气，银平吓晕了。有时还绽开白胡枝子花，银平折了一朵花，带回家里，夹在书本里做标本，他发誓要报仇。

“就说我母亲吧，她也不愿意回去呀。”银平对弥生愤愤地说，“因为我父亲在这村上被人杀了。”

弥生看见银平刷白的脸，吓了一大跳。

弥生还没有告诉银平，村里人传说银平父亲的幽魂会在湖边出现哪。据说只要经过银平父亲死亡的那湖岸边，就会听见脚步声尾随而来，回首顾盼却不见人影。人拔腿就逃跑，幽魂的脚步不能走动，人跑远了幽魂的脚步声也就听不见了。

连小鸟的啁啾声从山樱梢顶传到下面的枝头，弥生也都联想到幽魂的脚步声。

“阿银，回家吧。花倒映在湖面上，不知怎的，真叫人生怕哩。”

“不用怕。”

“阿银，你没有好好看呀。”

“不是很漂亮吗？”

银平使劲拽住了站起来的弥生的手。弥生倒在银平身上。

“阿银。”弥生喊了一声，弄乱了和服的下摆，逃走了。银平追了上去。弥生喘不过气，停下了脚步，猛地搂住银平的肩膀。

“阿银，同姑妈一道到我家来吧。”

“不愿意！”银平边说边紧紧地拥抱她，眼泪旋即从眼眶里流溢出来。弥生也用模糊了的眼睛，凝望着银平，久久才开口说：

“姑妈曾对家父说：‘如果住在那种房子里，我也会死去的。’这话我听见了。”

银平拥抱弥生，仅此一回。

众所周知，弥生的家、银平母亲的娘家，早年就是湖畔的名门世家。她为什么要嫁到门不当户不对的银平父亲家里来呢？母亲是不是有什么缘由呢？银平对此抱有怀疑，是几年以后的事了。那时候，母亲已经同银平分离回到了娘家。银平上东京读书后，母亲患肺病在娘家与世长辞，原来从她那里得到的一丁点学费也断绝了。银平的家，祖父也已故去，现在剩下祖母和姑妈还健在。听说姑妈要了一个在婆家生下的女儿来抚养。银平长年没同家乡通信，也不知道这个女孩子是否已经出嫁。

银平感到自己尾随町枝来到嫩草坪上随便躺下来，同从前自己在弥生村庄的湖边上，躲在白胡枝子花丛中相比，似乎没有多大的变化。一样的哀伤掠过银平心间。为父亲报仇的事，他已经不再那么认真思考了。纵令杀父的仇人还在世上，现今也已老态龙钟。如果有个很丑的老头子来找银平，忏悔杀人的罪过，他会不会像消除了缠身的魔鬼那样痛快呢？会不会唤回当年两人在那里幽会的那种青春呢？往昔山樱花倒映在弥生村子里的湖面上的情景，如今还清晰地浮现在银平心上。那是一泓平静得连一丝涟漪也没有的、大镜一般的湖水。银平闭上眼睛，想起了母亲的容颜。

这时候，牵着小狗的少女从土堤走了下去，银平睁开眼睛的时候，只见男学生站在土堤上目送她。银平也猛然站起来，目送走下坡道的少女。映在银杏树叶上的夕影浓重起来了。已无过路行人，少女连头也不回。走在前头的小狗，拖着链条，急于回归。少女迈着轻快的小步，太美了。银平心想：明天黄昏，这少女一定还会登这坡道的。他想着想着吹起口哨来，朝着水野站立的方向走去。水野发现了银平，望着他，他也没有停止吹口哨。

“你真快活啊。”银平对水野说。

水野不予理睬。

“我跟你说话哪，你真快活啊。”

水野皱起眉头，望了望银平。

“哎呀，不要挂着一副讨厌我的面孔嘛。在这儿坐下来谈谈吧。如果有人得到幸福，我就羡慕他的幸福。我就是这种人。”

水野背向他正要走开，银平就说：

“喂，别逃跑呀。我不是说坐下来谈谈吗？”

水野转过身来说：

“我才不逃跑呢。我跟你没事可谈。”

“你搞错了，你以为我是想敲竹杠吗？来，请坐下来。”

水野仍站立不动。

“我觉得你的恋人很漂亮。这不行吗？真是美丽的姑娘啊。你太幸福了。”

“那又怎么样？”

“我想同幸福的人谈谈。说实在的，那姑娘实在太漂亮，我尾随她来了。她原来是同你幽会，我大吃一惊。”

水野也惊愕地望了望银平，刚想往对面走去，银平从后面把手搭在他肩上，说：

“来，咱们谈谈吧。”

水野猛推了一下银平。

“浑蛋！”

银平从土堤上滚落下去，倒在下面的柏油马路上，右肩膀异常痛。在柏油马路上盘腿坐了一会儿，用手按着肩膀，站起身来，他爬上土堤，对方已杳无踪影。银平胸部难受，喘着粗气坐了下来，又突然趴下去。

少女回去之后，银平为什么要接近男学生，同他搭话呢？他自己也觉得不可理解。他一边吹口哨一边走去，恐怕是没有恶意的。看样子他是真心实意地想和那学生谈谈少女的美。假如那学生采取诚挚的态度，他可能会把学生还没发现的少女的美告诉对方。可是那学生却表现得令人有点讨厌。

“你真快活啊。”银平贸然冒出这句话，实在是太笨拙了。其实可以说点别的事。尽管如此，却被学生推撞，滚落下去了。他感到自己已无力气，身体着实衰弱。真想痛哭一场啊。他一只手抓住嫩草，另一只手抚摩疼痛的肩膀，桃红色的晚霞朦朦胧胧地映入了眯缝的眼睛。

从明天起，那少女不会再牵着狗出现在这坡道上了吧。不，说不定到明天学生还不能同少女联系上，她明天还可能登上这长满银杏街树的坡道来。可是，学生已经认得自己，自己已不能在这坡道或土堤上了。银平扫视了土堤一圈，也没有找着一处藏身之地。身穿白毛衣、卷起裤边露出红格子的少女的姿影，从银平的脑际迅速地消逝。桃红色的天空，把银平的头都染红了。

“久子，久子。”银平用嗓眼里发出的嘶哑声音，呼唤着玉木久子的名字。

他乘上出租车去同久子会面，不是在霭霭晚霞的时辰，而是在下午三点钟左右。镇上的天空燃烧着淡淡的霞红。透过车窗玻璃，眼前的市镇一片浅蓝的颜色，而从摇下的驾驶席车窗看见的天空颜色不同。银平向司机的肩膀探过身去问道：

“天空是不是呈现一片淡淡的霞红色？”

“是啊。”司机用无所谓的口吻答道。

“是染上了霞红吗？什么原因呢？莫不是我眼睛的关系？”

“不是眼睛的关系。”

银平仍然探着身子，闻到了司机旧工服的气味。

打那以后，银平每次乘出租车，都自然而然地感到眼前是一片淡淡的桃红色世界和淡淡的蓝色世界。透过车窗看到的是浅蓝色。相形之下，从摇下的驾驶席车窗看见的却成了桃红色。他本以为仅此而已，不料实际上天空、市镇房屋的墙壁、马路，连街树的树干也出乎意料地都抹上了桃红色。银平不能相信了。春、秋两季里，一般行车多是关闭客席的车窗，打开驾驶席的窗口。银平的身份不是到哪儿都能乘小汽车的，不过每次乘车，这种感觉总重复出现。

于是，银平形成一种习惯的想法：司机的世界是温暖的桃红色，客人的世界则是冰冷的浅蓝色。客人就是银平本身。当然，通过玻璃的颜色看到的世界，是清明澄澈的。东京的天空或是街道都凝聚着灰尘。也许是浅桃红色的吧。银平常常从座席上探出身子，将双肘支在司机身后的靠背上，凝望着桃红色的世界，混浊空气的温热使他的心情烦躁起来。

“喂，老兄！”银平真想把司机揪住。这可能是要对某种东西反抗或挑战的苗头。假使把司机揪住，他也就快要成为狂人了。银平迫近司机后面，即使露出咄咄逼人的神色，市镇和天空似乎也都是桃红色的，在光天化日之下，不会对司机构成任何威胁。

另外，也没有什么可威胁的吧。银平通过出租汽车窗玻璃的光怪陆离，第一次分辨出淡桃红色的世界和浅蓝色的世界，那是在去见久子的路上。而他向司机的肩膀探过身去，那是见久子的姿势。在这种出租车上，银平总是想起久子。司机的旧工服发出的气味，不久便引来了久子蓝哔叽服的香味，而后无论从哪个司机身上都会感受到久子的气味，即使司机穿上新工服也是一样。

第一次把天空看成桃红色的时候，银平已被学校革职，久子也已转校，两人背人耳目悄悄地幽会。银平担心事情会演变成后来这个样子，曾悄悄对久子说：

"可不能跟恩田谈啊。只有我们两人知道的秘密……"

久子好像是在秘密的场所里，脸颊染红了。

"能够保密，就会感到甜蜜愉快。一旦泄露，就会变成可怕的复仇鬼闹翻了天的。"

久子脸上露出了酒窝，向上翻了翻眼珠，凝视着银平。这是在教室走廊的一头。一个少女跳起抓住靠窗的樱枝，就像抓住单杠悠荡着身体一样，树枝摇晃个不停。透过走廊上的窗玻璃，也是听得见树叶摩挲声的。

"除了两个当事人，恋爱中是绝不能有第三者的。听明白了吗?就说恩田吧，现在已是我们的敌人，成了社会上的耳目之一啦。"

"可是，说不定我会对恩田谈呢。"

"那可不成。"银平害怕地环视四周。

"太痛苦了呀。假使恩田体贴地问我'阿久你怎么啦'，我可能就瞒不了她。"

"干吗要同学体贴呢？"银平加重语气说。

“我一见到恩田，一定会哭出来。昨天我回家，用水洗了洗哭肿的眼睛，可还是不解决问题。夏天冰箱里有冰块可能好用些……”

“别那么漫不经心。”

“我太难受了呀。”

“让我看看你的眼睛。”

久子乖乖地把眼睛移向银平。从眼神来看，与其说她的这双眼睛望着银平，莫如说是让银平看着她这双眼睛。银平感受到久子肌肤的温馨，他沉默不语了。

银平和久子在建立这种关系以前，曾想过向恩田信子探询一下久子家庭的内情。据久子说，她对恩田无所不谈。

然而，银平觉得恩田这个学生有点难以接近，向她打听久子的事，又怕她看透自己的内心活动。恩田的学业成绩优秀，个性也很倔强。有一回上课时间，银平给她们读福泽谕吉[1]的《男女交际论》：

“《川柳》[2]诗句写道，‘走二三百米，夫妇始相伴’。”

下面又是：

“比如夫出外旅行，妻依依惜别；妻病魔缠身，夫亲切看护；公公婆婆就看不惯，是违背公婆之意，此等奇谈世上也并非没有啊。”

1　福泽谕吉（1834—1901），日本思想家、教育家、评论家。

2　由十七个假名组成的诙谐讽刺的短诗。

女学生们听了哄堂大笑，恩田却一笑不笑。

“恩田，你没笑吗？”银平说。

恩田不作答。

“恩田，你不觉得可笑吗？”

“不可笑。”

“自己虽不觉得可笑，但大伙都觉得可笑而笑了，你笑笑不也很好吗？”

“我不愿意。和大家一起笑也未尝不可。但大家笑后，我不跟着笑也可以嘛。”

“诡辩。”银平一本正经的样子，“恩田说不可笑，大伙觉得可笑吗？”

教室里鸦雀无声。

“不可笑吗？这篇东西，福泽谕吉是在明治三十九年写的，战后的今天读了也不觉得可笑，那就成问题啦。”银平接着这么说，话说到中途，突然不怀好意地问道，“话又说回来，有人见过恩田笑吗？”

“见过，我就见过。”

“见过。”

“她常笑的呀。”

学生们你一言我一语地边笑边回答。

银平后来回想，这个恩田信子和玉木久子之所以成为最好的朋友，也许是因为久子也把异常的性格隐蔽起来。久子身上似乎荡漾着一股引诱银平跟踪的魅力，她深藏在内心的情感不是接受了银平的跟踪吗？久子这个女性像霎时触电而战栗一样，醒悟过来。她委身于银平的时候，恐怕是和大多数少女一样吧。连银平也感到一阵战栗。

对银平来说，或许久子是他的第一个女人。他们在那所高中是教师和学生的关系，银平却爱上了久子。他觉得这段日子是以往半生最幸福的时刻。父亲在世时，幼年的银平在农村曾向往过表姐弥生，那无疑是纯洁的初恋，只不过年纪太小了。

银平不能忘记，九岁还是十岁那年，他做了鲷鱼的梦而受到了表扬。故乡的海里，那深黑色的波浪上空，漂浮着一艘飞艇。细看原来是一尾大鲷鱼。鲷鱼是从海里跳跃起来的，而且长时间地飘浮并停留在空中。不止一尾。鲷鱼从一簇又一簇的波浪之间跳跃起来。

“啊，大鲷鱼！”银平喊着醒过来了。

“这是个吉祥的梦，了不起的梦。银平要发迹啦。”人们这样传扬开去。

在那之前几天，银平从弥生那里得到一本画册，里面附有飞艇的画。他没有见过飞艇的实物，但是当时已经有了飞艇。大型飞机发展起来后，如今没有飞艇了吧。银平所做的飞艇和鲷鱼的梦，如今也成了过去。这与其说是做了发迹的梦，不如说是梦卜，有可能是与弥生结婚的梦兆吧。银平并没有发迹。即使没有失去高中国语教师的职务，也是没有希望发迹了。没有像梦中美丽的鲷鱼那样从人潮中跃起的力气，也没有在人头之上的半空飘浮的力量。归根到底，可能是堕入了幽黑的浪底的因果报应。自从和久子燃起鬼火之后，幸福短暂，沦落却很快。正如银平对久子警告过的，她向恩田泄露的秘密，可能变成复仇的魔鬼闹腾起来，恩田的告发毫不留情。

打那次之后，银平决计在教室里尽量不瞧久子一眼。难办的却是不由自主地把视线移到恩田的座位上。银平把恩田叫到校园一角，请求她保守秘密，还威胁过她。然而，恩田对银平的憎恨不是出于正义感，而是出于直觉的强烈的追查罪恶之感。银平就是向她申诉爱情的可贵，她也断然地说：

“老师太不纯洁了。”

“你才不纯洁呢。人家向你坦白了自己的秘密，你却把这个秘密泄露出去，还有比这种事更不纯洁的吗？难道你心上爬满了蛞蝓、蝎子和蜈蚣吗？”

“我没向任何人泄露过啊。”

然而，不多久，恩田给校长和久子的父亲投了信。那是匿名的投信，据说信上署“蜈蚣缄”。

银平终于按久子选择的地点幽会了。久子家在战后买的房子，在过去来说是郊外，不过战前山手的宅邸遭战火洗劫，已是残垣断壁，只留下部分钢筋水泥墙。久子害怕被人发现，喜欢在这样的墙后同银平幽会。现在这屋敷町的废墟，大都修盖了大大小小的屋宇，空地已经不多。一个时期令人生畏的废墟景象或危险也消失了。那地方确实被人们遗忘了。那里杂草丛生，高得足以把他们两人隐藏起来。当时还是女学生的久子，也许认为这里原来是自己的家，从而感到安心。

久子是很难给银平写信的。银平也不能给久子写信，不能往久子家里或学校里打电话，不能托人捎口信，同久子联系的途径几乎都不通了，只好在这块空地的钢筋水泥断壁的内侧，用粉笔写点留言，让久子到这儿来看。约定好写在高墙的下端。野草掩盖，不易被人发现。当然不能写得太复杂，充其量写上希望见面的日子和时间，起一种秘密告示的作用。有时银平也来看久子写下的留言。久子决定了幽会时间，就可以用快信或电报通知银平。而银平则需要早早提前将日子和时间写在墙上，然后等待看到久子写上答应的暗号。久子受到监视，夜间很难出来。

银平在出租汽车里第一次看到桃红色和浅蓝色那天，就是久子找他的日子。久子蹲在近墙的草丛中等待着银平。有一回银平对久子这样说道:“这堵墙的高度不正说明你父亲太残酷无情了吗？墙上还插着玻璃碴儿和钉尖吧。”的确，从周围新建的平房，是窥不见墙这边的。即使修建一户两层洋房，由于新式设计，楼房低矮，从二楼探出身子，庭院的三分之一也遮掩在视野之外。久子了解这一情况，就待在靠墙的地方。门原先是木造的，没被烧毁。这土地不准备出售，大概不会有好奇的人进来。午后三点左右，就可以在此幽会了。

“啊，你刚从学校回来吗？”银平说着一只手搭在久子的头上，然后蹲了下来，靠过去用双手捧住久子苍白的脸。

“老师，没有时间呀。放学回家的时间家里人都掌握了。”

“我知道。”

“我说有《平家物语》的课外讲座，想留下来，可家里不允许。”

“是吗？久等了。脚麻木了吧？”银平把久子抱到膝上。光天化日之下，久子有点腼腆，滑了下来。

“老师，这个……”

“什么？钱？怎么啦？”

“我偷来给您的呀。”久子闪烁着炯炯的目光，“两万七千元呢。”

“是令尊的钱吗？”

“母亲的钱。”

“我不要。马上就会被发觉的。还是放回去吧。”

“发觉的话，点把火将房子烧掉好喽。”

“你又不是蔬菜店的阿七[1]……哪有人为了两万七千元就烧掉值一千多万元的房子呢？”

1　江户时代一蔬菜店老板之女，因躲避火灾逃入寺院，与寺中小和尚相恋，为双宿双飞而火烧寺院，最终被处以火刑。

“这是母亲背着父亲积攒的私房钱，她不会嚷出去的。我也再三考虑才偷出来。既已偷出来又把它放回去，那就更可怕了。一定会全身颤抖，被人发觉的。”

银平收下久子偷来的钱，这不是第一次了。不是银平出谋划策，而是久子自己的主意。

“老师嘛，勉强可以维持生活。我有个学生时代的朋友，他是一家公司经理的秘书，那经理姓有田，这个朋友不时让我为经理撰写讲演稿。”

“有田先生……那人叫有田什么？”

“叫有田音二，是个老人。”

“哎呀，是我这个学校的理事长哪。他……父亲就是拜托有田先生帮我转校的。”

“是吗？”

“原来理事长在学校的讲话稿，也是桃井老师写的啊？我过去不知道呀。”

“人生就是这么回事。”

“是啊。明月一出来，我就想老师大概也在赏月吧；风雨的日子，我就想老师的公寓不知怎么样了。”

“据秘书说，那位有田老人正在为一种奇怪的恐惧症苦恼。秘书拜托我，在讲稿里尽量不要写妻子、结婚一类的话。我觉得在女子高中发表讲话，当然要写上。有田理事长演说中间，恐惧症没有发作吧？”

“没，我没有注意呢。”

“是吗？啊，在众目睽睽之下……”银平独自点了点头。

“所谓恐惧症发作，是什么样的呢？”

“情况各种各样。说不定我们自己也有。我佯装发作给你看看吧。”银平说罢抚摩着久子的胸部，闭上眼睛，故乡的麦田便浮现在脑际。一个女人骑着农家的无鞍马，从麦田对面的道路奔跑过去了。她将一条白手巾围在脖颈上，在前面打了结。

“老师，哪怕勒脖颈也行啊。我不想回家了。”久子温情脉脉地窃窃私语。银平发现自己一只手抓住久子的脖颈，不禁愕然。他把另一只手也搭上去，试着量久子的脖子。银平双手的指尖接触在一起了。他让那包钱滑进久子的胸口。久子马上蜷曲着胸部，后退了一步。

“把钱拿回家吧……这样做，你我都要犯罪的。恩田不是告发我是个罪人吗？据说她的信里这么写道：‘像那样一个阴郁的人，那样一个撒谎的人，以前一定干过许多坏事……’你最近见过恩田吗？”

“没见过。也没来信。那种人我不认识。”

银平沉默了片刻。久子给他铺开一块尼龙包袱皮。这样反而传来了泥土的凉气。四周的草吐出一阵阵清香。

“老师，请您还跟踪我吧。不让我发觉地跟踪我吧。还是在放学回家的时候好了。这回的学校路远了。”

“而且，在那扇豪华的门前面，你装作才发现的样子是吗？然后你在铁门里涨红脸瞪着我是吗？”

“不。我会让您进来的。我家很大，不会被人发现的。我的房间里也有地方可以躲藏起来。”

银平感到欣慰，心情十分激动。这个计划不久便实现了。但是，银平却被久子的家人发现了。

之后岁月流逝，银平离开了久子。被那个可能是牵狗少女恋人的学生从土堤推下来之后，他一边望着桃红色的晚霞，一边情不自禁地呼唤着“久子，久子”，回到公寓里。土堤的高度是银平身高的两倍，肩膀和膝盖都摔得青一块紫一块。

翌日傍晚，银平又不由自主地到银杏树林立的坡道上去看少女。那位纯洁的少女对他的跟踪毫不在意，银平也这样想：自己一点也不想加害她，不是吗？就像悲叹掠空而过的大雁一样，他仿佛是在那里目送光辉年华的流逝。银平是个不知明日命运的人。那少女也不是永远都美。

银平昨天同学生搭话，被学生认识了，他不能在银杏树的坡道上流连徘徊，更不能在学生等待少女的土堤上待下去。耸立着街树的人行道和旧时贵族的宅邸之间有一道沟，银平决定躲在那里面。万一被警官怀疑，就佯装醉酒摔下或者被暴徒推落，呼喊腰腿痛便可以了。佯装醉酒是可以对付过去的，他为了呼出点酒气，喝了少许酒才出门。

昨天就知道沟很深，可下去一看，觉得与其说深不如说宽了。沟两侧是很美观的石崖，沟底也铺上了石子，草从石缝里生长出来，去年的落叶已经腐烂了。如果把身子靠近人行道这边的石崖，径直登上坡道的人大概发现不了。银平躲藏了二三十分钟，连石崖上的石头也想咬上一口。石缝里绽开的紫花地丁，跳入了眼帘。银平蹭行过去，将紫花地丁含在嘴里，用牙齿咬断咽了下去。非常难咽。他使劲强忍住欲滴的泪珠。

昨日的少女，今日又牵着狗在坡道下面出现了。银平张开双手，抓住石头的角，仿佛要被石头吸进去，焦急地抬起头。手颤抖着，只觉得石崖行将倒塌似的，心脏的悸动撞击着石头。

少女上身仍穿着昨天的白毛衣，下身不是裤子，而是换了深红裙子，还穿了双漂亮的鞋子。白色和深红色在街树和嫩绿中浮现，走了过来。从银平的上面通过时，少女的手就在银平眼前。白皙的手从手腕到胳膊显得更加洁白。银平从下面抬头望见了少女洁净的下巴颏，他“啊”地叫了一声，就闭上了眼睛。

“这儿，这儿。”

昨天的学生在土堤上等候。在快到土堤的坡道半路上，从沟底望去，他俩膝盖以上的身躯在青草丛中移动着向土堤而去。银平等少女回家，直到黄昏时分，少女还没打坡道经过。大概是学生同少女谈了昨天那奇怪男子的事，所以她避开这条路了。

而后，银平不知多少回在银杏树林立的坡道上彷徨惆怅，或在土堤的青草地上长时间仰脸躺着。可是，看不见少女。少女的幻影，夜间也把银平诱到这坡道上来。银杏的嫩叶很快变成郁郁葱葱的绿叶。月光把它们的影子洒落在柏油马路上。黑压压地压在头顶的街树威胁着银平。他想起当年在本州西北部的故乡，夜海的黑暗突然使自己感到害怕而跑回家的往事。从沟底传来小猫的叫声。银平驻步，往下看了看。没有看见小猫，却模模糊糊地看见一个箱子。箱子里有什么东西微微在动。

"果然，这倒是个扔猫崽的好地方。"

有人把刚生下来的猫崽整窝放进箱子里扔了，不知道几只。它们悲鸣，挨饿，死去。银平试着把这些猫崽比作自己，特地倾听猫崽的哀鸣。但是那天夜里，少女没有在坡道上出现。

六月初，在报纸上看到这样一条消息：距坡道不远的护城河上将举办捕萤会。那是一条有小船出租的护城河。那少女一定会来参加捕萤会的。银平这样相信。她常常牵着狗散步，她的家肯定就在附近。

母亲老家的湖也是有名的萤火虫产地。自己曾由母亲领着去捕萤火虫，将捕到的萤火虫放在蚊帐里伴睡。弥生也这样干过。隔扇敞开，他和隔壁房间的蚊帐里的弥生比着数谁的萤火虫多。萤火虫飞来飞去，很难数清。

"阿银真狡猾。总是那么狡猾啊。"弥生坐起来挥舞着拳头说。

最后，她开始用拳头敲打蚊帐，蚊帐摇来晃去，停在帐中的萤火虫飞了。可是不起作用，弥生更加焦灼。她每挥舞一次拳头，膝头都蹦跳一下。弥生穿着元禄袖、短下摆的单衣，卷到了膝盖上。于是膝盖仿佛渐渐往前移动，弥生的蚊帐边向银平的方向鼓起，形成了奇妙的形状。弥生恍如罩着蚊帐的妖精。

“现在你那边多了。瞧瞧后面。”银平说。

弥生回过头去。

“当然多呀。”

弥生的蚊帐摇晃着。帐中的萤火虫全部飞起来，萤光点点，看起来确实很多，这是无可争辩的。

银平至今还记得，当时弥生的单衣是大十字碎白道花纹。可是，和银平同一帐中的母亲又怎么样呢？对弥生的闹腾，什么也没说吗？银平的母亲姑且不说，弥生的母亲是跟她一起睡的，也没斥责吗？旁边应该还有弥生的弟弟。除了弥生以外，其他人全想不起来。

近来银平时不时地看见母亲娘家的湖面上夜间闪电的幻影。电光一闪，几乎照遍了整个湖面，而后又消失。闪电过后，湖边飘起了萤火虫。将湖边的萤火虫看作幻影的继续也未尝不可。萤火虫是后想起来的，这点记忆可是不准确。许多时候，夏天闪电过后都有萤火虫，或许出于这种原因，后来才加上萤火虫的幻影吧。就算银平多么富于幻想，也不会将萤火虫的幻影认作在湖上死去的父亲的幽魂。但湖面上夜间闪电消失的瞬间，却叫人不愉快。每次看到幻影的闪电，陆地上又宽又深的水纹丝不动地承受夜空忽地出现的闪光，都让银平强烈地感到自然的灵怪或是时间的悲鸣，因而忐忑不安。闪电照亮了整个湖面，这大概是幻影所为。银平也知道现实中是不存在的。也许他是在想：如果遭到巨大的雷击，苍穹瞬间闪烁的光明会照亮身边世界的一切。宛如他第一次接触怯生生的久子一般。

久子从那之后突然变得大胆起来，银平万分震惊，或许就像遭到雷击。银平被久子诱进她家里，他成功地悄悄溜进了久子的起居室。

"房子果然很大啊。我都不认得回去的路了。"

"我送你走嘛。从窗口出去也成。"

"可是，这是二楼吧。"银平有点畏怯。

"把我的腰带接起来当绳子用嘛。"

"家里没有狗吗？我很讨厌狗。"

"没有狗。"

久子只顾闪烁着目光凝视银平。

"我不能同老师结婚。我希望我们能在一起，能在我的房间里，哪怕一天也好。我讨厌一直待在草丛深处。"

"'草丛深处'，这个词有单纯的草丛间的意思，只是现在使用这个词，一般是指另一个世界、九泉之下的意思啊。"

"哦。"久子心不在焉。

“国语老师的职务都被革去了，何苦谈这些呢……”

但是，有这样的教师，无论怎么说都是不好的。这个社会多可怕啊！银平想象不到女学生的洋房竟这样华美和奢侈。他被它的气势压倒，以致沦为被追赶的罪人。这个银平，同从久子如今的学校门口一直跟踪到家门口来的银平，简直判若两人。当然，久子明明知道却佯装不知道。她已经完全被银平掌握了。虽然这是玩弄阴谋诡计，但却是久子追求的，也是银平乐意的。

“老师。”久子冷不防地握住银平的手说，“现在是晚饭时间，请您等一会儿。”

银平把久子拉到身边亲吻了一下。久子希望长吻，将身体重心都放在银平的胳膊上。银平不得不支撑住久子，这给他多少增添了勇气。

“我去吃饭时，老师，您干什么好呢？”

“唔，你有没有相册？”

“没有呀，我没有相册，也没有日记本，什么都没有。”

久子仰望着银平的眼睛，摇了摇头。

“你也不曾谈过童年时代的回忆啊。”

“那太没意思了。”

久子连嘴唇也没揩揩就走出去，不知她是带着一副什么样的表情同家人共进晚餐的。银平发现墙壁凹陷处帷幔的后面是间小小的盥洗室，他小心翼翼地拧开了水龙头，认真地洗洗手，洗洗脸，然后漱了漱口。似乎还想洗洗那双丑陋的脚，可又觉得脱下袜子，抬脚放在久子洗脸的地方，实在难以做出来。再说即使洗了，脚也不会变得好看，也只能再次看清这双脚的丑陋。

久子如果不为银平做三明治端出来，恐怕家里人还不会发现他们这次私会。她用银盘盛着全套咖啡餐具一起端进来，这未免过于大胆了。

响起连续的敲门声。久子急中生智，倒像责问似的说："是妈妈吗？"

"是啊。"

"我有客人。妈妈，您别开门。"

"是哪位？"

"是老师。"久子用细小而有力的声音断然说。这当儿，银平蓦地站了起来，仿佛沐浴在疯狂的幸福之中。他手中有枪的话，也许会从后面向久子开火，让子弹穿过久子的胸膛，射向门那边的母亲。久子倒在银平这边，母亲倒在对面。久子和母亲隔门相对，两人势必向后面倒下。但是久子就连倒下也做了个漂亮的转身动作，转向银平，抱住他的小腿。从久子的伤口喷出来的血，沿着银平的小腿往下流，濡湿了脚背，脚上发黑的厚皮一下子变得宛如蔷薇的花瓣，漂亮极了，脚心的皱纹舒开，像樱贝一样润泽光滑；脚趾原像猿趾一样长，骨节突出，弯曲干瘪，很快就被久子温热的鲜血冲洗，变得像服装模特儿的脚趾那样，样子好看多了。银平忽然意识到久子温热的血不会那么多，他这才发觉自己的血也从胸膛的伤口喷涌出来。银平神志不清，像被阿弥陀佛驾的五色彩云笼罩住了似的。这种幸福的狂想，也不过是一瞬间。

“拿到学校去的脚气涂剂，里面掺混着久子的血。”

银平听见了久子父亲的话声。他吓了一跳，摆好了架势。原来是幻听，是很长时间的幻听。银平醒悟过来后，满目都是久子面对门扉亭亭玉立的丰姿，他的恐惧也就消失了。门扉外侧，鸦雀无声。银平透过门扉可以看见母亲被女儿瞪得全身颤抖的形象。那是一只被雏鸡啄光了羽毛的赤裸的母鸡。可怜的脚步声从走廊上远去了。久子冒冒失失地走到门前，“咔嚓”一声把门锁上，掉转头来看了看银平。银平依然是一只手紧紧抓住门把手。久子筋疲力尽，把脊背靠在门扉上，眼泪扑簌簌地流下来。

当然，母亲走后，父亲踏着粗暴的脚步声来了。他“嘎嗒嘎嗒”地摇动着门把手。

“喂，开门！久子，开门啊！”

“好了，见见你父亲吧。”银平说。

“不。”

“为什么？只好见见了嘛。”

“我不想让父亲见您。”

“我不会胡来的。我连手枪也没有嘛。”

“我不想让他见您。请您从窗口逃走吧。”

“从窗口……好吧，我的脚就像猿脚。”

“穿鞋可危险啊。”

“我没穿鞋。”

久子从衣橱里取出两三条腰带，把它们连接起来。父亲在门外终于咆哮了。

“就给您开，请等一会儿。我们不会殉情的……”

“说什么？真不像话！”

看样子他遭到了突然袭击，门外一时寂然无声。

久子将从窗口垂吊下去的腰带的一头缠在两只手腕上，一边使劲地支撑住银平的重量，一边淌着泪珠。银平用自己的鼻尖蹭了蹭久子的手指，便顺着腰带轻巧地滑落下去。他本来是打算把嘴唇贴上去，由于正朝下看，结果是鼻尖碰上了。银平本来还想亲吻她的脸颊以表示谢意和告别。可是，久子弯下腰身，将膝盖顶着窗前的墙壁，使劲挺起胸部。待在窗下的银平够不着她的脸颊。银平站到地面时，感激地拉了两次腰带，给她信号。拉第二次时，手上没有反应。腰带在窗户射下来的光线映照之下，滑落下来了。

“啊？给我吗？我就拿走啦。”

银平穿过庭院，边跑边挥动胳膊，腰带利索地缠在一只胳膊上带走。他猛一回头，瞥见久子和似是她父亲的人并排站在他逃脱出来的窗户边上。看起来她父亲也不会扬声呼喊。银平像猿猴般越过饰有蔓藤花样的铁门逃走了。

这个久子，如今大概已经结婚了吧。

打那以后，银平只见过久子一面。他当然经常去久子所说的“草丛深处”——那方旧宅邸的废墟。没有发现久子在草丛中等待，也没有看见久子写在钢筋水泥墙内侧的留言。然而，银平并不死心。就是在积雪的冬天，那儿的草已经枯萎了，他还是不时地前去察看，从没有停止过。可以说，这是一种可怕的力量。当春天的嫩草带着浅绿色重新繁盛起来的时候，银平又能在其中与久子幽会了。

不过，那次是久子和恩田信子两个人。莫非久子打那以后为了找寻银平，也时常到这儿来，只是走岔而没有相遇吗？起初银平也很激动，后来他从久子惊愕的表情中明白了，她全然不是在等候自己，而是在这里同恩田相会。在昔日的秘密地点，同那个告密者恩田相会，究竟为什么呢？银平又不能轻率地张嘴探问。

恩田像要压住久子呼喊“老师”似的，使劲喊了同样的一声：“老师。”

“玉木，你还同这样的人打交道吗？”银平低头望着恩田的头，用下巴颏指了指。两个少女坐在一块尼龙包袱皮上。

“桃井老师，今天是久子的毕业典礼哪。”恩田抬头瞪了银平一眼，用类似宣言的口吻说。

"啊，毕业典礼……是吗？"银平不觉附和了一声。

"老师，从那以后，我一天也没上过学校。"久子诉说。

"哦，是吗？"

银平突然感到胸口一阵颤动。也许是顾忌仇敌恩田，也许是暴露出教师的本性，他不由自主地说：

"不上学也能毕业啊。"

"有理事长打招呼，当然能毕业啰。"恩田回答。这对久子来说，不知是好意还是恶意。

"恩田，你是个高才生，我请你住口！"银平又向久子问道："理事长在毕业典礼上致贺词了吗？"

"致贺词了。"

"我已经不给有田老人写演说稿了。今天的贺词，同以前的风格不同吗？"

"很简短。"

"你们两人在说些什么呢？你们两人的关系不见得没话可说的吧？"恩田说。

"如果你不在，积压在我们心头的话，倾吐也倾吐不尽呢。但是我再也不敢让奸细听见，吃那份苦头了。你有话对玉木说，就快点说完吧。"

"我不是奸细。只不过想从不纯洁的人手中保护玉木罢了。多亏我的信，玉木才可以转校，她虽然没有上学，却能免遭老师的毒害。我认为玉木是个很值得爱护的人。不管老师怎样惩罚我，我都要同您斗争。玉木你憎恨老师吧？”

“好，瞧我治治你，不快点逃跑可危险啊。”

“我不离开玉木。我是来这里和玉木碰头的。请老师回去吧。”

“你在充当监督侍女吗？”

“没人委托我那样做。那是肮脏的想法。”恩田扭脸不理睬了。

“久子，咱们回去吧。你就满怀怨恨和愤怒，与这个肮脏的人诀别吧。”恩田冲久子说。

“喂，我讲过了，我还有话同玉木说，还没把话说完呢。你走吧。”银平轻蔑地摸了摸恩田的头顶。

“肮脏。”恩田摇了摇头。

“对了，什么时候洗头的？不要太臭太脏的时候才洗哟。要不就没有男人抚摩哪。”银平冲着令人气愤的恩田说，“喂，还不走？我是不在乎拳打脚踢女人的。我是个无赖汉哟。”

“我这姑娘遭拳打脚踢也无所谓。”

“好。”银平刚要动手拽住恩田的手腕，回头对着久子说：“可以揍吧？”

久子用眼睛示意，像是赞同。银平就势把恩田拖走了。

“讨厌，讨厌，你要干什么？！”

恩田拼命挣扎，企图咬银平的手。

“哎呀，你想亲肮脏男人的手吗？”

“我要咬！”恩田叫喊，却没有咬。

从焚毁的大门遗迹走上大街，由于有人，恩田挺直了身子走。银平紧攥住她的一只手不放，叫住了一辆空车。

“这是出走的姑娘。拜托了，她家里人在大森站前等着她，赶紧把她送去。”银平胡诌了一通之后，把恩田抱起似的推到车厢里，然后从兜里掏出一张千元纸币扔到驾驶座。车子奔驰而去。

银平返回墙壁内侧，看见久子依然坐在包袱皮上。

“我把她当作出走的姑娘，推进了出租车，让司机把她送到大森去，花了一千元。”

“恩田为了报仇，又会给我家里写信的。”

“她比蜈蚣还毒！”

“不过，也许不写。恩田想上大学，她也劝我来着。她好像要当我的家庭教师，让我父亲给她出学费。恩田家经济状况不好……”

“你们在这儿会面，就是谈这件事吗？”

“是啊。过年的时候，她给我来过几次信，说是想见见我。可我不愿意让她到我家里来，我就回信说我能出席毕业典礼。恩田也就在校门口等我了。不过，我也是想到这儿来一次。”

“打那以后，我不知道到这儿来过多少次了。就是在积雪的日子里也……”

久子现出可爱的酒窝，点了点头。乍看这少女，谁都想不到她同银平会发生那种事情。就是从银平身上，谁能看出他有什么“毒辣手段”的痕迹呢。

久子说:“我在想，老师会不会来呢。”

“即使街上的雪都融化了，这里的雪还是残存着的。墙壁很高……看样子把马路上的雪都耙到这里来了。门里都堆成雪山了。对我来说，那像是我们两人爱的障碍。我总觉得在那雪堆下掩埋了婴儿。”最后银平说了一通奇怪的胡话，猛然恍悟，缄口不语了。久子用明亮的目光望着他，点了点头。银平慌忙改变了话题。

“这么说，你打算同恩田上大学喽……学什么专业呢？”

“没意思，女孩子上什么大学……”久子若无其事地回答。

“那时候的腰带，我还珍藏着呢。你是给我留作纪念的吧？”

“一松口气，就离手了。”这话也是若无其事地说出来的。

“受到令尊的严厉斥责了？”

“他不让我单独外出。”

“我不知道你连学校也不去了。早知这样，我趁黑夜从窗口偷偷进去就好啰。”

“有时，半夜里我也从那个窗口望着庭院。”久子说。

久子被禁闭的日子里，似乎恢复了少女的纯洁。银平悲叹自己似乎丧失了理解和掌握这个少女的心理活动的灵感。没有说话的兴头和机会。不过，银平即使坐在刚才恩田坐过的包袱皮的一端，久子也不躲避。久子身穿崭新的蓝色连衣裙，领子上饰有花边，华丽极了。可能是为了参加毕业典礼吧。也许银平看了也不会晓得，她已化过近来时兴的巧妙得不着痕迹的妆容了。她身上飘溢着一股淡淡的香气。银平把手轻轻地搭在久子肩上。

“走吧，两人逃到远方去吧。到那寂静的湖边去怎么样？”

“老师，我已下决心不再见您了。今天能在这儿见面，我也感到很高兴，但这是最后一次。”久子不是用摈弃的口吻，而是以平静的倾诉的语气说，“非见老师不可的话，我会不顾一切去找老师的。”

“我将沦落到社会的底层啊。”

“哪怕老师在上野的地下通道，我也会去的。”

“现在就去吧。”

“我现在不去。”

“为什么？”

“老师，我受伤了，还没康复。我恢复元气之后，还迷恋老师的话，我会去的。”

“噢……”

银平顿时全身上下都麻木了。

“我完全明白了。你最好还是不要到我的世界来。被我拉出来的人，会被封锁在深渊的。要不就可怕喽。我和你来自不同的世界，我将终生向往你，回忆你，感谢你。”

“我若能把老师的事忘掉，我就忘掉。”

“对，这就行了。”银平加重语气说，心头一阵悲痛，“不过，今天……”他的声音有些颤抖。

出乎意料，久子点了点头。

在车子里，久子也是沉默不语。转眼间，她泰然自若的脸微微泛起了红潮，紧紧地闭合眼帘。

“你睁眼看看，有恶魔。”

久子睁开了大而美的眼睛，却不像是在看恶魔。

“真寂寞啊！”银平说着，吻了吻久子的眼睫毛。

“还记得吗？”

“记得。”

久子平淡的耳语，拍击着银平的耳膜。

此后银平再没见到久子。他曾不知多少回在那废墟上流连徘徊。不知从什么时候起，大门围起了一道板墙。杂草被除净，土地被平整，一年半两年之后，开始大兴土木了。这小户人家，不像是久子父亲的宅邸。是卖给谁了吧。银平一边听着木匠美妙的刨木板声，一边闭上眼睛伫立在那里。

“再见！”银平向远方的久子说，心想：但愿和久子在这里的那段回忆，能给新建住户的人家带来幸福就好了。刨声就那样在银平脑中旋荡，他心情无限愉悦。

银平以为已将这座房子卖给了别人，也就再没到这“草丛深处”来了。其实，银平哪儿知道久子已经结婚，并且迁到这个新居来了呢。

银平相信，他的“那个少女”，一定会来有小船出租的护城河参加捕萤会。这是多么可怕的信念，它促成了第三次邂逅。

捕萤会连续举办五天。一个晚上，银平果然盼来了町枝。一连几天，银平都来过了。报上刊登这次捕萤会的消息是在开始两天以后，如果说少女也是受晚报的诱导前来的话，那银平的预感就不是那么准确了。他把那张晚报揣在兜里，走出家门，心里早已装满了见少女时的那份心思。似乎没有什么语言可以表现少女那双眼角细长的眼睛，银平用双手的拇指和食指，在自己的眼睛上方，描画漂亮小鱼的生动形状，一边反复做着动作一边行进。他听见了天上的舞曲。

“来世我也要变成一个年轻人，有一双美丽的脚。你像现在这样就成了。让我们两人跳支白色芭蕾舞吧。”他自言自语地说出了憧憬。少女的衣裳是古典芭蕾的洁白。衣裳下摆展开，飘了起来。

“人世间怎么会有这么美丽的少女啊！只有在美满的家庭里才能养育出那样的少女。那样迷人的美貌也只能维持到十六七岁吧。”

银平觉得那少女迷人的时间是短暂的。现在的少女们那含苞待放的蓓蕾吐出高雅的清香，沾染上了学生的傲气。那少女的美，是被什么东西洗得如此洁净，又为了什么从内在发出了光亮呢？

小船码头也贴出了“八点开始放萤火虫”的告示。东京的六月，七时半天才擦黑。日落之前银平在护城河的桥上来回踱步。

“乘小船的客人请拿号等候。”不断传来扩音器的叫唤声。捕萤会生意兴隆，不免令人感到这是出租小船的铺子招徕客人的一招。因为还没有放萤火虫，桥上的人们只好呆呆地看看上下船的人，望望水上的行舟。银平在等候一位少女，只有他是生气勃勃的，小船和人群都没跳入他的眼帘。

银平还曾到过银杏树林立的坡道两趟。他考虑是不是再去那沟道里躲起来，可又回忆起前次躲藏的情形，便把手搭在石崖上，蹲了下来。捕萤的傍晚，这条坡道上也有行人来往。一听见脚步声，银平赶紧走下坡道。脚步声一阵接一阵，他没有回头。

来到坡道下面的十字路口，眺望熙熙攘攘的捕萤会，只见桥对面的街灯已把低矮的天空照得通亮，汽车的前灯也在马路上摇曳。噢，快能见到她了。银平格外兴奋。不知为什么，他没拐到护城河那边，一直走过桥到了对面。那边就是屋敷町。追赶银平而来的脚步声，当然拐向了捕萤会那边。但是，那脚步声好像是在银平的脊背上贴了一张黑纸，银平将胳膊绕到身后。墨黑的纸上，标着一个红色的箭头。箭头指示着捕萤会的方向。银平心焦如焚，竭力想拿掉脊背上的纸，可手够不着。胳膊疼痛，关节嘎嘎地响。

“你不能到背上的箭头所指的方向是吗？我替你把箭头取下来吧。”

传来了女人的温柔声音。银平扭回头，后面没有谁跟来。只有从屋敷町到捕萤会去的人群冲着他来了。原来是女广播员的声音。银平刚才听见的话声，不是女广播员的声音，而是广播剧的道白。

“谢谢。”银平向梦幻中的声音招了招手，轻轻松松地走了。他思忖着：不知为什么，人总有短暂的一瞬是会被宽恕的。

桥头有出售萤火虫的铺子。一只五元，一笼四十元。护城河上还没飞起萤火虫。银平走到桥中央，好不容易才发觉在水中稍高的望楼上有一个很大的萤火虫笼子。

“撒，撒，快点撒！”

孩子们不住地叫喊。他们知道从望楼上撒萤火虫，意味着捕萤会要开始。

两三个汉子登上了望楼。一队队小船泊在望楼的边上，围上了好几层。船上有的人手拿捕虫网和竹竿。桥上和岸上的人群，也有人手拿网和小竹。把柄相当地长。

过桥的地方也可以看见有人卖萤火虫。

“对面的是冈山产，这边是甲州产。对面的是小萤火虫，小得很哩。品种完全不同啊。”

银平听见这话便靠近看了看。这边的萤火虫一只十元，是对面的一倍价钱；一笼装七只，一百元。

“我要大的，请装上十只。”银平说着，交了两百元。

“都是大的，七只以外，再要十只？”

卖萤火虫的汉子把胳膊伸进一个大棉布袋里，从湿漉漉的口袋里，闪出了萤火虫微弱的光。汉子一次抓出一两只，放进筒形的笼子里。笼子很小，银平觉得没有装足十七只，他一只手放在头上遮着光，卖萤火虫的汉子呼呼地吹了吹。笼子里的萤火虫都放出光来，汉子的唾沫飞溅到银平脸上了。

“不再放十只？太冷清了。”

卖萤人又放进了十只。这时孩子们扬起一阵欢呼声。银平溅了一身水花。从望楼上朝天空撒放的萤火虫，像行将熄灭的焰火，无力地掉落下来。有的萤火虫快落到水面又勉强挣扎着向旁边飞去，被船上的客人用网和小竹捉住了。萤火虫加起来大概不足十只。为了争夺这些萤火虫，网、小竹都浸上水，闹腾了一阵子。他们一挥舞先前濡湿了的小竹子，水星就飞溅到岸上的人身上。

“今年气候寒冷，萤火虫不怎么飞啦。”有人这么说。看样子这是每年的文娱活动。

人们以为又要继续撒放，却不是。

“九点以前，还要放一次萤火虫。”对岸的小船码头前传来广播声。望楼上的两三个汉子一动不动。参观的人群静悄悄地等待。还传来了划桨声。

“早点撒放不好吗？”

“不放哪。一撒放不就完了吗？”

大人们在纷纷议论。银平拎着装有二十七只萤火虫的萤笼。他手头上已有足够的萤火虫。为了避开水星飞溅，他从水边退到后面，倚靠在警察岗亭前的树上。离开了人墙，更容易观察桥上的动静。岗亭的年轻警察挂着一副和蔼可亲的脸，几乎全神地向着护城河那边。银平站在他身旁，油然生起一种奇妙的安心感。站在这儿是不会把那少女错过的。

过不多久，望楼上又继续撒放萤火虫。说是继续，不过是那汉子一把抓了十来只抛下罢了。许是有点难捉，许是掌握了良机，群众喧腾的浪潮一浪高似一浪，再次掀起了高潮。银平也和警察一样并不悠闲。许多萤火虫呈垂柳形飘落下来，一般飞不很远。有的却稀罕地飞远了，也有的朝桥这边飞来。桥上的男女老少自然团团围在望楼一侧的栏杆边上。银平在他们后头边走边找少女。不少孩子站在栏杆之外，手拿捕虫网伺机而动。真佩服他们不掉落下去。

人们靠拢过来，围成一团，一片骚动。大家都想扑住萤火虫。萤火虫就这样优哉游哉地飞走了吗？银平又回忆起了在母亲老家的湖上看到的萤火虫。

“喂，落在你的头发上啦。”

桥上的男人冲着望楼下的小船呼喊了一声。萤火虫落在姑娘的头发上，姑娘并没有意识到是在呼喊自己。同船的男子把这只萤火虫抓住了。

银平发现了那个少女。

少女把两只胳膊搭在桥栏杆上，俯视着护城河。她身穿白棉布连衣裙。少女的背后也是人山人海，银平只能从人缝间窥见少女的肩膀和半边脸。但他不会看错。他后退了两三步，然后缓慢地悄悄靠近她。少女被飞舞着萤火虫的望楼吸引住，没顾得回过头来。

她恐怕不是一个人来的吧。银平的视线落在少女左边的青年身上，顿时感到被人捅了一下胸口似的。不是那个在土堤上等待牵狗的少女、把银平从土堤上推下来的男学生，而是另一个男人，只需从背影就可以判断出来。他穿着白衬衫，没戴帽子，也没穿外衣，也是学生的模样。

“打那以后，只过了两个月。”银平觉得少女恋心变化之快，如同践踏了鲜花一样，感到震惊不已。少女的恋心，比起银平对少女的向往，不是太无常了吗？虽说两人同来观赏捕萤未必就是情侣，不过银平感到，她同那位恋人之间似是发生了什么情况。

银平钻进少女身边第二个人和第三个人之间，抓住了栏杆，侧耳静听。又放萤火虫了。

“我想抓一只萤火虫给水野。”少女说。

“萤火虫嘛，都带着郁闷的气氛，带去探病不好吧？”学生说。

“睡不着的时候看看，总是好的吧。”

“会使他感到寂寞的。”

两个月前见到的那个学生生病了吗？银平领会了。他担心把脸探出栏杆会被少女发现，所以决计在稍许靠后的地方，凝望着少女的侧脸。少女稍高的束发，从发结往前梳理得油光水滑，实在艳美。这比起在银杏树林立的坡道上那副打扮来，更加自然，落落大方。

桥上没有燃灯，一片昏暗。伴随少女的学生，比先前的学生显得更加纤弱。他们肯定是朋友。

“这次去探病，你打算谈捕萤的情景吗？”

“今晚的情景？……”学生反问自己，“我一去，能够谈町枝的情况，水野一定很高兴。如果谈到两人去参加捕萤活动，水野大概会想象满天飞萤吧。”

“我还是想给他萤火虫啊。”

学生没有回答。

“我不能去探望他，心里着实难过。水木，一定要把我的情况详详细细地跟他谈。”

“我平时也跟他谈了，水野也都知道的。”

“水木，你姐姐邀请我欣赏上野夜樱的时候，曾经对我说过‘町枝很幸福’，可是我不幸福啊。”

“假如听说町枝不幸福，我姐姐会吓一跳的。”

“我吓唬吓唬她怎么样……”

“唔。”

学生扑哧笑了，仿佛要避开对方的话头。

“打那以后，我也没见过姐姐。你最好还是让她觉得有的人天生就是幸福。”

银平看清了，这个姓水木的学生也是向往町枝的。同时他预感到即使那个姓水野的学生病愈，他同町枝的爱也会破裂。

银平离开栏杆，悄悄地走到町枝的背后。棉布连衣裙似乎厚了些。银平神不知鬼不觉地把钥匙形状的萤笼铁丝挂在町枝的腰带上。町枝没有察觉。银平一直走到桥的尽头，停住脚步，回头望了望挂在町枝腰间的微微发亮的萤笼。

少女不觉间发现腰带上挂着萤笼，她会怎么样呢？银平很想折回到桥中央混在人群里窥视一下。这又不是用剃刀去割少女腰身的罪犯，本来是没什么可怕的。可是他的脚却从桥上向后移动。由于这个少女的关系，现在银平发现自己的感情非常脆弱。也许不是发现，而是重见了感情脆弱的自己。他赞同这种自我辩护，无精打采地朝着与桥相反的银杏树林立的坡道走去。

“啊，大萤火虫。”

银平仰望星空，心想把萤火虫看作星星也不奇怪，反而满怀激动的心情，再次脱口说了声：

“大萤火虫。”

开始听见雨点打在银杏树叶上的声音。雨滴非常大，非常稀疏。雨声像是一半化成水落下的冰雹声，又像是从房檐落下的雨滴声。是不可能下到平地上的雨，是落在某个高原的阔叶树上，在野营之夜也清晰可闻的雨。尽管在高原上，当作夜露的降落声则是过密了。银平不记得曾登过高山，也不曾记得在高原上野营过，从哪儿来的幻听呢？当然，那是来自母亲老家的湖边吧。

“那个村庄算不上是高原。这种雨声，现在才第一次听到。”

“不，这种雨声确实是在什么时候听见过。也许是在深山老林里——欲止的雨声。积存在树叶上的雨滴声，比从天上降下的雨声更多更密。”

“弥生，被这种雨淋湿，可冷啦。”

“唔，町枝这个少女的恋人，也许是到高原去野营，被这种雨打湿才生病的。由于那个姓水野的学生的诅咒，才在这银杏树上听到声音。”

银平自问自答。听着没有落下的雨声，任凭想象自由驰骋。

今天在桥上，银平知道了那少女的名字。倘使昨天，町枝或银平中一个人故去了，就无从知道她的名字了。光是知道“町枝”这个名字，也算是了不起的缘分。那么，银平为何要远离町枝所在的桥，去攀登明知町枝不在的坡道呢？前往捕萤会的护城河途中，银平曾不由自主地两次来到这条坡道上。见到町枝之后，他觉得町枝一定会走这条坡道的。留在桥上的少女，她的幻影正在这些银杏树下移动着。她拎着萤笼去探望病中的恋人。

银平只想试试这样做，除此别无目的。他把萤笼挂在少女的腰带上，恍如在少女的身上燃烧自己的心。事后来看，可以认为这是银平感伤的表现，也可能是少女很想把萤火虫送给病人，银平这才悄悄将萤笼送给她的。

梦幻的少女在白色连衣裙的腰带上挂着萤笼，攀登着银杏树林立的坡道，去探望病中的恋人，梦幻的雨打在梦幻的少女身上……

“唔，就是作为幽灵，也是平平凡凡的。”银平这样自我嘲笑。不过，如果町枝如今同那个姓水木的学生在桥上，那么也应该同银平在这条黑暗的坡道上。

银平撞在土堤上了。他刚要登上土堤，一只脚抽筋，他抓住了青草。青草有点潮湿。另一只脚没那么疼痛，他还是爬上去了。

“喂。”银平喊了一声，站起身来。一个婴儿从银平爬过的地方的背面学着他也在爬行，像是在镜面上爬，银平像是在同土地背面的婴儿合掌一样。这是冰冷的死人的手掌。银平慌了神，回想起了某温泉浴场的一家妓院，澡盆底变成了一面镜子。银平爬到土堤尽头。这里就是町枝的恋人水野喊了声“浑蛋”，一拳把他打翻在地，从土堤滚落下去的地方，那天正是他第一次跟踪町枝。

町枝在土堤上对水野说过，她看见了庆祝“五一”劳动节的红旗队伍从对面的电车道上通过。银平留神望着一辆都营的电车从那条电车道上缓缓行驶过去。黑夜中车窗透射出来的光线，把街树的繁枝茂叶映得摇摇曳曳。银平继续直勾勾地盯着。土堤上也没有梦幻的雨声。

银平大喊一声“浑蛋”，就从土堤上滚落下来。翻滚得不甚高明，掉落在柏油马路上，一只手还抓着土堤的青草。他爬起来，闻了闻那只手的味儿，从土堤下面的道路走远了。银平觉得仿佛有个婴儿在土堤的泥土里跟着他走动。

银平的孩子岂止下落不明，而且生死不详，这是他人生不安的原因之一。银平相信，假使孩子活着，有朝一日肯定会偶然相遇的。但是，那究竟是自己的孩子，还是别的男人的孩子呢？他也不大清楚。

银平学生时代，一天傍晚，在住宿的那户人家门口，发现了一个弃儿，附有一封信，上面写着“这是银平先生的孩子”。这家主妇吵嚷了好一阵子，银平不惊慌，也不羞愧。一个受命运迫使行将奔赴战场的学生，怎能无缘无故地捡个弃儿来抚养，何况对方又是娼妓呢。

“纯粹是恶作剧啊，大婶。我跑了，这是有意报复。”

“她怀了孩子，桃井先生逃跑了？”

“不，不是的。”

“那么逃什么呢？”

银平没有回答。

“把婴儿退回去就成了。”他低头看了看主妇抱在膝上的婴儿，“请先放在你处。我把那个同谋者叫来。”

“同谋者？什么同谋者？桃井先生，不是想把婴儿撂下就逃走吧？”

“我讨厌一个人去还孩子。”

“哦？”主妇带着怀疑的神情，一直跟随银平到了正门。

银平把老朋友西村诱了出来。但是婴儿还是由银平带着。这是无可奈何，因为弃婴的人是他的相好。银平把婴儿抱在大衣里，下面扣上了扣子，鼓鼓囊囊的。在电车上，婴儿当然号啕大哭。乘客们对这位大学生奇妙的模样，倒是报以好意的微笑。银平做了个怪相，腼腆地笑了笑，然后让婴儿的头从衣领中露出来。这时候他只好低下头，万般无奈地继续盯着婴儿的脸。

东京已经遭到第一次大空袭，那是在大火洗劫商业区之后的事。不是在鳞次栉比的妓院街，而是在小胡同人家的后门，所以银平他们没被发现，把婴儿扔下后，就轻快地逃走了。

银平和西村曾有一起谋划从这家溜之大吉的经历。战争期间强迫义务劳动，学生也备有胶皮底袜子和帆布运动鞋一类的破烂鞋袜。他们是扔下了这些东西，从妓院里逃出来的。他们没钱没财，逃跑倒是很轻快。仿佛是从自己的耻辱中逃脱出来一般。每当遇到那些费鞋子的繁重劳动，在最繁忙的时候，银平和西村会意味深长地互使眼色。

回想扔掉那些破鞋烂袜的场所，是他们最低限度的乐趣。

即使逃走，娼妇的传票又来了，不仅仅是催促还钱。不久，银平他们就要去打仗，前途渺茫，没有必要隐瞒地址和姓名了。学生上战场，学生们是英雄。公娼和被许可的私娼被大量征用或义务献身。银平玩弄的大概是暗娼一类货色。娼妓的纪律也比较松散，恐怕充斥着不正常的人情关系。银平他们根本不考虑相好的事，也许是因为害怕战争期间的严厉惩罚，又或是因为她们是自己在正常情况下瞧不起的人。银平他们甚至堕落到自以为溜之大吉也会被相好当作年轻的冒险，被对方宽恕。逃了三四次，最后干脆逃之夭夭，这也是干此等事的一种风习。

连婴儿也被随便弃在小胡同人家的门口，最后的逃走也就再增加了一项。时值三月中旬，第二天晌午下的雪，夜间就积厚了。人们不至于让弃婴冻死在小胡同的犄角里。

“还好是昨晚呀。”

“还好是昨晚。”

为了谈这件事，银平踏雪走到了西村的寓所。妓院杳无音信。婴儿去向不明。

最后一次轻快地逃走后，有七八个月没去过小胡同的那户人家，丢弃婴儿时那儿是否依然是妓院呢？银平带着这种疑惑走上战场。就算那家依然是妓院，银平的相好，也就是婴儿的母亲，她是否仍在那家呢？暗娼怀孕直到生产之前，难道还一直住在那家妓院里吗？生孩子势必打乱娼妇的生活秩序，在充满着不正常的人情关系，以及混杂着异常的紧张和麻木的日子里，妓院不见得不照顾产妇的生活吧。唉，看样子是没照顾。

被银平抛弃了，那孩子才真正成了弃儿，不是吗？

西村阵亡了。银平活着回来，竟能当上学校的老师。

他在当年的妓院街的废墟上转累了。

“喂，别恶作剧了。”银平大声自语，自己也呆住了。却原来是自己对那娼妇说话。娼妇扔的既不是自己的孩子，也不是银平的孩子，而是借了伙伴不要的婴儿，扔在银平寓所的门口。好像是当场被发现，追上去抓住了。

“如今我又不能问问西村‘那孩子像我吗’，他现在已不在人间了。”银平还自言自语地说。

那婴儿明明是个女孩子，然而这个使银平苦恼的孩子的幻影，却莫名其妙地性别不明，而且大概是已经死了。当银平清醒的时候，不知怎的，他总觉得这个孩子还活着。

幼小的孩子用圆胖的小拳头使劲敲打银平的额头。做父亲的低下头来让孩子一直敲打。银平觉得有过这么一回事，可这是什么时候的事呢？这也是银平的梦幻，而不是现实。假使孩子还活着，如今已不是那样幼小了。今后也不可能再有这种事了。

捕萤那天夜里，银平从土堤下的路上步行而去。那个从土堤的土里钻出来的跟随着他的孩子，还是个婴儿，而且性别不明。他意识到婴儿再怎么说，也有男女之分，可这孩子却不清楚，好像是个脸上没有眼、鼻、口的怪物。

“是女孩，是女孩。”银平一边喃喃自语一边小跑，到了商店鳞次栉比的明亮的街上。

“烟，给我一包烟。”

银平在拐角第二间铺子门前，气喘吁吁地喊道。一个白发苍苍的老太婆走了出来。老太婆性别清楚。银平叹了口气。但是，町枝早已消失在远方了。不知为什么，要追忆起这个人世间还有这样一位少女，似乎还需费一番努力。

银平变得空荡荡、轻飘飘，阔别的故乡又浮现在他的眼前。他忆起的，不是暴死的父亲，而是美貌的母亲。但是父亲的丑，远比母亲的美更清晰地刻印在心间。就像自己那双丑陋的脚，远比弥生那双漂亮的脚更容易显现出来一样。

在湖边，弥生要采集野生的山茱萸的红果，被小刺扎伤了小指头，出血的时候，弥生边吸吮小指的血，边向上翻弄着眼睛，凝望着银平说：

“银平，为什么不给我摘呢？你那双像猿猴的脚丫，跟你父亲的长得一模一样哩，不是我们家的血统呀。”

银平气疯了，恨不得将弥生的脚插进刺丛中，但他却没去触动她的脚，露出牙齿来要去咬她的手腕。

“哎哟，一张猿猴的脸呀。嘻嘻……”弥生也露出了牙齿。

从土堤的泥土中钻出来的婴儿，跟着银平走来，这肯定是银平的脚像兽类般丑陋的缘故。

银平没研究过那个弃儿的脚。因为他压根儿就不认为那孩子是他的。他自谑自嘲：一旦察看，脚形相似，这不就足以证明那是自己的孩子吗？婴儿的脚尚未踏上这个社会，还很柔软，很可爱，不是吗？西方宗教画里的神周围飞着的安琪儿们的脚，就是那样的脚。踩上了这个人间的泥沼、荒岩和针山之后，就自然变成了银平这样一双脚。

“如果是幽灵，那孩子就不会有脚啦。”银平喃喃自语。据说幽灵没有脚，这是谁看见过的形象呢？他从前有这种想法的伙伴很多。而说到他本人的脚，也许已经不再踩在这世间的土地上了。

银平在灯光璀璨的街上彷徨，将一只手掌朝上握成圆形，要接受从天上掉下来的宝物似的。这个世界上，最美丽的山，不是郁郁葱葱的高山，而是被火山岩和火山灰弄荒芜了的高山。在晨曦和夕阳的辉映下，色彩斑斓，可谓万紫千红，同朝霞和夕照的天色变化别无二致。银平必须背叛那个憧憬町枝的自己。

“老师纵使在上野的地下通道，我也会去的。”银平想起久子这像是预言式的爱的宣誓，又像是别离的宣言。银平出现在上野，心想现在那个地下通道不知怎么样了。

连这里也荒凉了，或者说幽静了。这些流浪者大概是常住在通道里，彼此认识，他们在一侧排成一列，有的横躺，有的蹲坐；有的像是以捡纸屑那种背篓做枕头，有的铺上装炭的空草包或席子。看来有大包袱皮的人算是好的了。这是昔日常见的流浪者的形象。过路人对他们毫不关心，眼睛朝上，连看也不看一眼，也没有发觉自己才是被人看的一方。现在就开始睡觉，真是早觉，令人羡慕啊。有一对年轻夫妇，女的枕在男的膝上，男的趴在女的背上，安稳地睡着了。夫妻双双团成一团的睡姿，即使在夜间的火车上，恐怕也难能模仿得那样自然。活像一对小鸟，一只把头伸进另一只的羽毛里酣睡似的。他们的年龄在三十岁光景吧。这一带夫妇成双搭伴是少见的。银平站定凝望着他们。

一阵地下的潮气，夹杂着烤鸡肉串和关东煮的味道。银平钻进一家食铺的门帘，恍如下到了钢筋水泥的洞穴，呷了两三盅烧酒。他看见身后有个穿花裙的人钻进门帘来，是个男娼。

一碰面，男娼什么话也没说，便送了个秋波。银平逃走了。并不是轻快的。

银平窥视了一下地面上的候车室，这里也笼罩着流浪者的气味。站务员站在入口处。

“请出示车票。”银平挨了一句。连进候车室也要车票，这简直是少见。候车室的墙壁外侧，有一群人像是流浪者，有的呆立，有的蹲靠在那里。

银平走出车站，一边考虑男娼的性别问题，一边误入了小胡同，遇上一个脚蹬长筒胶靴的女人。她上身穿一件微脏的白衬衫，下身是褪了色的黑裤，半男装打扮。在洗缩了的衬衫上，看不到丰满的胸脯。一张萎黄的脸晒得黝黑，没有化妆。银平转过头去，擦肩而过时女子就注意他了，她有意靠近银平，尾随银平。有跟踪女子经验的银平，脑后长了眼睛似的，一有人尾随就知道了。他脑后的眼睛熠熠生辉。但是，这女子为什么要尾随他呢？他脑后的眼睛也无从分辨。

银平第一次跟踪玉木久子，从铁门前逃出，来到附近的繁华街时，野鸡女郎说“并不是跟踪而来”，其实表明了跟踪的事实。现在这女子，从风采来看不是个娼妇。长筒胶靴还沾上了泥泞。那些泥泞也不是湿的，像是几天前沾上，至今也还没有洗净。长筒胶靴也摩擦得发白，有点旧了。天并没有下雨，却蹬着长筒胶靴在上野周围漫步，这样的女子究竟是什么玩意儿呢？她的脚是残废了，还是长得难看呢？她穿裤子也是为了这个缘故吗？

银平眼前浮现出自己那双丑陋的脚，接着想到女子难看的脚也尾随而来，就戛然止住脚步，打算把那女子让过去。但是那女子也停住了脚步。双方的目光相遇，都像是要探问对方什么似的。

“您找我有什么事吗？”女子首先开口问道。

“这句话是应该由我来问的呀。你是不是跟踪我来的呢？”

“是你给我使眼色的嘛。”

“是你给我使了眼色。”银平边说边回想刚才同女子擦肩而过时，自己是不是给了她什么暗号呢。他认为她确实是有意尾随的。

“在女人中，你的打扮有点特别，所以我只是瞧了瞧。”

“没有什么特别的嘛。”

“你是什么人，被人使眼色就尾随来了吗？”

“因为你值得我注意呀。”

“你是什么人？”

“什么也不是。”

“有什么目的吧？你跟踪我……”

“我不是跟踪你。噢，我是想跟来看看。”

“唔。”银平再次把她上下打量了一下。她的嘴唇没涂口红，颜色发黑，有点不正常，嘴里镶有金牙。年龄难以判断，大概是四十岁开外吧。单眼皮下的目光，像男子一样干涸尖利，要把人弄到手似的。而且一边眼睛过分细长，黝黑的脸皮僵直发硬。银平觉得有点危险。

“好，就到此为止吧。”银平说着就势举起手，轻轻地触摸了一下女子的胸脯。无疑是个女子。

“你干什么？”女子抓住了银平的手。女子的手掌松软柔嫩，不像是干体力活的。

确认一个人是不是女人，银平也是第一次尝试。明知她是个女人，还通过自己的手去确认，银平奇妙地放下心来，甚至感到她可亲可爱了。

“好，就到那边去吧。”银平再说了一遍。

“你说那边，是到哪儿呢？”

“附近有没有舒适一点的小酒馆呢？”

银平探问了有没有带着这种异样打扮的女人也能进去的酒馆之后，又回到了灯光明亮的大街上。他走进一家卖关东煮的小吃店。女人也跟着进来。有的座席在关东煮锅的周围，围成“コ”字形。有的座席则远离关东煮锅。“コ”字形周围的座席，大致都已坐满了客人。银平在靠入口的座席上落座。入口敞着，挂着半截门帘，下方可以望见过路人的胸脯。

“你喝白酒还是啤酒？”银平说。

银平没有打算把这个一副男子骨骼的女人怎么样。他知道已经没有危险，另外没有目的也是轻松愉快的。喝白酒还是喝啤酒也就悉听其便了。

“我喝啤酒。”女人回答。

这家酒馆除了关东煮以外，还能做几个简单的菜肴，菜单牌成排地挂在墙上。叫什么菜，也全听女方的选择。从女人厚颜无耻的样子来看，银平觉得这女人是不是为不三不四的人家拉客呢。如果是那样，他也就想通了。但是银平没有说出口。也许女人发现银平有什么危险，就不会引诱他了。或许是对银平产生某种亲近感，她才跟踪而来的吧。总而言之，这女人似乎已经抛弃了她最初的目的。

“人的一天，真是奇怪啊，不知会发生什么情况。你我萍水相逢，竟一起喝起酒来了。”

“是啊，是萍水相逢啊。”女子只喝了一杯，就很来劲地说。

“今天和你喝个痛快就完了？”

“就完了。”

“今晚从这儿就回家？”

“回家。家里孩子在等着我呢。”

“你有孩子？”

女子依然连续喝了几杯。银平盯着女人喝酒的模样。

一夜之间，在捕萤会上看见那少女，在土堤上被那婴儿的幻影追赶，现在又这样同一个萍水相逢的女子喝酒……无论如何银平也难以置信。而难以相信，肯定是因为那女人长得丑陋。银平现在必须认为，在捕萤会上看到美貌的町枝似梦非梦，在小酒馆里同丑陋的女人在一起却是现实。不过又觉得，自己是为了寻求梦幻中的少女，才同这个现实中的女人对酌的。这女人越丑陋越好。这样，町枝的面影也浮现出来了。

“你为什么要穿长筒胶靴？”

“出门的时候，以为今天会下雨。”女子的回答是明快的。一种诱惑力吸引了银平。那就是想看女人藏在长筒胶靴里的脚。要是这女人的脚丑陋无比，这对象对于银平是最合适不过了。

女人越喝越发丑态百出。她那双眼睛一大一小，小的一边显得更小了。她用那只小眼睛向银平飞了一眼，肩膀摇摇晃晃地倾斜过来。银平抓住她的肩膀，她也不回避。银平感到就像抓了一把瘦骨头。

“这么瘦，怎么成呢？”

“没法子啊。一个女人要养活一个孩子。”

据她说，她和孩子两人在小胡同里租赁了一间房子。女孩子十三岁，在上中学。丈夫阵亡了。这话究竟是真是假，不得而知。她有孩子倒像是真的。

“我送你回家吧。”银平反复说了好几次，女人点了点头。

“家里有孩子，不行呀。”女人终于郑重地说。

银平和那女人是冲着厨师并肩而坐的，不知什么时候，女人已转向银平，身体松软下来，像是要偎依在银平身上。这是一种迹象，大概是要委身于银平了。银平一阵哀伤，仿佛来到了人世的尽头。其实也不至于到那个程度。说不定是晚上看见了町枝的缘故吧。

女子的喝相也着实不太雅观。每次要酒，她都偷偷瞟瞟银平的眼色。

“还可以再喝一瓶。”银平最后说。

“醉酒不能走路啦，可以吗？”她说着把手扶在银平的膝上，“只可以再喝一瓶，请倒在杯里。”

杯里的酒，从她的嘴角邋邋遢遢地流了出来，洒落在桌面上。她那张晒黑了的脸，红黑里透紫。

从关东煮小吃店一走出来，女人便挽着银平的胳膊。银平抓住女子的手腕，感觉出乎意料地腻润柔滑。路上他们遇见了卖花姑娘。

“买花吧，带回家给孩子。”

可是，女子来到昏暗的街落，便把这束花寄存在一家中国面摊里。

“大叔，拜托了，过一会儿马上就来取。”

女子把花束递过去，醉态又毕露了。

“我好几年没跟男人过夜啦。不过，没法子呀。只能说咱们不是冤家不聚头。”

“唔，这倒也合适。没办法啊。”银平勉强地迎合着说，但对自己带女子行走只感到嫌恶而已。唯有一种诱惑在蠢动，那就是想看看女人藏在长筒胶靴里的脚。但是这个似乎也看到了。女人的脚趾不如银平那样像猿猴，可也不好看。茶色的皮肤无疑是坚厚的，一想到和银平两个人伸长赤脚，不禁催人呕吐了。

到哪儿去呢？银平听任女子摆布了好一阵子。拐进小胡同里，来到了小稻荷社前。旁边是可带情人住宿的旅馆。女子犹豫了一会儿。

银平松开了女子一直挽着他的那只胳膊。女子倒在路旁。

“既然孩子在家里等着，还是早点回家吧。”银平说着扬长而去。

“浑蛋！浑蛋！”女子呼喊着，捡起神社前的小石子连连扔过去。一块石子击中了银平的脚脖子。

“好痛啊！”

银平一瘸一拐地走了，一股凄凉的心绪悄悄地爬上心头。他思忖着：在町枝的腰带上挂上萤笼之后，为什么不径直回家呢？他折回到租赁的二楼房间，脱下袜子，只见脚脖子有点红肿了。

附录

《雪国》：一种美的徒劳

叶渭渠

《雪国》是川端康成的第一部中篇小说，也是他最著名的代表作。《雪国》出现在战争期间，当时未能引起人们广泛的关注。但通过时间的检验，它逐渐在文坛上产生了很大的影响。

十四年的苦心之作

《雪国》从1934年1月起到1937年5月止，以相对独立的短篇形式，冠上《暮景的镜》《白昼的镜》《故事》《徒劳》《芭茅草》《火枕》《拍球歌》的标题，陆续发表在《文艺春秋》《改造》《日本评论》《中央公论》等多种杂志上。据川端康成自己介绍，他起初是计划围绕同一主题写成若干短篇的，完成了前四篇，还没有连贯的结构，待完成之后，才产生现在这样一个完整的故事情节，于1937年6月，由创元社汇集出版单行本，第一次冠以《雪国》的书名。

本来小说从开首的“夜空下一片白茫茫”开始，到在雪中火场仰望银河结束，这首尾的照应，是在他下笔前就构思好的。本想成书以前再好好整理一遍，却难以继续写下去。这单行本出版之后，川端觉得故事“开头与结尾呼应不好”，又多次到北国的越后汤泽旅行采访，收集资料，还阅读了铃木牧之的《北越雪谱》一书，进一步受到启示，获得了续写《雪国》的更多素材。之后，他将北国的“雪中缫丝”以及他儿时喜欢观看的“火场”的场面加了进去，相隔三年半的时间，又补写了《雪中火场》和《银河》两章，分别在1940年12月刊的《中央公论》和1941年8月刊的《文艺春秋》上发表。但川端康成认为这两章写得“都失败了”。战争结束以后，他经过再三推敲，精雕细琢，对这两章作了重大修改，篇名改为《雪国抄》《续雪国》，在1946年5月刊的《晓钟》和1947年10月刊的《小说新潮》上重新发表，并于1948年12月由创元社另出新版本，取消了原有的各章标题，好不容易才形成了现在的《雪国》定稿本。

可以说，这部中篇小说，从1934年12月动笔创作到1948年12月完成定稿本前后整整花了十四年的功夫。川端在这部小说上所花的时间最多、所费的精力最大，恐怕不仅在他本人的创作史上，就是在日本文学创作史上也是空前的。作家本人说过：“这部小说不是一气呵成的，而是想起来就续写，断断续续地在杂志上发表，因此显得有点不统一、不协调。”早期虽然如此，但到了后来，作家对一些不连贯的地方进行修改补充，修订成定稿本，各章节就很少有游离于主题的痕迹，艺术结构也趋于完整。

《雪国》的原型

创作《雪国》之前，川端康成经常到伊豆半岛旅行，幽居伊豆温泉旅馆伏案写作，主要以伊豆和浅草的风物作为创作题材。后来他听了友人的劝说，在1934年5月（一说是12月）第一次远离东京，乘坐上越线火车，穿过落成不久的清木隧道，到了北国的越后汤泽。他在下榻的高半旅馆结识了一位十九岁妙龄的艺伎松荣。松荣原名小高菊，出生在新潟县三条市的一户贫农家中，排行老大，下有弟妹六人。由于家境贫寒，生活无着，九口之家陷在贫困的深渊里。小高菊十一岁那年被迫告别亲人，来到长冈，什么也不知道就被转卖到汤泽温泉当了艺伎，从此便沦落风尘，备受生活的折磨。几年后，她才跳出火坑，回到家乡三条市嫁给一个裁缝，做了家庭主妇。在同小高菊的接触中，川端了解到这个从小被社会遗弃、受伤害的少女的辛酸生活和不幸命运，油然生起了怜悯和同情。特别是这个少女相貌非凡、性情文雅、勤奋好学，给他留下了深刻印象，使他萌发了创作激情。可以说，《雪国》的发端就是从邂逅这个少女开始的。

川端从选择题材到完成初稿的三年里，每年春、秋两季都到越后汤泽同小高菊交往，详细地了解这位献艺于寒村的少女的身世，同她结下了密切的关系。川端还给她签名赠书、馈赠礼物等。同时不断深入调查雪国的艺伎制度、生活方式，并搜集雪国的民俗、风物、人们的生活习惯乃至植物生态等，广泛地撷取创作素材。从《雪国》的主人公驹子的相貌、出身、境遇和活动舞台中，不难发现小高菊的影子。诸多痕迹表明，小高菊就是驹子的原型。不过，作为文学形象的驹子，自然不能与小高菊等同。作家在《独影自命》一文中回顾《雪国》的创作经过，谈到驹子的模特问题时也表达过相同的意思：“从有模特这个意义上来说，驹子是实有人物，但小说中的驹子同模特又有明显不同，正确地说，也许不是实际的存在。”

在这里介绍两个有趣的插曲：一是在“文艺恳话会”给《雪国》发奖的大会上，知名作家宇野浩二同川端谈到驹子时总是使用敬语，而且热心地对川端说：“你与其让驹子演奏杵家弥七的乐谱（这是小说里的一段情节），倒不如让她弹奏研精会的乐谱。”宇野还真诚地希望川端把这个意见转告给驹子，弄得川端不知如何是好。二是 1957 年由东宝电影公司第一次将《雪国》改编成电影，搬上银幕以后，饰演驹子的著名女演员岸惠子和饰演岛村的男演员池部良还特地邀请小高菊合影留念。这张照片至今挂在川端当时下榻的高半旅馆里，以作广告，招徕旅客。据说，1940 年小高菊结束艺伎生活的时候，将川端的赠品全部付之一炬了。

至于《雪国》的活动舞台，很长一段时间，作者无论在小说里或记述中都只提到“雪国的温泉”，而没有明确提及具体的地点。作者说，他特意把各个地名隐埋起来，一是为了避免因写明地名而妨碍读者想象的自由驰骋；二是担心会给作为模特的女子带来麻烦。1949 年 6 月新潮社出版他的全集时，他才在全集第六卷的后记中第一次明确说明：“《雪国》中的地方是越后汤泽温泉。”

如果从作者的介绍和别人的反应来考察，可以肯定地说：生活中的小高菊就是驹子这个人物的原型。作家在汤泽温泉实际的生活体验就是《雪国》的故事依据。它是以真实的生活做基础，对原来的生活现象加以选择、提炼、集中，进行高度的艺术概括而形成的。同时，对于驹子这个人物，也是作家从复杂的艺伎生活中找出具有特征的性格，发挥自己的想象，进行艺术虚构，而创作出的一个新的艺术形象。

《雪国》产生的年代，正是日本疯狂侵华的年代。日本法西斯当局加强了对进步文学的残酷镇压，无产阶级作家或惨遭杀害或被捕入狱，一些意志不坚定者开始“转向”。一些作家屈服于强大的压力，大搞“报国文学”，但更多的作家则开始保持沉默。此时川端康成写的《雪国》，如同谷崎润一郎写的《细雪》一样，是当时日本文学界一种反抗思潮的产物。1984年，日本文学评论家尾崎秀实曾对笔者说:“川端对日本军国主义是消极反抗的，他的名作《雪国》的问世便是一个证明。”这一评价是符合川端及其《雪国》的创作实际的。

《雪国》的主题与人物

在一部小说里，人物是主题的主要体现者。目前国内日本文学研究者对《雪国》的主题思想的论争，分歧点主要集中在如何评价“驹子”这个人物形象。因此，在探析《雪国》主题的时候，就不能不研究川端在这部小说中是如何塑造男女主人公驹子和岛村的。

驹子

在川端笔下，主人公驹子是在屈辱的环境下成长的，经历了人间的沧桑。但是，她没有湮没在纸醉金迷的世界，而是承受着生活的不幸和压力，勤学苦练技艺，挣扎着生活下来。譬如，她克服重重困难，坚持不懈地记日记、学歌谣、习书法、读小说、练三弦琴，几年如一日，一丝不苟。一个人如果不是对生活、对未来抱有希望与憧憬，不是具有坚强的意志，光是为了出卖色相，要做到这些是不可能的。正如作家通过驹子的口所表示的，她要追求一种正正经经的生活，“只要环境许可，我还是想生活得干净些”。而且作家从官能感触出发，写了她使人感到“她的脚趾弯里大概也是干净的”，给人留下她特别干净的印象，对上述的性格描写起到了互相衬托的作用。

作家的意图是很明显的，他写驹子认真的生活态度，目的在于说明驹子虽然沦落风尘，但仍未完全失去对人生理想的追求。因此，对于那种抹杀这些事实，说驹子这样做也是“为了更好地出卖声色和肉体”的说法实在是不能苟同的。驹子这样做，究竟为了什么？还不是想争取一点同命运抗争的力量，摆脱艺伎的处境，以便获得普通人起码的生活权利和恢复做人的地位吗？正如作家本人所说的，贯穿本书的是对人类生命的憧憬。当然，这种憧憬不完全是甘美的，也隐含着苦楚。但我们说驹子这个形象充满了活力，她的存在是充实的，恐怕也不会过分吧。

驹子对生活的热爱和追求，还表现在她对纯真爱情的热切渴望。她虽然沦落风尘，但并不甘心长期忍受这种被人玩弄和出卖肉体的屈辱生活，她仍然要追求自己新的生活，仍然渴望得到普通女人应该得到的真正爱情，爱自己之所爱。驹子同行男的关系，作家写得比较含糊，不管他们两人有没有订婚，他们之间没有真正的爱情却是事实。所以，驹子同岛村邂逅时，便把全部的爱情倾注在岛村身上。她对岛村爱得越深，就越为岛村着想，而不顾自己的得失，甚至把自己的身心都依托于对方。这不是出卖肉体，而是爱的奉献，是不掺任何杂念的。这种对爱情的态度是坦荡的，也是纯真的。她对岛村的爱恋，实际上是对朴素生活的依恋。她这种苦涩的爱情，实际上也是辛酸生活的一种病态的反映。本来驹子的祈求并不过分，更不能算是奢望，她只是渴求得到岛村的爱，能够过正常人的生活。也就是说，她所追求的是一个女子普遍的正常权利。但是，一个现实问题是，这权利是难以实现的。她追求的实际是一种理想的、极致的、现实中不存在的哀伤虚幻的爱。岛村把她认真的生活态度和真挚的爱恋情感，都看作“一种美的徒劳”，从某种意义上说，是相当准确的概括。

驹子的不幸遭遇，扭曲了她的灵魂，自然形成了她复杂矛盾而畸形的性格：倔强、热情、纯真，而又粗野、妖媚、邪俗。一方面，她认真地对待生活和感情，依然保持着乡村少女那种朴素、单纯的气质，内心虽然隐忍着不幸的折磨，却抱有一种天真的意愿，企图摆脱这种可诅咒的生活。另一方面，她毕竟是个艺伎，被迫充作有闲阶级的玩物，被人无情玩弄和践踏，弄得身心交瘁、疾病缠身乃至近乎发疯，心理畸形变态，常常表露出烟花巷女子那种轻浮放荡的样子。她有时比较清醒，感到在人前卖笑的卑贱，力图摆脱这种不正常的生活状态，决心“要正经过日子”；有时又自我麻醉，明知同岛村的关系不能持久，却又想入非非地迷恋他，过着放荡不羁的生活。这种矛盾、变态的心理特征，增强了驹子这个人物形象的深度和艺术感染力。

川端把驹子的感情生活写得如此深沉、如此真切，正是因为他把自己的感情寄托在现在的驹子身上来向读者倾诉。他自己剖析道：写人物感情方面，“特别是驹子的感情，主要就是我的悲伤情绪，或许有些情绪要在这里向人们倾诉的吧”。

岛村

岛村又是一个什么样的文学形象呢？作者本人说过，“我深入作品人物驹子的内心世界之中，而对岛村则不大顾及”，岛村只不过“是映衬驹子的道具罢了”。也就是说，岛村是为了映衬、突出驹子而设计的。他是一个浪荡公子，坐食祖产，事业上无所作为，在爱情上，他已有妻室，却既爱驹子，又移情叶子，把女人当作愉悦的玩物，向往着一种非现实的幻觉的爱，把驹子倾注在他身上的实实在在的爱，看作是一种“单纯的徒劳”、难以实现的憧憬，乃至认为“生存本身就是一种徒劳”。他对叶子是单相思，将其看成一种爱的幻影，并因一场大火而破灭，化为乌有。最后作家有意识地安排追求纯真爱的驹子和追求虚幻爱的岛村之间的互相对立，以及叶子的猝然假死过去，使岛村对她的爱构成“非现实世界的幻影”，最终导致悲剧的结尾。

在川端的笔下，岛村完全是一个悲观、颓丧的虚无主义者。如果说作家塑造的驹子是实际的存在，岛村则是幽灵的存在，他给人留下的，是一个木木然的冷酷的影子。他的存在，只不过是作为映照驹子的一面镜子，以他的虚无来反映驹子的充实，以他的虚伪来反映驹子的纯真。我们在这里不也可以发现虚无中所充溢的生命吗？作家正是通过驹子这种纯真性去剖析人生的真谛。他笔下的人物的人生之谜，看似有一种秘密的抽象性，实际上通过特殊的阐释，作家已尽量体现出它的具体性、充实性，从而使作品的艺术性升华，达到作家探讨

“生命”这一哲学命题的目的。川端本人说过:“我写了驹子，是否也写了岛村的爱呢？岛村把不能爱的悲哀和后悔埋藏在心里，那种空虚感难道不是使作品中的驹子更难过地浮现出来了吗？”

从作家没有把岛村作为主要人物，而是把驹子放在更重要的地位，就可以看出，作家明显地站在生活的弱者一边，把自己的同情掬洒在社会底层受鄙视、受伤害的驹子身上。而且他多次通过驹子之口，指责岛村“玩世不恭”，是“靠不住”的人，是“薄情郎”。这实际上就是对岛村那种游移不定的性格的一种鞭挞，尽管这种鞭挞是间接的、无力的，但无论如何也不能认为作家是完全赞美岛村的。当然，川端在观念形态上，又同岛村的虚无思想有所共鸣，不时让岛村流露出自我否定的意识，觉得驹子的存在是非常认真的，自己对驹子的“虚伪的麻木不仁是危险的，是一种寡廉鲜耻的表现”，为自己“轻易地欺骗了她”而感到愧疚，有时甚至借驹子的口说岛村是个“好人”，从而多少为岛村抹上一层不应有的光彩。

川端康成一再表白,《伊豆的舞女》中学生这个人物的原型是自己，而《雪国》中的岛村则不是，并表示他尽可能有意识地把岛村同自己分开来写，但是岛村在实际生活中把自己看作是无意义的存在，并为此而烦恼，企图从同女性邂逅中寻找慰藉，以追求一瞬间忘却自己的非现实感，这在作家身上还是可以找到一丝痕迹的。特别是川端对世界、人的存在的虚无的观点，相当浓重地投影到了岛村的形象上。应该说，川端对岛村这个人物是褒贬参半的。有的地方是肯定他，但更多的是否定他。作家对岛村这个人物的态度，正是他本人在现实生活中对自我的肯定与否定的写照。

叶子与行男

关于书中的其他两个人物叶子和行男，川端着墨不多，叶子只出现过几次：在火车上护送行男、在温泉浴场里放声歌唱、给驹子送替换衣物、替驹子给岛村送字条、给行男上坟，最后坠身火场，都是寥寥几笔，一晃而过。据川端后来说，他本来是想给若明若暗的叶子再多添几笔，也让她的过去和现在更有脉络一些，但最终还是省略了。行男的出现，只有在火车上的一个场景，比起岛村来，更是“道具式的人物”。

叶子在川端的笔下是个性格完整的形象。她有着同驹子相似的悲凉身世。她非常同情驹子，觉得驹子是个可怜的好人，多次要岛村“好好待她”。这位非常纯朴的少女，“从没赴宴陪过客”，同岛村接触也“充满警惕”的神色，最后因为生活无着，才祈求岛村带她到东京当女佣。但是，让叶子依靠岛村这样一个人会有什么结果呢？作家可能不忍心让叶子重蹈驹子的覆辙，成为驹子第二，可他又无法为这个弱女子找到一条光明的出路，寻得一个美好的归宿，最后只好让她坠身大火，假死过去，几乎夺去她的生命。在川端看来，死不是终点，而是生的起点，是最高的艺术、最美的表现。因而他没有把叶子的假死看作是生命的完结，而是看作生命的延续，是新生命的开始，以此保持叶子形象的纯洁性和完美性，增强驹子的悲剧色彩，使人们为她掬洒更多同情的眼泪。

川端康成在《雪国》中无疑是选择驹子作为主要人物的，他说过："我觉得与其认为作品是以岛村为中心，而把驹子和叶子搁置在他的两边，不如说作品是以驹子为中心，在她的两边安置了岛村和叶子。所谓两边的岛村和叶子，是采用了不同的写法，哪方都没有明确写出来。（中略）对我来说，这部作品完结之后，岛村不再来了，而驹子抱着失常的叶子活着的形象，便朦朦胧胧地浮现出来了。"总的来说，川端是以赞美的笔调来描写驹子这个被世俗鄙视的少女的，正如他本人所说的："从感情上说，驹子的哀伤，就是我的哀伤。"的确，他是很动情地写了驹子，以驹子的悲剧命运沉重地撞击着人们的心扉，激起了人们深切的同情，隐约地给人们留下一些值得深思的问题：像驹子这样一个苦命的女子，为什么不能认认真真地生活，清清白白地做人？为什么不能获得真正的爱情，尽情地享受爱情的欢乐？从而更突出驹子对独立人格和自由的追求，对人的生存价值和意义的探求。从这个意义上说，她是带有些许现代民主思想色彩的。但是，我们也不能否认，作家不仅没有让驹子用自己的力量去争取自己的幸福、实现理想，而且让她把全部希望寄托在了岛村身上；岛村却把驹子对他的爱，乃至驹子的生存本身都看作是"徒劳"的，借此宣扬世界一切都是虚幻，人的一切努力都是徒劳，流露了悲观的情绪。

关于岛村、驹子和叶子这三个人物的形象，川端康成研究家长谷川泉作了这样的概括："《雪国》虽然仅由岛村、驹子、叶子三个出场人物来支撑，但由于岛村是作为作者虚设的一个寂寞的人物，川端硬把这个人物从作者自身中推到远方，并用嫌恶和憎恨的目光凝视他。因此突然降低了这个人物在《雪国》中的地位。岛村只不过是个值得珍重的空虚无物的虚像罢了。当然，他本就不是活生生的形象。当以岛村为背景所描写的驹子和叶子拨动岛村的心弦时，才使岛村栩栩如生地活了过来。作者只不过是做了这样的情节设计而已。”

雪国的哀与艳

川端康成在《伊豆的舞女》中力求体现日本的传统美，在《雪国》中对此又做了进一步的探索，更重视气韵，追求“心”的表现，即精神上的“余情美”。

日本文学的传统特质之一，是排斥理而尊重情，言理也是情理结合，追求一种余情的美。这种余情美，是哀与艳的结合，将哀余情化，以求余情的艳。这里所指的艳，是表面华丽而内在深玄，具有一种神秘、朦胧、内在的和感受性的美，而不是外在的、观照性的美。这种艳不完全是肉感性、官能性的妖艳，也不完全是好色的情趣，而是从颓唐的官能中升华成为艳的余情，是已经心灵化、净化了的，沐浴着一种内在庄严的气韵，包含着寂寞与悲哀的意味。应该承认，日本文学这种余情的艳，虽然有其颓伤的一面，但也不能否定其净化的一面。

人情之美

川端康成在《雪国》中继承和发展日本文学这种“余情美”的传统，特别强调美是属于心灵的力量。他重神而轻形，如描写驹子的情绪、精神和心灵世界，始终贯彻悲哀的心绪。作家对于驹子生活、爱情的描写，既不是肉欲化，也不是精神化，而是一种人情化。川端是怀着丰富的同情心来塑造驹子的性格的，这种性格本身包含了悲剧性。驹子流露出来的是内在真实的哀愁，洋溢着一种健康的生活情趣和天真纯朴的性格特点，而作家为了使驹子保持“余情美”，着力将驹子置身的肉感世界情操化，展现一种艳的余情。从表面上来看，这个女性装饰得十分妖艳、放荡，实际上却反映了她内在的悲伤，带有沉痛的哀戚和咏叹。应该说，川端康成在《雪国》中所描写的人物的种种悲哀，以及这种悲哀的余情化，是有着自己的理念的，这是作家的人情主义的表现。《雪国》接触到了生活的最深层面，同时又深化了精神上的“余情美”。这种精神主义的价值，决定了驹子这个人物的行为模式，而且通过它来探讨人生的感伤，在一定程度上表现了作家强作自我慰藉以求超脱的心态。作家这种朴质无华、平淡自然的美学追求，富有情趣韵味，同时与其人生空漠、无所寄托之情感深刻地联系在一起，反映了作家退避社会、厌弃尘世的人生态度。

季节之美

《雪国》中的人物带有日本式的余情美，而《雪国》中的景物则具有强烈的日本文学传统的季节感，以对季节的描写来表现人的情感的美。季节感是日本文学的传统。从《万叶集》到《源氏物语》《徒然草》，乃至和歌、俳句等日本古典文学，对季节的感受表现得异常关切。所谓季节感，不仅是指对春、夏、秋、冬四季的循序推移的感受性，而且是指在日本文化土壤上酝酿而成的人与自然、人的感情与季节的风物交汇，内中蕴含着对苦恼、妖艳、爱恋情绪的理解性。季节感在一个侧面反映了日本民族的文化心态。

日本文学传统的季节感，正是形成川端康成对自然的感受和理解的重要条件。他不孤立描写自然风物，也不是一般意义上的寓情于景或触景生情，而是含有更高层次的意味。即他将人的思想感情、人的精神注入自然风物之中，达到变我为物、变物为我、物我一体的境界。这种自然的人化的艺术传统，在《雪国》中浸润最为深广。作品开首的名句：

穿过县界长长的隧道，便是雪国。夜空下一片白茫茫。火车在信号所前停了下来。

这寥寥数语，完美地说明主人公岛村已到达雪国，写出了雪国的自然景象；接着又写了远方“那边的白雪，早已被黑暗吞噬了”的自然状态，马上给人一种冷寂、凄怆的感觉，暗示和象征岛村前去探望的驹子的不祥的未来，对情节的发展做了有力的铺垫。

川端康成一向强调：四季时令变化的美，不仅包含山川草木、宇宙万物、大自然的一切，而且包含人的感情的美。作家这种对自然的态度，充分表现在《雪国》中对冬季变迁的描绘上，他写雪国严冬的暴雪、深秋的初雪、早春的残雪和与之相伴的季节的转换、景物的变化，乃至映在雪景镜中人物的虚幻和象征，都是移入了人的感情和精神，作为伴随人物感情的旋律来描写的。

譬如，写映着山上积雪的化妆镜中的驹子的脸，不仅以雪景托出驹子“无法形容的纯洁的美”，而且注入了驹子昂扬的感情。

又譬如，写映着雪中暮景的车厢玻璃窗上的叶子的脸，形容了叶子的妖艳和美丽，移入了对叶子纯洁情感的体味，并使叶子好像飘浮在流逝的暮景中，产生了一种虚幻的力量，把岛村深深地吸引住，从而唤回岛村对自然和自己容易失去的真挚感情。

特别是对驹子人生道路的坎坷，以及她苦苦搏斗的生活方式，川端用了秋虫在死亡线上痛苦挣扎的铺叙加以暗示，并通过星光闪耀的夜空、严寒深沉的夜色，乃至沁人肺腑的雪夜的宁静，映衬出驹子纯真的存在。

总之，《雪国》写到雪景的艳丽、写到苦恼的悲哀，都催生着妖艳之情、余情之美。在这里流露出日本的情调和自然心态，有一种浓厚的日本式的抒情风味。

感官之美

川端在《雪国》中充分发挥他对感情的感觉力，去展现人物的思想感情。

譬如，描写岛村坐上火车后陷入的非现实的情绪世界，他听见单调的车轮声，觉得像是驹子“断断续续”“相当简短”的话语，仿佛是驹子“竭力争取生存的象征”。而岛村听见叶子清澈得“近乎悲戚的优美的声音”，又联想起车轮声，觉得它比车轮声留下了更长的余韵，似乎是“纯洁爱情的回声”。

这些声音都有一种诱发力量，将自己的寂寞也移入外界自然中，表现了岛村对驹子既依恋又背离，而对叶子则是热烈地追求。作家把人物的视觉感受和听觉感受互相作用，并与自然契合，从更深的层面展露人物的心态和感受。

川端式“意识流”

《雪国》在继承传统的基础上，充分运用“意识流”手法，采用象征和暗示、自由联想来剖析人物的深层心理。同时又用日本文学传统的严谨格调加以限制，使自由联想有秩序地展开，让两者巧妙结合，达到了完美的协调。譬如，作家借助两面镜子（一面暮景中的镜子，一面白昼中的镜子）作为跳板，把岛村诱入超现实的回想世界。从岛村第二次乘火车奔赴雪国途中，偶然窥见夕阳映照的火车玻璃窗上（这是前一面镜子）的叶子的面庞开始，即采用象征的手法，捕捉超现实的暮景中的镜子，揭示了《雪国》主题的象征：

> 黄昏的景色在镜后移动着。也就是说，镜面映现的虚像与镜后的实物在晃动，好像电影里的叠影一样。出场人物和背景没有任何联系。而且人物是一种透明的幻象，景物则是在暮霭中的朦胧暗流，两者消融在一起，描绘出一个超脱人世的象征世界。特别是当山野里的灯火映照在姑娘的脸上时，那种无法形容的美，使岛村的心都几乎为之颤动。
>
> 在遥远的山巅上空，还淡淡地残留着晚霞的余晖。透过车窗看见的景物轮廓，退到远方，却没有消逝，但已经黯然失色。尽管火车继续往前奔驰，但在他看来，山野那平凡的姿态显得更加平凡。由于什么东西都不十分惹他注目，他内心反而好像隐隐地存在着一股巨大的感情激流。这自然是出于镜中浮现姑娘的脸

的缘故。只有身影映在窗玻璃上的部分，遮住了窗外的暮景，然而，景色却在姑娘的轮廓周围不断地移动，使人觉得姑娘的脸也像是透明的。是不是真的透明呢？ 这是一种错觉。因为从姑娘面影后面不停地掠过的暮景，仿佛是从她脸的前面流过。定睛细看，却又扑朔迷离。

车厢里也不太明亮。窗玻璃上的映象，不像真的镜子里的那样清晰。没有反光。这使岛村看得入了神，他渐渐地忘却了镜子的存在，只觉得姑娘好像飘浮在流逝的暮景之中。

这当儿，姑娘的脸上闪现着灯光。镜中映象的清晰度并没有减弱窗外的灯火。灯火也没有把映象抹去。灯火就这样从她的脸上闪过，但并没有把她的脸照亮。这是一束从远方投来的寒光，模模糊糊地照亮了她眼睛的周围。她的眼睛同灯光重叠的那一瞬间，就像在夕阳的余晖里飞舞的夜光虫，妖艳而美丽。

镜子中的叶子是异样美的虚像，引起岛村扑朔迷离的回忆，似乎已把他带到遥远的另一个女子——驹子的身边，接着倒叙岛村第一次同驹子相遇的情景。次日到达雪国，从映在白昼化妆镜中（这是后一面镜子）的白花花的雪景里，看见了驹子红通通的脸，又勾起了他对昨夜映在暮景镜中的叶子的回忆。

作家写岛村第三次赴雪国，更多的是与驹子的交往，当他们两人的关系无法维持、岛村决计离开雪国时，又突然加进“雪中火场”，叶子坠身火海，把现实带回到梦幻的世界，这时再次出现镜中人物与景物的流动，增加了意识流动的新鲜感。作家运用这种联想的跳跃，突破时空的限制，使人物从虚像到实像，又从实像推回到虚像，实实在在地反映了岛村、驹子和叶子三人之间虚虚实实的三角关系；同时从故事的发展来说，从现实世界到梦幻，又从梦幻到现实世界，或者在一个并列的平面上展开，或者时空倒错，虽跳跃但很有节奏感。通过跳跃的联想，一步步地唤起岛村对驹子和叶子的爱恋之情，驹子和叶子的内心世界常常是在岛村的意识流动中展露出来的。岛村遥远的憧憬流动在理智的镜中，而镜子又属于遥远的世界，驹子和叶子都属于岛村产生的幻觉，从而把岛村的心情、情绪朦胧化，增加感情的感觉色彩和抒情风格，表现了川端式“意识流”独特的日本风格。

如果说，短篇小说《伊豆的舞女》是川端康成的成名作，奠定了作家在日本文坛的地位，那么相隔八九年后发表的中篇小说《雪国》，就标志着川端在传统的再创造方面取得了更大的成就，他的创作已经成熟，到达了他自己的艺术高峰，最后使他成为蜚声世界的名家，“康成已不仅是日本的康成，而且成为世界的康成了”。他在国际文坛上占有一席之地，因《雪国》的出现而当之无愧。

《湖》：无法愈合的孤寂

叶渭渠

川端康成晚期的创作，更多地采用日本传统文学与现代主义相结合的手法，而像中篇小说《湖》这样完全采用意识流的创作方法，恐怕是不多见的。

《湖》通篇表露出一种无法愈合的孤寂感，突出宣扬了“人生无常，万事皆空”的思想。

主人公桃井银平的孤独感，是由他生就一双像猿猴般的丑陋的脚而引起的，因此他同这个社会产生了隔阂，由自我嫌恶而产生一种失落感、屈辱感以及哀愁感。他因为肉体这一部分的丑陋——猿猴般的脚而向往美进而追求美。于是他就用他丑陋的脚去追逐美貌的女性，寻找一种想象中的美，以统一美与丑，来解脱自我。他企图以这样一种复杂而荒诞的感情，来治愈自己的心灵创伤。也就是说，企图“耽溺于少女而丧失自我”。然而，丑与美是永远对立存在的，追逐女性并未能治愈他内心的寂寞，也未能冲淡他的孤独感，相反他被一个饱经风霜的中年丑妇所跟踪。他在这个世界上已不能获得拯救，绝望之中把希望寄托在魔界、寄托在来世，但愿来世脱胎换骨，变成一个美男子。

作家把这种“病态的幻想”，看作是“天国的神意”，借此说明人生的无常，人的孤独和寂寞是无法排除、无法解脱的；美的东西是虚无的，幸福也是空虚的，只有在哀怨与虚幻中追求、憧憬。作家最后让银平联想到母亲老家的湖，认为湖是美的，自己死去的母亲是美的，同时又联想起幼年爱慕过的住在湖那边的表姐弥生，将母亲、表姐的美同湖联系在一起，以获得瞬间的美的感受、幻影的美的感受，说明幸福是短暂的，是一种因果的报应。

川端康成在《湖》这篇小说里完全采用了意识流的创作手法。银平通过澡堂女给自己搓澡、冲澡产生幻觉和幻听，勾起了对宫子扔手提包、爱恋久子，以及少年时代与表姐初恋等一系列回忆，往往是偶发事件引起另一个联想，乃至运用回忆中的回忆来联结故事情节。湖是联想与回忆的主要触发物。母亲老家的湖是遥远的，银平借助湖把现实带到梦幻的世界，又从梦幻的世界引回到现实中来。银平所思慕的几个女性，仿佛都是可望而不可即的遥远世界的人，这引起他一股朦胧的悲伤与哀愁。特别是小说中的飞蛾和萤虫，写得虚虚实实，有如荡入恍惚迷离之境，含有某种神秘的虚幻感。

总之，作家通过描写人物的意识流动和人物幻想的心理轨迹，深入探索人物内心活动的秘密，来挖掘人物内部美与丑对立的精神世界。而在艺术手法上，作家将眼前的具体形象、对流逝的往事的回忆和幻想，以及人物的心理流程三者巧妙结合，增加了作品的艺术效果。

川端以为善与恶、美与丑、道德与非道德，一切的一切都是互相依存的，所以他努力在它们中间寻求平衡，而不囿于在道德标准的框架内追求生活中的真、善、美。也许他对美太过敏感，对丑异常执着，其具体的内涵，也可以从银平身上概括出来。

川端康成生平年谱

1899年	6月14日生于大阪市北区此花町，父亲是个开业医生，川端是家中长子。
1901年（2岁）	父亲病逝。随母迁至大阪府西城郡丰里村。
1902年（3岁）	母亲辞世，与祖父母迁居原籍大阪府三岛郡丰川村。
1906年（7岁）	入大阪府三岛郡丰川普通小学，因身体瘦弱多病，经常缺课，但学习成绩优异。祖母故去，与祖父相依为命。
1912年（13岁）	小学毕业，并以第一名的成绩考入大阪府立茨木中学。
1913年（14岁）	上中学二年级，博览文艺书刊，并习作短歌、俳句、新诗等，开始立志当小说家。
1914年（15岁）	祖父辞世，成为孤儿，独影自怜。在祖父弥留之际，如实地记录了祖父的状况，写就了《十六岁的日记》。短篇小说《拾骨》《参加葬礼的名人》等，都是在这个基础上重新改写而成的。

1915年（16岁）	在茨木中学开始寄宿生活，直至中学毕业。博览群书，从《源氏物语》到陀思妥耶夫斯基的作品，古今名著皆有涉猎。
1917年（18岁）	从茨木中学毕业，考入第一高等学校。这时期最爱读俄国文学。
1918年（19岁）	初次去伊豆半岛旅行，与巡回表演艺人同行，将与舞女邂逅的感情生活体验，写进了《汤岛的回忆》，成为名作《伊豆的舞女》的雏形。此后，每年都到伊豆半岛旅行，持续约十年。

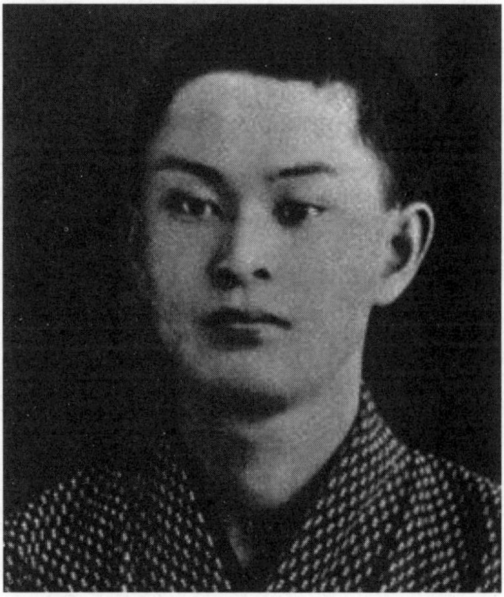

第一高等学校时期伊豆之旅中的川端康成

1919 年（20 岁）　发表描写初恋生活的小说《千代》。

1920 年（21 岁）　从第一高等学校毕业，进入东京帝国大学（今东京大学）文学系英文学科，取得文坛先辈菊池宽的支持。

1921 年（22 岁）　发表《招魂节一景》。这一年，发生了与咖啡店女招待伊藤初代从恋爱、订婚到感情破裂的事件，并将这一"非常"事件写成《南方的火》《非常》等作品。发表评论文章《南部氏的风格》，第一次拿到稿费。

1922 年（23 岁）　从东京帝国大学英文学科转读国文学科。开始从事持续近二十年的文艺评论活动。

1923 年（24 岁）　成为菊池宽创办的杂志《文艺春秋》的同人编辑。名字载入首次出版发行的《文艺年鉴》。

1924 年（25 岁）　从东京帝国大学毕业。与横光利一等创刊《文艺时代》，发起新感觉派文学运动。

1925 年（26 岁）　在友人家初次遇见松林秀子，一见钟情。发表了新感觉派纲领性的论文《新进作家的新倾向解说》。

1926 年（27 岁）　开始与秀子同居，寄住在友人家或居于伊豆汤岛。写了新感觉派唯一的电影剧本《疯狂的一页》，发表了《伊豆的舞女》，出版了作品集《感情的装饰》，主要收录了小小说。

1927 年（28 岁）　出版小说集《伊豆的舞女》。

1929年（30岁）　常逛浅草，结识了舞女们，做了大量采访笔记，开始连载小说《浅草红团》。

1930年（31岁）　在菊池宽主持的文化学院担任讲师，还兼任日本大学的讲师。加入中村武罗夫主持的“十三人俱乐部”，创作了具有新心理主义特色的小说《针、玻璃和雾》等。

1931年（32岁）　写了新心理主义小说《水晶幻想》。与秀子正式结婚。

1932年（33岁）　发表了《致父母的信》，以及体现他生死观的《抒情歌》《慰灵歌》等。

1933年（34岁）　《伊豆的舞女》第一次被拍成电影。发表小说《禽兽》和随笔《临终的眼》。

1934年（35岁）　被列名在右翼文化团体文艺恳话会的花名册上，其本人事前一无所知。开始连载《雪国》。

川端康成与夫人秀子

1935年（36岁） 担任文艺春秋社新设的“芥川奖”“直木奖”的评委。出版随笔集《纯粹的声音》，继续连载《雪国》。

1936年（37岁） 发表《告别“文艺时评”》，宣告不写文艺评论，显示了对战时体制的“最消极的合作、最消极的抵抗”的姿态。发表《花的圆舞曲》。

1937年（38岁） 出版《雪国》单行本，获第三届“文艺恳话会奖”。写了《牧歌》《高原》等。开始连载《少女开眼》，开始写介于纯文学与通俗文学的“中间小说”。

1938年（39岁） 出版《川端康成文集》（全9卷，改造社）。观看并记录秀哉名人引退围棋战局，在报纸上发表《我写围棋观战记》。

1939年（40岁） 继续写围棋观战记，在报纸上连载。

1940年（41岁） 秀哉名人猝逝后，拍摄了名人的遗容。发表《母亲的初恋》《雪中火场》（《雪国》续章）等。

1941年（42岁） 发表《银河》（《雪国》续章）。

1942年（43岁） 为了写《名人》《八云》等作品前往京都。

1943年（44岁） 赴大阪故里，收养表兄的女儿政子为义女。写了《故园》《父亲的名字》等。

1944年（45岁） 获得第六届“菊池宽奖”。其他活动概不参与，沉溺在古典文学的世界里。发表《夕阳》《一草一木》等。

1945年（46岁）　与友人开设出租书屋“镰仓文库”，热心投入这项工作。

1946年（47岁）　结识三岛由纪夫，并推荐和支持三岛《香烟》的发表，从此与三岛结下师生的情谊。发表《雪国抄》《重逢》等。

1947年（48岁）　参与重建日本笔会的工作，发表小说《续雪国》、随笔《哀愁》等。

1948年（49岁）　担任日本笔会会长。出版《雪国》定稿本、随笔集《独影自命》。创作《再婚的女人》。

1949年（50岁）　连载长篇小说《千只鹤》《山音》。

1950年（51岁）　在广岛举办的“世界和平与文艺讲演会”上发表了以《武器招徕战争》为题的“和平宣言”。开始连载《天授之子》《舞姬》等。

1951年（52岁）　出版《舞姬》单行本，开始连载《名人》。

1952年（53岁）　出版《千只鹤》《山音》单行本，《千只鹤》获“艺术院奖”。发表了《波千鸟》(《千只鹤》续篇)。

1953年（54岁）　被选为艺术院会员。担任“野间文艺奖”评委。开始写通俗小说《河边小镇的故事》。

1954年（55岁）　出版《名人》单行本，开始连载《湖》《东京人》。

1955年（56岁）　出版《东京人》单行本等。爱德华·塞登斯特卡节译的《伊豆的舞女》刊登在《大西洋月刊》日本特辑号上。

1956年（57岁）　出版《生为女人》等。是年起，作品在海外的翻译出版逐年增多。

1957年（58岁）　赴欧洲出席国际笔会执行委员会议，同时访问欧亚诸国和地区。主持在东京召开的第29届国际笔会大会。发表随笔《东西方文化的桥梁》等。

1958年（59岁）　被选为国际笔会副会长。发表《弓浦市》等。

1959年（60岁）　在法兰克福举行的第30届国际笔会大会上被授予歌德奖章。是年，在长期的作家生活中，第一次没有发表任何一篇小说。

1960年（61岁）　应美国国务院的邀请访美。作为特邀代表出席巴西圣保罗主办的第31届国际笔会大会。获法国政府授予的艺术文化军官级勋章。开始连载《睡美人》等。

1961年（62岁）　出版《湖》单行本，开始连载《古都》《美丽与悲哀》。获日本政府颁发的第21届文化勋章。

1962年（63岁）　出版《古都》单行本，发表《落花流水》等。

1963年（64岁）　出任日本近代文学馆监事、近代文学博物馆委员长。发表《一只胳膊》等。

1964年（65岁）　作为特邀代表，出席在奥斯陆召开的第32届国际笔会大会，归途历访欧洲各国。开始连载《蒲公英》(至1968年，未完)。

1965年(66岁) 辞去自1948年起担任的日本笔会会长的职务。开始连载《玉响》(至翌年，未完)。

1966年(67岁) 受日本笔会表彰，并受赠一尊由高田博厚制作的胸像。

1967年(68岁) 任新开的日本近代文学馆名誉顾问。开始连载《一草一花》等。

1968年(69岁) 获诺贝尔文学奖，赴斯德哥尔摩出席授奖仪式，并在瑞典科学院作题为《我在美丽的日本》的演讲。顺道访问欧洲诸国。

1969年(70岁) 赴夏威夷大学作题为《美的存在与发现》的特别演讲。作为文化使者，出席在旧金山举办的“移民百年纪念旧金山日本周”，并作题为《日本文学之美》的特别讲演。先后被授予美国艺术文艺学会名誉会员、夏威夷大学名誉文学博士称号。

川端康成与电影《伊豆的舞女》中饰舞女的吉永小百合在拍摄现场

回国后又被授予镰仓市名誉市民等称号。生前第五次出版《川端康成全集》(全19卷)。

1970年(71岁) 出席在中国台北举办的亚洲作家会议。作为特邀代表，出席在韩国汉城召开的第38届国际笔会大会。发表《竹声桃花》等。

1971年(72岁) 举办“川端康成个人图书展”。任日本近代文学馆名誉馆长。

1972年(73岁) 出席《文艺春秋》创立50周年举办的新年社员见面会，并作了演讲，以《但愿是新人》为题发表在《诸君》上。4月16日在逗子市的玛丽娜公寓口含煤气管自杀。

1968年12月10日川端康成在诺贝尔奖授奖仪式上领奖

译著等身，风雨同路：记学者伉俪叶渭渠、唐月梅

1945年9月，在越南西贡堤岸的知用中学里，叶渭渠和唐月梅初次相遇。彼时，15岁的唐月梅在此读初二，而17岁的叶渭渠刚转学至此，两人正值青春年少。

唐月梅学习成绩优异，又有文艺天赋，在叶渭渠来到知用中学时，她已是学校学生会的主席，是学校里的风云人物。当已然80岁的唐月梅老人谈起两人的初遇时，眼神里闪烁着当年的怦然心动："只见一位少年骑着自行车，正好从对面过来。多么神奇的眼神！"

叶渭渠以俊朗的外表和极高的修养，赢得了老师和同学们的喜爱。他思想进步，积极向共产党组织靠拢，逐渐成为地下学联的主席。这个组织旨在宣传新思想，反对国民党的腐败统治，同时参与越南共产党组织的一些活动。这些都是很隐秘的地下活动，所有成员都是单线联系。叶渭渠发展唐月梅加入，自己作为她的联系人。叶、唐二人在校期间曾一同排演话剧，成为令人艳羡的一对。革命和爱情的

种子开始在这对青年男女懵懂的心绪中悄然生发。

1952 年 6 月，叶、唐二人正式踏上归国的路途，最终回到祖国母亲的怀抱。二人在北京安顿下来后，准备考大学。一开始叶渭渠的志愿是新闻系，而唐月梅想学医。但周围有人建议，中国此时外语人才奇缺，作为华侨，他们有一定的语言优势，不如改考语言专业。最终，他们双双考入北京大学，就读于季羡林先生领导下的东方语言文学系，主修日语。

1956 年，二人在老师和同学们的祝福下举办了一个小小的婚礼。"新房借用的是一位休假教师的宿舍，加两个凳子，再铺上块木板。全班同学合送了一条新毛巾，算是最值钱的家当。三天后，我们就回到各自的宿舍，随后到青岛旅游度蜜月。"就这样，相识十一年的二人正式结为夫妻。

他们婚后的生活一直很清贫。对于生活的艰苦，二人在回国的时候做了充分的心理准备：只要能做自己喜欢的工作，无论怎样都可以适应。在最艰难的时刻，他们流泪烧毁了积攒的日文书籍，只留了一本日汉词典带在身边，每天晚上拿出来背单词。

20 世纪 70 年代末，叶渭渠和唐月梅才真正开始日本文学的翻译和研究。此时他们的家庭负担异常繁重，上有老、下有小。他们只能挤在逼仄的杂物间里伏案工作。唐月梅回忆："我们只能在杂物间支起一张小书桌，轮流工作。老叶习惯工作到深夜，我则凌晨四五点起床和他换班。"正是在这样窘迫的环境中，两人完成了《伊豆的舞女》《雪国》《古都》等重要作品的翻译工作。他们很少谈家事，对话大多也是关于工作和学问的。叶渭渠说，这种关系不是"夫唱妇随"，也不是"妇唱夫随"，而是"同舟共济，一加一大于二"。

不久后，《雪国》《古都》交由一家地方出版社准备出版。但那时川端康成尚属“思想禁区”中的重点人物，有人甚至写文章批判《雪国》是一部黄色小说。《雪国》《古都》译稿在出版社积压许久也没有进展，出版社想单独出版《古都》，可是叶、唐夫妇态度坚决，要么一同出版，要么将两部译稿一并收回。最终两部小说译稿不仅成功出版发行，还成了畅销书。专家和读者给予这两部译著很高的评价。

此后多年，二人同在中国社会科学院，做了大量有关日本文学与文化的研究工作，并共同访问日本。在川端康成的家中，他们见到了自川端自杀后就独自生活的秀子。

退休后，两人也不像一般老人那样颐养天年，而是决心“春尽有归日，老来无去时”，两人用近三十年的时间合著了《日本文学史》，光是搜集整理文献资料就耗费近二十年。

叶渭渠、唐月梅携手走过半个多世纪的风雨人生，他们既是相濡以沫的夫妻，也是志同道合的朋友，堪称最美的伉俪学者。他们浩如烟海的译著成就，便是他们忠贞爱情的一大结晶。

图书在版编目（CIP）数据

雪国 /（日）川端康成著；叶渭渠，唐月梅译 .—
杭州：浙江人民出版社，2022.12（2023.4 重印）
ISBN 978-7-213-10477-0

Ⅰ . ①雪… Ⅱ . ①川… ②叶… ③唐… Ⅲ . ①中篇小
说 - 小说集 - 日本 - 现代 Ⅳ . ① I313.45

中国版本图书馆 CIP 数据核字（2022）第 013282 号

雪国

XUEGUO

[日] 川端康成 著　叶渭渠 唐月梅 译

出版发行　浙江人民出版社（杭州市体育场路 347 号　邮编　310006）
责任编辑　卓挺亚
责任校对　杨　帆
封面设计　艾　藤　沐　希
电脑制版　Magi
印　　刷　河北鹏润印刷有限公司
开　　本　880 毫米 ×1230 毫米　1/32
印　　张　9.625
字　　数　184 千字
插　　页　2
版　　次　2022 年 12 月第 1 版
印　　次　2023 年 4 月第 2 次印刷
书　　号　ISBN 978-7-213-10477-0
定　　价　49.80 元